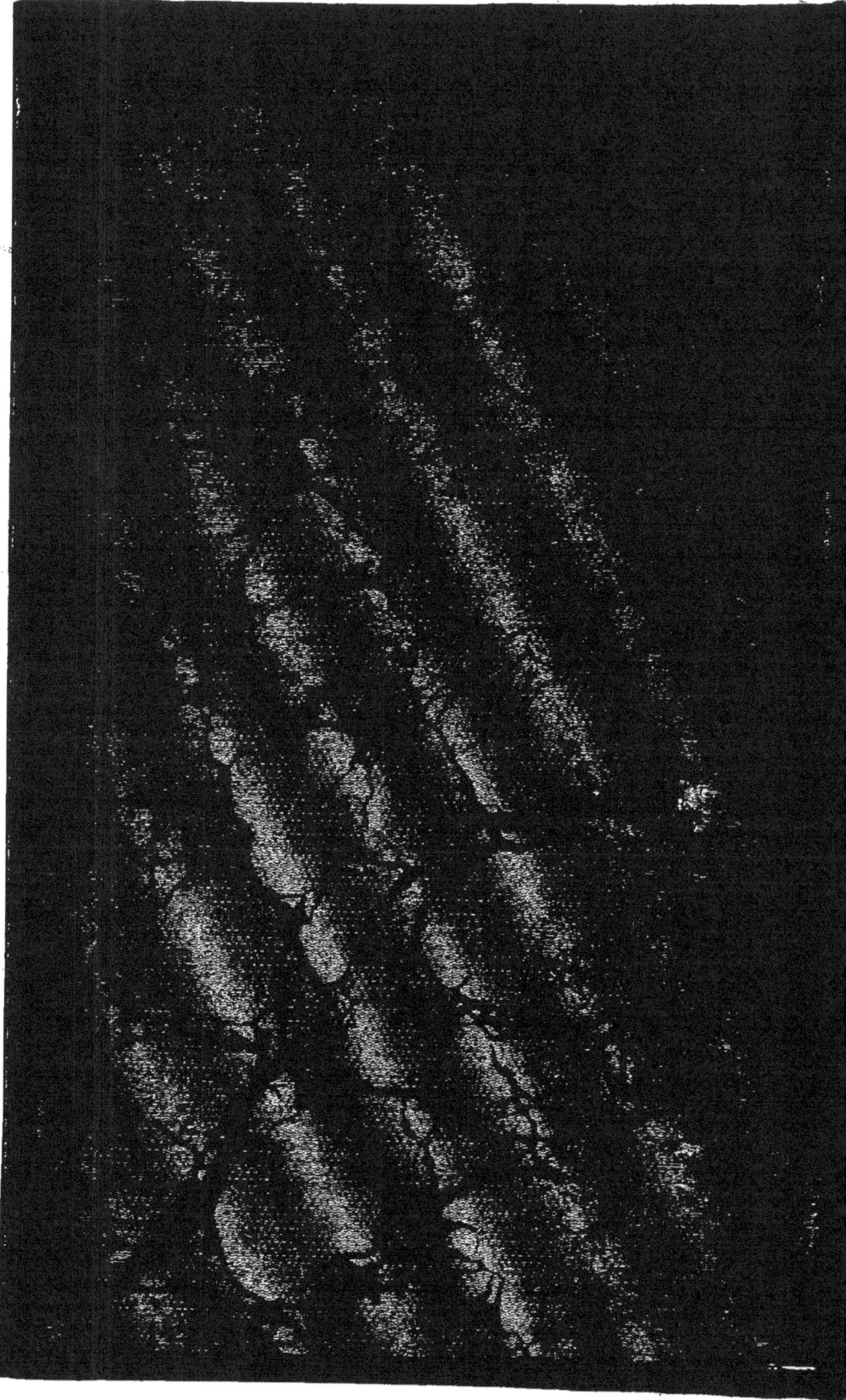

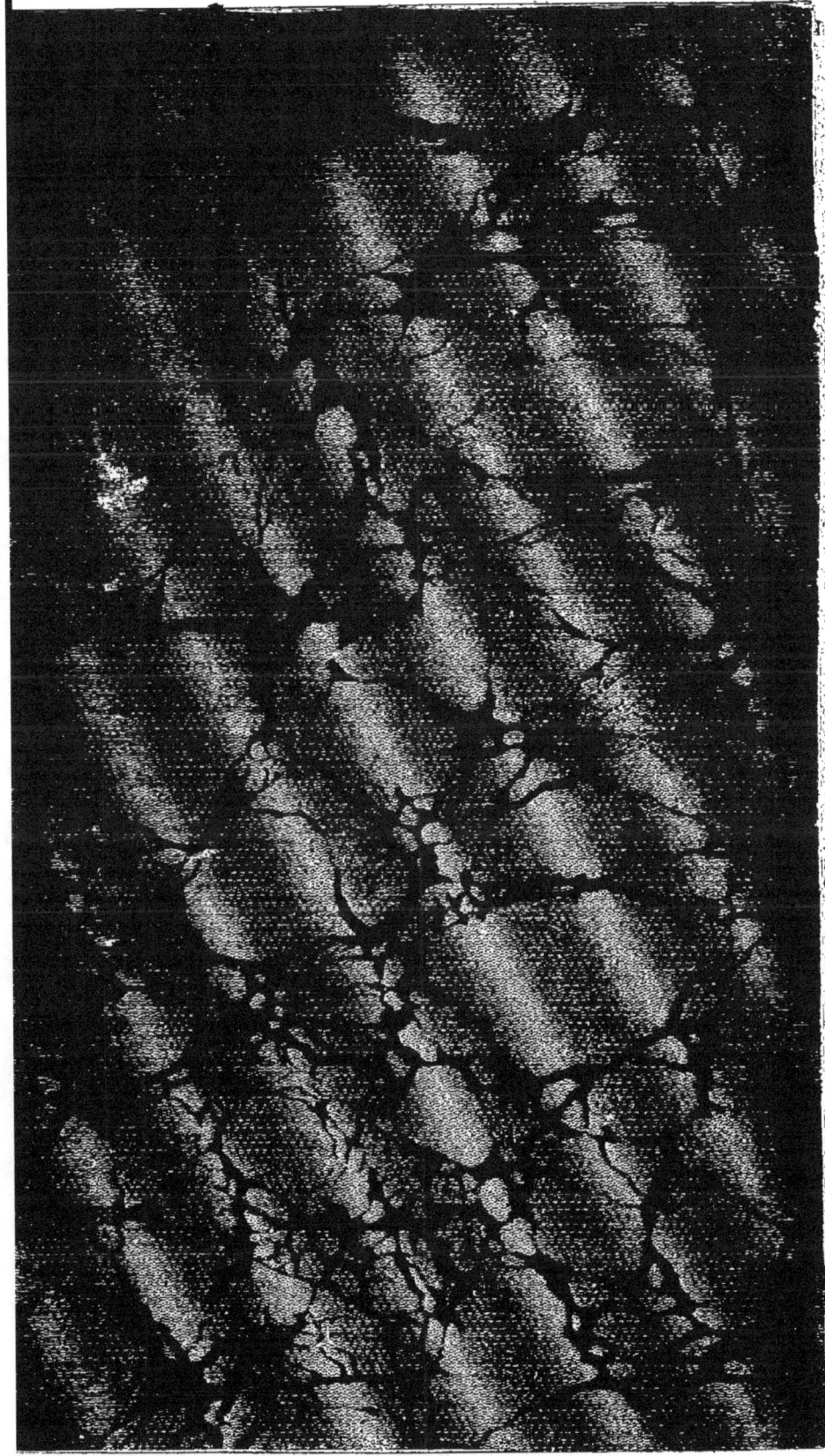

ERNEST DAUDET

DANIEL DE KERFONS

CONFESSION D'UN HOMME DU MONDE

TOME PREMIER

3473

PARIS

E. PLON et Cie, IMPRIMEURS-ÉDITEURS

RUE GARANCIÈRE, 10

1877

DANIEL DE KERFONS

CONFESSION D'UN HOMME DU MONDE

OUVRAGES DU MÊME AUTEUR

HISTOIRE

ROMANS

EN PRÉPARATION

PARIS. TYPOGRAPHIE DE E. PLON ET Cie, RUE GARANCIÈRE, 8.

ERNEST DAUDET

DANIEL DE KERFONS

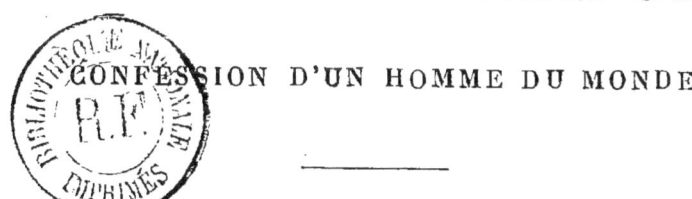

CONFESSION D'UN HOMME DU MONDE

TOME PREMIER

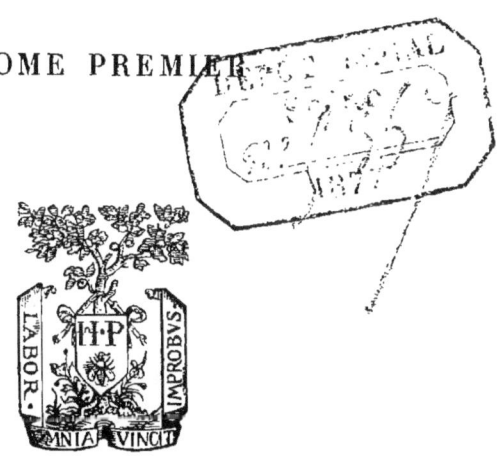

PARIS

E. PLON et Cie, IMPRIMEURS-ÉDITEURS
10, RUE GARANCIÈRE

1877

AU LECTEUR

Quoiqu'il ne soit guère permis à un auteur de présenter lui-même l'appréciation de son œuvre, j'ose affirmer que la confession du comte Daniel de Kerfons mérite l'indulgence et la sympathie que je sollicite pour elle. Dans ce roman, j'ai tenté, pour les mœurs mondaines de ce temps, ce que j'avais déjà tenté dans « Henriette » pour nos mœurs politiques, c'est-à-dire une peinture fidèle et sans parti pris. Quelle que soit donc la surprise que pourront causer les actions et les événements groupés dans ce récit, lequel ne se présente, d'ailleurs, que comme un épisode d'un tableau d'ensemble, destiné à être complété ultérieurement, je supplie mon lecteur de croire que je suis resté l'esclave de la vérité. Si parfois il est tenté de se révolter contre les défaillances et les inconsequences de mes personnages ; s'ils ne lui appa-

raissent ni assez fortement trempés, ni assez
résolus, qu'il daigne songer que je n'ai pas voulu
faire des « héros de roman », armés de toutes
pièces, par la fantaisie de l'écrivain, contre les
catastrophes et les tentations de la vie, mais des
êtres vivants, entrevus dans l'intimité de leur
âme, dans l'entraînement de leurs passions, avec
les imperfections et la mobilité inhérentes à la nature humaine et dont le cœur est à l'image du
cœur de l'homme, éternellement capricieux, indécis et changeant.

Quant aux événements que je raconte, je
n'en veux dire qu'un mot. Tout arrive; et l'on ne
saurait trop le répéter à ceux ou à celles qui se
plaignent de l'invraisemblance des romans modernes : il en est des faits que produit la vie
comme de ces nuances surprenantes dont les
nuages se colorent, durant les jours d'automne,
au déclin du soleil. Qu'un peintre ait la pensée de
reproduire un de ces ciels bizarres, et la foule de le
critiquer aussitôt : « Cela ne s'est jamais vu. Où
a-t-il pris ces rouges ardents, ces violets sombres,
ces colorations lumineuses, cet or et cette pourpre? »

Mais, tout à coup, un soir, dans la campagne, le phénomène dont vous avez nié l'existence vous apparaîtra, et la vision qui avait impressionné le paysagiste entrera dans vos yeux avec la puissance de la vérité. Il faut appliquer cet exemple aux événements de l'existence. Quelque extraordinaires qu'ils vous paraissent, quand le romancier les interrogeant consciencieusement, et s'efforçant de les parer de toute la magie du style, les raconte et les développe pour vous intéresser, gardez-vous de les nier, car demain une aventure réelle, vue et touchée par vous, viendra infliger une critique railleuse à votre incrédulité. La société au sein de laquelle j'ai conduit le lecteur n'est pas tout entière semblable au modèle que j'ai choisi. Mais, j'ai voulu la décrire aujourd'hui sous un seul côté de sa physionomie multiple. Mon ambition d'écrivain serait comblée, si je parvenais à la peindre, peu à peu, sous ses autres aspects.

E. D.

DANIEL DE KERFONS

CONFESSION D'UN HOMME DU MONDE

LIVRE PREMIER

I

Après avoir traversé, au sortir d'Avranches, sur un parcours d'environ deux lieues, les frais vallons qu'arrose la Sée, la route de Saint-Lô s'élève vers une colline boisée dont elle sillonne quelques instants les flancs, avant d'atteindre son sommet, et qu'elle franchit sur un vaste plateau dont le sol fertile livre avec orgueil ses richesses au soleil.

De cet endroit que les habitants de ces contrées désignent sous le nom de la « Butte-de-Plomb »,

l'œil embrasse dans une immense étendue de pays,
bornée par le splendide horizon du ciel et de la
mer confondus au loin, un des plus beaux paysages
de France. De toutes parts, il ne voit que potagers,
vergers, bois de pins, champs de pommiers, d'orge
et de blé, groupés autour des fermes éparses dans
la plaine et encadrant l'infinie variété de leurs
couleurs dans les lignes des peupliers tremblants
qui les bordent. Les longues routes blanches sil-
lonnent la vallée, coupée çà et là par des villages
dont un toit de chaume, le scintillement d'une ar-
doise, la flèche d'un clocher, révèlent la présence
au milieu des arbres touffus et serrés. Les prairies
descendent des hauteurs en cascades verdoyantes ;
les sentiers fleuris à peine entrevus fuient sous les
ormes et les chênes. Les flots de la Sélune et de a
Sée se tracent, parmi ces splendeurs culturales,
des chemins tortueux et brillent sous la lumière
ainsi que des diamants dans un écrin.

Vers la gauche, à l'extrémité d'un promontoire
que dominent les tours de ses églises, une ville
vieille d'aspect étage ses maisons tapissées de
lierre, de roses blanches et de vigne vierge, sur
des remparts noircis et des terrasses dont les
pierres écrasées sous le poids du temps font
brèche çà et là, pour laisser passer les branches

robustes des figuiers ou les tiges flexibles des grenadiers en fleur. C'est Avranches debout, ainsi qu'une reine, au milieu des vallées riantes, qui la parent de tous les trésors de leur incomparable fertilité. A ses pieds, les rivières au fond sablonneux ouvrent leur large lit aux marées hautes. Plus loin, s'étendent les grèves, tantôt couvertes par les eaux, tantôt à sec, au milieu desquelles se dresse l'énorme masse du mont Saint-Michel, baignant dans l'azur ses flèches hardies et découpant sur le ciel ses balustrades dentelées ; plus loin encore, semblable à un géant accroupi aux pieds d'un géant plus puissant que lui, le morne rocher de Tombelaine étale ses flancs dévastés. Puis, à l'extrémité des grèves imposantes, c'est la mer, la mer sans limites et sans fin, et à la surface de ses flots aux couleurs sans cesse changeantes, les contours indécis du rocher de Cancale, de la pointe de Granville, des îles Chausey, de Jersey, plus ou moins visibles dans la brume, selon que les rayons du soleil se plaisent à les éclairer.

Si, après avoir contemplé ce merveilleux spectacle des hauteurs de la Butte-de-Plomb, le touriste se retourne et regarde derrière soi, il aperçoit à l'extrémité du plateau un parc séparé de la route par des hautes haies d'aubépine qui lui font

une solide enceinte. Au centre de ce parc, au fond
d'une large avenue que longe, à droite et à
gauche, une quadruple rangée de hêtres, il voit
un château construit en briques rouges et en granit
grisâtre, flanqué de tours massives, couvert d'un
toit d'ardoises, et surmonté de deux dômes que
couronnent des clochetons. Devant le château, une
prairie en pente, dont des massifs de fleurs détrui-
sent l'uniformité, s'étend, ainsi qu'un tapis toujours
vert, jusqu'à un perron monumental. L'aspect de
cette demeure est mélancolique. Les arbres aux
nuances foncées qui l'environnent de toutes parts
et dont le vent de la mer a courbé les cimes, en
les arrondissant; les fenêtres à petits carreaux,
tels qu'on les fabriquait au siècle dernier; la teinte
des murailles, assombrie par les intempéries de
l'air; les vastes proportions de cette construction
un peu lourde, contribuent à lui donner à l'exté-
rieur ce caractère de tristesse qui saisit et impres-
sionne le passant dont elle a frappé les regards.

Ce domaine se nomme La Sauvage. C'est là que
je suis né, là que j'ai grandi, là que j'espère vivre
désormais et mourir. Ma famille, dont je n'ai voulu
parler qu'après avoir conduit le lecteur au seuil de
notre demeure, est illustre dans le pays avranchin.
Elle a donné des évêques à Avranches et à Bayeux,

deux abbés au mont Saint-Michel, un grand nombre de soldats à la France.

Depuis les croisades jusqu'aux guerres de l'empire, les Kerfons ont souvent répandu leur sang sur les champs de bataille. Le plus renommé de mes ancêtres fut le compagnon d'armes de du Guesclin. Mon grand-père combattit à Waterloo. Il était général de division lors de l'expédition d'Alger, à laquelle il prit part. La terre africaine fut le dernier théâtre de ses exploits. A son retour, ses blessures et son âge l'obligèrent à demander sa retraite. Il mourut en 1843, chargé de gloire et d'honneurs. Son fils unique, mon père, n'avait jamais voulu se marier, afin de rester plus libre de se consacrer à lui. Les années de sa jeunesse s'étaient écoulées auprès du vieillard. Resté seul, désireux de ne pas laisser notre nom s'éteindre en sa personne, il épousa une veuve riche, belle et parée de toutes les vertus. Je fus le seul fruit de ce mariage. Je perdis ma mère en voyant le jour.

Ma nourrice me prodigua des soins, bien au delà des premiers temps de mon enfance. Mon père voyageait, cherchant dans les distractions des grandes villes l'oubli de sa douleur, et ne faisait à La Sauvage que de rares et courtes apparitions. C'est pendant cette période que le gouvernement du roi Louis-Philippe fut renversé. Le comte de Kerfons revint en toute hâte d'Angleterre où il se trouvait, et fut élu comme représentant du département de la Manche à l'Assemblée constituante. Il fit également partie de l'Assemblée législative. Dans l'une et dans l'autre, il siégea parmi les royalistes. Après les événements de décembre, il rentra dans son château; il n'en sortit plus. Il fut désormais tout à moi.

C'est alors seulement que je connus les douceurs de sa paternelle tendresse et que j'appris à l'aimer. J'avais huit ans; il se consacra entièrement à mon éducation; il devint mon ami, mon maître, et, parmi les nombreux professeurs qu'il fit venir à La Sauvage pour me doter d'une instruction brillante, digne du rang que je devais occuper un jour dans le monde, nul ne me donna des leçons meilleures que les siennes. Ces années déjà lointaines sont les plus heureuses de ma vie. Le souvenir que j'en ai gardé la domine toute, ainsi qu'une image d'une douce et consolante beauté, dont ma mémoire n'est jamais lassée et vers laquelle mes yeux s'élèvent pour y chercher l'oubli du présent dans les joies du passé, toutes les fois que quelque tristesse vient m'envahir.

Ma jeunesse fut, il est vrai, frappée d'un vide

profond. Un rayon divin, le sourire d'une mère lui fit défaut. Mais je n'en souffrais pas autant qu'on pourrait le croire. Je n'avais pas connu ma mère. Et puis, mon père, comme pour la remplacer auprès de moi, s'était accoutumé à faire de son affection deux parts : l'une exquise, tendre, avec je ne sais quoi de moelleux et de féminin, semblable à celle qu'une mère m'eût prodiguée ; l'autre plus virile, plus forte, qui, peu à peu, absorba la première au fur et à mesure que je devins homme.

A quelque date de ces temps que je me reporte, je me vois toujours choyé, entouré d'un amour intelligent, ferme et charmant. Mes plaisirs, alors, consistaient en promenades durant lesquelles mon père m'initiait à la science des choses et à celle de la vie. Avranches, Dol, Granville, le mont Saint-Michel étaient tour à tour le but de ces excursions. Nous les faisions tantôt à cheval, tantôt à pied. De bonne heure, mon père m'avait accoutumé aux exercices du corps. Je grandissais vigoureux et hardi, et je supportais aisément les plus dures fatigues. Au temps de la chasse, de nombreux invités arrivaient au château. Un peu triste durant toute l'année, notre vieille demeure semblait alors sortir d'un long somme et se ranimer. Dès l'aube, les chasseurs se jetaient dans les bois, à la poursuite

du gibier. Je suivais tantôt les uns, tantôt les autres, portant fièrement mon fusil, déployant mon
adresse, tenant tête aux plus robustes. Je rentrais
le soir, le corps brisé, mais l'esprit alerte et sain,
et après le joyeux repas qui nous réunissait tous
autour d'une table abondamment servie, j'allais
dormir, rêvant pour le lendemain d'exploits nouveaux.

Malgré tout, cependant, mon éducation eût été
incomplète, si je n'avais eu pour partager mes
jeux des compagnons de mon âge. La vigilante sollicitude de mon père pourvut encore à ce besoin.
Il comptait, dans les environs de La Sauvage, à
Avranches, de nombreux amis. Il les conviait fréquemment, surtout au temps des vacances, à nous
venir voir et à amener leurs enfants élevés, pour la
plupart, au collège de Saint-Lô. J'eus ainsi des camarades. Il en est deux qui avaient grandi plus
près de moi et pour lesquels je ressentais une sympathie plus vive que pour les autres.

L'un se nommait Julien Faldouey. Si j'en parle
dès à présent, c'est qu'il devait être étroitement
mêlé aux événements dont j'ai entrepris le récit et
qu'il ne cessa pour ainsi dire jamais d'être associé à
ma vie. Maître Faldouey, son père, — le plus riche
fermier du mien, — était un gros homme, au

visage rubicond et fleuri, fort autant que débonnaire, aimant la bonne chère, fin comme devait
l'être tout vrai Normand, probe, d'ailleurs, le cœur
sur la main et incapable de causer volontairement à
son prochain le moindre dommage. Julien tenait
de lui un cœur généreux, une nature aimante et une
délicatesse de sentiments qui ne contribua pas peu
à me le rendre cher. En le connaissant mieux, je
trouvai chez cet enfant, qui avait mon âge, des
aspirations et des goûts conformes aux miens.
Comme moi, il était sans mère. Il est vrai qu'il
avait connu la sienne, la pleurait toujours, m'en
parlait souvent. Mais cette différence dans l'unique
similitude de nos existences était justement ce qui
faisait de lui pour moi un être d'élection, puisqu'il
pouvait m'entretenir du bien précieux qui nous
manquait à l'un et à l'autre, sans que, pour ma
part, j'eusse souffert de le perdre, et m'initier à la
douceur des caresses maternelles que, moins heureux que lui, je n'avais jamais goûtées.

Julien possédait une intelligence heureusement
douée, une soif d'apprendre et de savoir que trahissait l'ardeur de son regard, une distinction d'esprit
et de manières rare chez les personnes de sa condition. Son corps, mince et frêle, contenait une
des plus belles âmes que j'aie jamais connues; et

quoique maître Faldouey, auquel physiquement il
ressemblait peu, prétendît que cet enfant pâle et
maladif ne lui faisait pas honneur, il en était fier et
se laissait dire volontiers que son fils, pour l'éducation duquel il ne refusait aucun sacrifice, était destiné aux plus brillantes positions. Impressionnable
à l'excès, enthousiaste comme un Méridional, Julien
Faldouey était poëte. J'eus la confidence de ses
premiers vers, et rien n'aida plus que cet échange
de nos pensées à fortifier notre mutuel attachement et à le rendre assez durable pour qu'il ait
survécu aux heures dont j'évoque en ce moment la
mémoire.

Toutefois, Julien ne fut pas l'unique ami de mon
enfance. J'en eus un autre : une jeune fille. Je
l'avais connue enfant, et quoiqu'elle fût mon aînée
de deux ans, il régna toujours entre nous une intimité étroite, à laquelle, un peu plus tard, fut admis
Julien Faldouey. Nous formâmes alors un seul
cœur; chagrins et plaisirs nous devinrent com-
muns.

Notre amie se nommait Christine Le Jollais. Son
père, élevé par Louis-Philippe à la dignité de pair
de France, député plus tard, passait pour le plus
riche banquier de Normandie. Il habitait Avranches, parce qu'il possédait aux environs de cette

ville d'importantes propriétés ; mais, dans tous les ports de la côte, son nom était connu comme celui d'un opulent et heureux armateur. L'hôtel Le Jollais, situé dans la rue de la Constitution, sur l'emplacement d'une abbaye de bénédictins, incendiée pendant la Terreur, peut être considéré comme un des monuments d'Avranches. C'est un beau bâtiment, entre cour et jardin, qui ferait brillante figure dans le faubourg Saint-Germain ou sur l'avenue des Champs-Elysées. Il appartient à la famille Le Jollais depuis plus d'un siècle. Les ameublements de prix et les objets d'art s'y sont accumulés pendant ce temps, avec une profusion que peuvent seuls expliquer les bénéfices abondants réalisés par les trois générations de négociants qui y ont vécu. C'est là que M. Le Jollais, sa femme et sa fille demeuraient huit ou neuf mois tous les ans. A la fin de décembre, ils partaient pour Paris, où l'accomplissement de ses devoirs parlementaires appelait M. Le Jollais, et ne rentraient qu'en avril.

Quand je vins au monde, mon père était depuis longtemps en relation avec M. Le Jollais. Ma naissance et la mort de ma mère rendirent ces relations plus étroites, car madame Le Jollais, prise de pitié pour moi, après le malheur qui m'avait frappé, se

plut à veiller sur l'enfant au berceau et à diriger
les soins que me donnait ma nourrice. Durant ma
première enfance, alors que mon père voyageait
pour distraire ses douleurs, elle franchissait souvent la courte distance qui sépare Avranches du
château de La Sauvage, afin de m'embrasser. Christine l'accompagnait toujours. C'est ainsi qu'en
grandissant, j'appris à la considérer comme un
être faisant partie de ma vie, presque comme une
sœur.

Christine était fille unique. Elle annonça de
bonne heure qu'elle serait remarquablement belle.
Pour les millions qu'elle devait recevoir en dot, on
l'eût épousée laide. Sa grâce naissante ne fit qu'ac-
croître le nombre de ses prétendants. Au lendemain
de sa première communion, on parlait déjà d'elle
comme d'une héritière bonne à conquérir. Des
pères prévoyants, dans leurs entretiens avec M. Le
Jollais, prenaient les devants et inscrivaient leurs
fils parmi les prétendants futurs à la main de Christine. Ces ambitions prématurément excitées provo-
quaient les railleries de M. Le Jollais. Encore qu'il
ne laissât pas d'être flatté des démarches faites
auprès de lui de toutes parts, il en parlait en riant.
Sa femme s'en montrait au contraire tout attristée,
estimant qu'on venait lui rappeler trop souvent et

trop tôt qu'elle élevait son adorable fille, non pour jouir plus tard de sa tendresse, mais pour la voir enlever par un inconnu aux mains duquel serait confiée la tâche de la rendre heureuse.

— Ah! monsieur le comte, pourquoi votre fils n'est-il pas né cinq ans avant Christine? disait-elle quelquefois à mon père. Quel excellent mari il 'eût fait pour elle, et comme j'aurais été rassurée en la lui donnant!

Il est certain que j'étais trop jeune pour devenir l'époux de Christine. A seize ans, elle avait la taille, la beauté, l'éclat d'une jeune fille, un esprit ferme, une raison mûre, tandis que, malgré la précocité de mes quatorze ans, je n'apparaissais encore que comme un enfant bien éloigné de comprendre les graves devoirs de la vie pour lesquels elle semblait prête. Un portrait d'elle que son père fit faire à Paris, vers ce temps, et dont une copie se trouve sous mes yeux, au moment où j'écris, la représente grande, svelte, tout charme et toute harmonie, avec des traits délicats et purs, un teint de lis et de roses, des yeux noirs à fleur de peau, largement fendus, exprimant la gaieté de l'enfance, la franchise de l'innocence, tempérées par la modestie craintive de la femme qui commence à se révéler dans la jeune fille, et des cheveux d'un blond ardent, tordus en une natte épaisse au-dessus du front, laissant à nu un cou gras et blanc, couvert de poils follets, baignés par la lumière et brillants comme des paillettes 'd'or. Plus tard, l'âge arrondira cette taille frêle, donnera à ces chairs roses la blancheur d'un marbre sans défauts, la saveur d'un beau fruit; l'expérience de la vie voilera de mélancolie les mystères de ce regard rieur; mais, longtemps encore, la femme restera semblable à l'enfant, et le portrait qu'on fera d'elle ne différera guère de celui que je décris.

Du plus loin qu'il me souvienne, j'ai toujours aimé Christine. Elle est mêlée comme une tendre sœur à toute mon enfance. Je la retrouve au seuil de ma jeunesse, partageant mon cœur avec Julien Faldouey. Durant bien des années, nul trouble ne vint altérer la sérénité de notre fraternelle amitié. Nous grandîmes, les uns et les autres, sans nous apercevoir qu'elle avait cessé d'être une enfant, sans qu'elle s'en aperçût elle-même. Tous les ans, elle suivait sa famille à Paris. Durant son absence, nous nous écrivions, et quand elle nous revenait, c'est seulement par l'étendue de la joie que nous éprouvions en nous retrouvant, que nous constations que nous avions vécu séparés, et non par les changements survenus en nous.

C'est Julien Faldouey qui fit monter le premier nuage dans la pureté de notre ciel. J'ai dit qu'il était poëte. Tout poëte a une muse et se plaît à la chanter. Comme il n'avait sous les yeux, ni dans la ferme de son père, ni dans le château du mien, aucun modèle propre à réaliser l'idéal de la sienne, Julien en fit une de pièces et de morceaux, non-seulement d'après les belles immortalisées par les auteurs classiques dont nous étions nourris, mais encore d'après les héroïnes des poëmes et des romans qu'il avait découverts dans la bibliothèque et dévorés avec avidité. Il adressa à son tour ses hommages à Didon, à Hélène, à Lydie, à Cléopâtre ; je me souviens même qu'il ne fut pas insensible aux charmes de la reine de Saba, que l'une des tapisseries du château représentait fort légèrement vêtue, donnant sa main à baiser au sage, mais trop inconséquent Salomon. Puis, ses vers d'amour furent dédiés à Béatrix, à Atala, à Elvire, à la Esméralda, à Ninon. Sa verve était inépuisable, et j'admirais, non sans envie, l'art avec lequel il décrivait tant de beautés diverses et les sentiments qu'elles lui inspiraient.

Un jour enfin, l'œil brillant, le front pâle, la voix émue, Julien me lut une ode qu'il avait écrite d'inspiration durant la nuit et qui portait ce simple titre : *A Elle*. La veille de ce jour, Christine, qui touchait alors à ses dix-huit ans, était revenue de Paris, où elle avait passé l'hiver, belle de tout l'éclat de son jeune et magique printemps. Elle nous avait raconté sa présentation dans le monde, ses succès, avec un accent qui révélait son en-thousiasme, son ivresse, et le contentement de la femme qui, pour la première fois, a exercé son empire autour d'elle et en éprouve victorieusement la puissance. Les vers de Julien me démontrèrent que cette puissance, il l'avait subie. « Elle » ressem-blait à Christine. Mêmes regards, mêmes traits, mêmes charmes. Il parlait de ses yeux, « des yeux à rendre fou », et il ajoutait mélancoliquement : « Tu le sais mieux qu'un autre, ô mon pauvre poëte ! » Ce dernier trait m'éclaira :

— Mais, c'est Christine ! m'écriai-je.

Il devint plus pâle encore, froissa dans ses mains tremblantes le papier confident de son inspiration et me dit d'un ton farouche :

— Eh bien, oui, c'est Christine ! Je l'aime.

Puis, il s'enfuit. J'étais si troublé moi-même, que je ne songeai pas à le retenir. C'est que son aveu, en tombant de ses lèvres, avait brûlé les miennes comme si je l'eusse prononcé. L'expression de ses jeunes ardeurs venait de déchaîner mes premiers désirs, en leur donnant une inspiration et un but.

— Moi aussi, je l'aime, me disais-je.

Et mon imagination affolée me montrait, dans une vision rapide et chaude autant qu'une flamme, tous les charmes que jusqu'alors je regardais d'un œil tranquille et innocent : les lèvres roses, les yeux profonds, les mains blanches de l'enchanteresse, comme la première et discrète révélation des trésors vierges qu'elle réservait aux baisers de l'amant. On ne sait tout ce qui dort de sensations brûlantes, d'imaginations folles, d'aspirations brutales, de désirs inavoués dans le cerveau d'un adolescent. C'est un amas de matières combustibles. Il suffit d'une étincelle pour l'embraser. La parole de Julien avait été pour moi cette étincelle. Pendant le diner, j'eus beaucoup de peine à dissimuler mon trouble. J'y parvins cependant à force de volonté. Le repas fini, je m'éloignai, moins encore pour fuir la présence de mon père, que pour rejoindre Julien que je voulais contraindre à me faire connaître ses sensations et à me décrire le mal d'amour dont il souffrait. La ferme de maître Faldouey n'était pas éloignée du château. J'y courus, certain d'y rencontrer Julien. Située à l'extrémité du parc, elle se composait d'une jolie maison où habitait le fermier, et de nombreuses dépendances.

L'heure s'avançait. A ce poétique moment du cré-
puscule qui n'est plus le jour et n'est pas encore la
nuit, un calme solennel enveloppait les champs. On
était au mois de mai, je m'en souviens. J'entraînai Julien vers les bois, et là, sous les avenues obscures, je
connus son secret, mélange exquis de pensées d'enfant et d'aspirations viriles, qui révélaient une âme
pure et droite, et dont l'élévation m'inspira un véritable respect pour celui qui les avait conçues. Il me
raconta donc que la veille, en voyant devant lui Christine, qu'une absence de quelques mois avait parée de
grâces nouvelles, il s'était senti frappé. Sans doute,
ajouta-t-il, il était destiné à souffrir de cet amour, car
c'était un de ces sentiments qui s'ancrent solidement
au cœur et ne passent pas. Mais il mettrait sa gloire à
n'en parler jamais à celle qui l'avait fait naître et,
dût-il en mourir, à le taire toujours. Le dernier
trait de cette confession me parut héroïque. J'ad-
mirai Julien. J'eus honte des sensations que ses vers
avaient d'abord éveillées en moi, et, entraîné par
son exemple, pris d'un bel enthousiasme pour le
rôle de sacrifié, je résolus de me taire aussi, non-
seulement vis-à-vis de Christine qui ne serait jamais
pour moi qu'une sœur, mais encore vis-à-vis de lui-
même dont je ne voulais pas, fût-ce en pensée, devenir
le rival, mais dont j'entendais rester le confident.

A dater de ce jour, ou plutôt de cette nuit, Christine, sans le savoir, eut un amoureux que troublait
toute marque d'amitié qu'il recevait de l'adorée et
dont l'imagination, comme la mienne, idéalisait, à
l'égal des faveurs que les grandes dames d'autrefois accordaient à leurs chevaliers, le moindre
gage venu d'elle. Un ruban détaché de son corsage,
une fleur tombée de ses cheveux, étaient considérés
par nous comme des trésors précieux et rares ; une
étreinte de sa main, comme un bien incomparable
à la conquête duquel il eût été doux de consacrer
sa vie. Ces enfantillages durèrent quinze jours, et
comme il nous sembla que, pendant ce temps,
Christine était devenue avec nous plus sérieuse et
plus grave qu'autrefois, sans que cependant son
affection pour Julien eût paru diminuer, nous
crûmes qu'elle avait pénétré son secret et qu'elle en
était touchée.

Nous ne tardâmes pas à être détrompés. Elle vint
d'Avranches un matin. Prévenus de son arrivée,
Julien et moi, nous allâmes à sa rencontre. En nous
voyant, elle fit arrêter la voiture où elle se trouvait
avec ses parents, mit pied à terre, courut à nous,
et nous prenant chacun par un bras, elle nous dit
tristement, en nous entraînant vers le château :

— J'ai voulu passer toute cette journée avec

vous, mes chers amis. C'est, je le crains, une des dernières que je pourrai vous consacrer. Je vais partir, je quitte ce pays.

Stupéfaits, nous la regardâmes sans comprendre.

— Je me marie, ajouta-t-elle timidement.

— C'est impossible ! m'écriai-je, n'écoutant que mon cœur, qui résistait à la pensée de la perdre et de la voir perdue pour Julien.

Il m'arrêta d'un geste.

— Impossible ! dit-il, en feignant un calme que démentaient la pâleur de son visage et l'éclat de ses yeux. Christine ne devait-elle pas se marier un jour ou l'autre ? Est-ce parce qu'elle est notre amie qu'elle y devait renoncer ? Tu divagues, mon pauvre Daniel.

Je gardai le silence. Il reprit, en s'adressant directement à elle :

— Êtes-vous heureuse du changement qui va s'opérer dans votre vie ?

— Très-heureuse ! répondit-elle un peu embarrassée.

— Comment se nomme votre futur mari ?

Les joues de Christine s'empourprèrent, et elle murmura :

— C'est un gentilhomme comme le père d'Ar-

mand, un de ses amis. Il se nomme le duc de Maugiron.

En entendant prononcer ce nom, ce n'est pas la
surprise qui mit sur mes lèvres un cri que j'étouffai.
Ce fut la colère. Le duc de Maugiron ! Mais, c'était
un vieux viveur ruiné, endetté, usé de corps et
d'esprit, ayant au moins vingt ans de plus que
Christine. Il m'était bien connu. Reçu tous les ans
au château, durant la saison des chasses, c'est là que,
pour la première fois, Christine s'était offerte à ses
regards. Qu'il eût conçu le dessein de redorer son
blason avec la fortune des Le Jollais, je le com-
prenais aisément. Mais que Christine se fût prêtée
à ces calculs ; que la tendresse de ses parents lui
assurant toute liberté dans le choix d'un mari, elle
se fût décidée pour ce personnage incapable d'aimer, indigne d'être aimé, voilà ce qui confondait
ma raison et dépoétisait singulièrement, en la précipitant du piédestal que je lui avais élevé, la passion de ma jeunesse, ma première idole. Une dot
royale, le don d'elle-même, et probablement le
bonheur de toute sa vie, telle était la part qu'elle
apportait à son époux. N'était-ce pas payer bien
cher un titre et un nom illustre ?

Ces réflexions, qui se présentèrent à mon esprit
en moins de temps que je n'en ai mis à les résumer,

je fus sur le point de les soumettre à Christine. De nouveau, un signe de Julien m'arrêta. J'eus comme lui la crainte d'affliger notre amie. Puisqu'elle annonçait son mariage, c'est qu'il était irrévocablement résolu et qu'elle y avait consenti. Mon chagrin n'eut qu'une durée éphémère. La fin de l'été me trouva consolé, tandis que Julien, plus pâle, plus fiévreux qu'autrefois, semblait voué à une incurable mélancolie. Le mariage de Christine devait être célébré à Paris, au mois de décembre. La famille Le Jollais quitta Avranches dans le courant de l'automne. Après son départ, la santé de mon ami parut sérieusement menacée. Sans comprendre la cause de ce mal mystérieux, son père s'en alarma. Peu de temps auparavant, Julien avait subi à Caen, en même temps que moi, et avec succès, ses examens pour le baccalauréat. Maître Faldouey attribua l'inquiétant abattement dont son fils était frappé à un excès de travail. Il en entretint mon père.

— Voyez-vous, monsieur le comte, lui dit-il, ces enfants en savent trop pour leur âge. Je parle du vôtre, comme du mien. Quoiqu'il ait l'air plus robuste, il n'en vaut guère mieux. On leur a bourré la tête de latin et de grec, et ils ont une indigestion. J'estime que nous ferons bien de les mettre au régime pendant quelques mois, c'est-à-dire au repos complet. Qu'en pensez-vous?

— Je pense que vous avez raison, maître Faldouey, répondit mon père. Aussi, j'ai l'intention de faire voyager mon fils. Confiez-moi le vôtre. Daniel sera bien heureux de ne pas se séparer de son ami, et je vous promets, moi, de vous le rendre bien portant.

— Et serai-je longtemps sans le voir? demanda maître Faldouey, dont la joyeuse physionomie se voila de tristesse.

— Quelques mois, sans doute.

Des larmes soudaines montèrent aux yeux du fermier; il resta d'abord silencieux, puis il dit doucement :

— C'est mon unique bien, cet enfant, monsieur le comte, et la pensée de ne plus le voir de si longtemps, c'est comme un grand malheur qui m'arriverait. Je comprends cependant que je serais un méchant père, si je ne saisissais avec empressement l'occasion que m'offre votre amicale bonté. On assure que les voyages forment la jeunesse. Emmenez donc le petit: Je sais qu'il sera pour vous comme un frère de Daniel.

Mon père lui tendit la main, et ce fut tout. Nous partîmes du château un matin. Nous allions à Mar-

seille. Mais, en passant par Paris, nous assistâmes
au mariage de Christine. Il fut célébré dans la chapelle de l'archevêché, par le nonce apostolique, en
présence du cardinal Morlot et des plus illustres
représentants de l'aristocratie française. L'Empereur et l'Impératrice avaient signé au contrat. Le
duc de Maugiron, qui, en sa qualité de royaliste,
boudait les Tuileries, aurait bien voulu se soustraire
à cet honneur. Mais M. Le Jollais, aussi bon cour-
tisan, sénateur de l'Empire, que lorsqu'il était pair
de France du gouvernement de Juillet, avait tenu
à ce que le paraphe des souverains figurât au
bas de l'acte qui faisait d'un vieux gentilhomme
ruiné l'époux d'une créature exquise, dorée, par
surcroît, de quatre millions.

Mon père était témoin de Christine. On nous
relégua, Julien et moi, dans un coin de la chapelle.
Nous y demeurâmes immobiles, silencieux, au milieu d'une véritable cohue de femmes élégantes, un
peu étourdis par les parfums qui se dégageaient
des chairs moites, des cheveux lustrés, des étoffes
froissées, des flacons débouchés, des fleurs échauf-
fées, et montaient dans l'atmosphère avec des
nuages d'encens, à travers lesquels les vifs rayons
d'un clair soleil d'hiver, descendant des vitraux, se
jouaient et jetaient une tremblante et impalpable

poussière d'or. Tant que dura la cérémonie, j'eus
beau me dresser sur la pointe de mes pieds, je
ne vis rien des époux, que la couronne de Christine sur ses tresses blondes, le cou maigre et
le crâne nu du duc de Maugiron. Le nonce leur
adressa un long discours dont quelques mots seulement arrivèrent à mon oreille. J'entendis que
l'orateur parlait de devoirs, de famille future, de
jeunesse vermeille, de grâce pure, de race illustre.
Puis, les accords de l'orgue et les chants sacrés re-
prirent, et la cérémonie continua. Comme elle
allait finir, je regardai Julien. Son œil énergique et
doux avait une étrange expression : j'y vis briller
une larme ; ses lèvres tremblaient. Mais il se contenait, promenant avec une assurance voulue et
une indifférence railleuse sa fine tête pâle sur les
gens qui nous entouraient. Tout à coup, la foule se
poussa vers la sacristie. J'allais la suivre. Julien me
retint.

— Restons ici, me dit-il. Tout à l'heure, Christine va passer par là. Nous la verrons mieux.

Nous attendîmes environ une heure. Les invités
défilaient dans la sacristie. Puis, la hallebarde du
suisse frappa les dalles d'un coup sec. L'orgue joua
une marche triomphale, et la duchesse de Maugiron apparut, belle et rayonnante, au bras de l'époux

I.   2

qu'elle s'était choisi. Elle saluait à droite et à
gauche en souriant. Quand elle arriva près de nous,
Julien baissa les yeux. Moi, je murmurai :

— Bonjour, duchesse!

Nous fûmes entraînés à sa suite. Dans la cour,
les chevaux fringants piaffaient, agitant leurs cri-
nières ornées de cocardes blanches, traînant avec
un grand bruit les carrosses de gala, aux armes
des Maugiron. Cochers et valets de pied avaient
les cheveux poudrés, d'énormes bouquets sur la
poitrine. Une voix dit près de moi :

— Grâce aux millions du père Le Jollais, voici
l'élégance des Maugiron ressuscitée. Ah! il fait un
beau rêve, le duc.

— Et la petite, donc!

— Sera-t-elle plus heureuse?

Notre tour était venu de monter en voiture. Le
cortège traversa avec un grand fracas la foule qui
se ruait aux portes de l'archevéché. En quelques
minutes, nous fûmes transportés rue de Lille, dans
l'hôtel de Maugiron, hier encore solitaire, triste et
grevé d'hypothèques, mais remis à neuf et libéré
maintenant, grâce à la dot de Christine. Après un
somptueux déjeuner, pendant lequel notre amie
trouva difficilement le loisir de nous faire ses
adieux, le duc et la duchesse de Maugiron partirent

pour l'Angleterre. Ils devaient passer deux mois
en Écosse. Le même soir, mon père, Julien et moi,
quittions Paris, nous dirigeant vers Marseille. Le
lendemain, à peine arrivés, mon père nous entraîna
sur le quai de la Joliette, du côté du port, et comme
je m'étonnais qu'il ne nous eût pas d'abord conduits
à l'hôtel, il nous dit :

— Suivez-moi ! je vous ai ménagé une surprise.

Sous l'empire de la plus vive impression, causée
par le spectacle qui s'offrait à nos yeux, je ne pensai pas que la surprise à laquelle mon père faisait
allusion pût être autre chose que la vue de ce port
unique au monde, avec son mouvement ininter-
rompu, sa physionomie de bazar oriental ; de cette
Méditerranée diaphane, si différente de l'Océan,
aux bords duquel j'avais grandi ; de cette ville
joyeuse, toute blanche de la lumière un peu crue
du Midi. Mais mon père nous entraînait toujours.
Nous le suivîmes, en renonçant à l'interroger.

Un soleil clément et un ciel bleu éclairaient la
mer vermeille et calme. Elle étageait dans l'horizon ses vagues lumineuses et légères, ainsi que les
degrés d'une large échelle dont la cime se serait
perdue dans la brume et que les navires qui se dirigeaient vers le port semblaient descendre, tandis
que ceux qui s'en éloignaient semblaient la gravir.

Tout était vie, joie, tumulte. La lumière se jouait
dans une tremblante forêt de mâts, dont la brise
faisait claquer les voiles et déroulait les pavillons.
Des matelots, par centaines, couraient sur le pont
des navires, grimpaient dans les cordages. D'autres
embarquaient ou débarquaient des marchandises,
enlevant, avec des machines puissantes, les balles
de coton, les fûts de vin, les caisses de savon, ou
vidant dans des mannes au long du quai les oranges
de Majorque et les figues de Smyrne. Comme dans
une tour de Babel, les langues du monde entier se
mêlaient en un murmure confus, où chacun faisait
sa partie, ainsi que les instruments divers d'un
orchestre. Le juron bruyant du Maltais se croisait
avec la chanson mélancolique du Norwégien ;
l'accent flegmatique de l'Anglais se mêlait au
jargon verbeux du Grec, et la rude voix du Pro-
vençal, se sentant chez elle, dominait aisément ces
idiomes.

— C'est ici, dit tout à coup mon père.

Devant nous, au ras du quai, un joli yacht se ba-
lançait. Construit solidement, pour tenir la grosse
mer, bien gréé, fin d'allures, le *Kerfons* comptait à
son bord onze matelots, y compris le mécanicien
et un chauffeur. Ce petit équipage, commandé par
un maître timonier de la marine de l'État, retraité,

nous attendait et nous reçut avec les honneurs dus au maître.

— Voici la surprise, mon cher enfant, me dit alors mon père. J'ai pensé qu'il te serait plus agréable de voyager sans cesser d'être chez toi que de recourir aux voies ordinaires. J'ai acheté ce yacht pour te l'offrir. Tu es ici sur ton navire. Fais-nous-en les honneurs !

Ah ! l'excellent père ! Je sautai à son cou, et ma reconnaissance se traduisit dans un baiser. Puis je me mis à arpenter mon domaine. Il mesurait quinze mètres dans sa longueur. A l'arrière, se trouvaient un petit salon et deux cabines, l'une pour mon père, l'autre pour Julien et pour moi. Après cette visite sommaire, et tandis qu'on embarquait nos bagages et nos provisions de route, nous allâmes parcourir la ville. Ce soir-là, je m'endormis balancé par les vagues tranquilles qui venaient expirer dans le port et au bruit monotone du clapotage des eaux contre les parois du bassin. Quand je me réveillai, il faisait grand jour. Nous voguions en vue des côtes, nous dirigeant sur Nice. Nous visitâmes tour à tour Gênes, Naples, Civita-Vecchia, où notre yacht mouilla durant trois semaines que nous passâmes à Rome. Nous parcourûmes les côtes de Sardaigne ; nous fîmes escale en Corse, puis à Malte; nous visitâmes le Pirée, Alexandrie, Constantinople, Gibraltar. Nous connûmes toutes les émotions de la vie de la mer : les bourrasques soudaines devant lesquelles il fallait fuir, les mers tumultueuses qui nous obligeaient à nous mettre aux pompes, les arrivées tardives au port, après une journée de fatigue et d'émoi; les escales aux pays inconnus, et aussi les matinées radieuses, pleines de parfums et de chansons; les chaudes soirées sur les eaux phosphorescentes, où le soleil, en se couchant, laissait de longues traînées lumineuses, et où les étoiles se reflétaient en d'innombrables gerbes d'or. Heureux temps! voyage enchanté! belles heures de ma jeunesse, passées si vite, entre un père chéri et un ami fidèle, comment vous oublier? Quel moment de ma vie m'a donné des douceurs pareilles aux vôtres, si ce n'est celui où j'ai aimé!

Ces belles excursions durèrent huit mois. Un soir, nous abordâmes au port de Cherbourg. Maître Faldouey, prévenu de notre arrivée, était venu à notre rencontre, impatient de voir son fils.

— Vous savez comment il était quand vous me l'aviez donné, lui dit mon père; voici comment je vous le rends.

Maître Faldouey n'en pouvait croire ses yeux.

C'est que Julien ne ressemblait plus au pâle enfant
que nous avions connu. C'était, comme moi, un
homme vigoureux, bien trempé, hâlé par le soleil
et l'air de la mer, heureux de vivre, et ne conser-
vant plus des aspirations maladives de ses jeunes
années que des souvenirs charmants, une expérience précoce et un sentiment inaltérable pour
Christine. Nous rentrâmes tous ensemble au château
de La Sauvage.

II

Ce n'est pas dans le but de raconter au jour le
jour les simples et tranquilles incidents de ma
première jeunesse que j'entreprends ce récit. Les
événements dont je veux t'entretenir, lecteur, et
dont je n'ai reculé le tableau que parce qu'il faut
d'abord te familiariser avec mon âme, en me faisant
connaître à toi tout entier, sont d'un intérêt plus
vif et plus poignant que les impressions d'un adolescent, au seuil de la vie dont il ne sait rien encore. Ne te plains donc pas si je franchis d'un trait
le temps qui sépare mon retour à La Sauvage de
l'époque où j'atteignis l'âge de vingt-deux ans.

Le temps s'était passé sans apporter dans ma vie ni vives émotions, ni grandes secousses. De nouveaux voyages à bord de mon yacht, de rares excursions à Paris, de longs séjours dans la maison paternelle, charmés par l'étude, par les distractions de l'existence des champs et surtout par la présence de mon père qui s'était accoutumé, en vieillissant, à ne plus quitter son château, et qui m'y retenait, ainsi furent remplies ces cinq années. Ce qui me surprend aujourd'hui, c'est que pendant si longtemps j'aie pu vivre loin des villes, seul et cependant heureux.

Les compagnons de mon enfance étaient dispersés au gré de leur destinée. Retenu à Paris par une irrésistible vocation littéraire, Julien Faldouey s'y était fixé en quittant l'École de droit et avait fait, non sans éclat, ses débuts de journaliste et d'écrivain. Il était un des plus en vue parmi ce petit groupe de jeunes hommes studieux, chercheurs, avides de savoir et qui dans les lettres, dans les sciences, dans l'art, tentaient de substituer l'observation à la convention, d'élever le niveau intellectuel de l'esprit français, en même temps qu'en politique, abdiquant les préjugés de leurs aînés, attachant plus de prix au fond qu'à la forme et méprisant dans les luttes des partis ce qu'elles ont de mesquin et de personnel, ils songeaient au moyen d'assurer le triomphe des doctrines qui, de 1815 à 1848, ont fait la force de la monarchie. Tenu au courant des espérances et des projets de Julien par les lettres qu'il m'écrivait ou par ses confidences lors de nos rares entrevues, j'étais loin cependant d'être initié aux détails de sa vie. Il venait tous les ans à La Sauvage égayer pendant quelques semaines la verte vieillesse de son père; mais un caprice du hasard voulut qu'à presque toutes les époques de son séjour à la ferme, je fusse moi-même hors de France.

Christine, devenue duchesse de Maugiron, menait l'existence des grandes mondaines. Au sommet social, où son nouvel état l'avait placée, elle s'était fait bien vite une place, la première. On admirait sa beauté, on aimait son esprit, et tout était charme en elle, tout jusqu'à cette mélancolie qui, peu de mois après son mariage, mit à son front un pli et voila sa juvénile gaieté d'une expression indicible, sous laquelle un ami aurait pu deviner l'amertume d'une déception cruelle et une sourde révolte contre les cruautés d'une vie manquée. La mode, cette éternelle capricieuse, l'avait faite reine; les adorateurs en foule suivaient ses pas. Mais elle tenait en si haute estime son honneur et le nom qu'elle portait, que la malveillance, qui cherchait à tirer de la fière originalité de son caractère et de l'âge de son mari un argument contre sa réputation, n'avait pas trouvé l'occasion d'en médire. Les échos de Paris m'apportaient ces détails. Je ne voyais Christine qu'à de longs intervalles, sans que ces visions rapides éveillassent dans mon cœur d'autres sensations que celles d'un attachement fraternel.

Elle ne me manquait pas plus que ne me manquait Julien lui-même. Je leur écrivais de temps en temps. Je ne pouvais penser sans être ému à la douceur des heures qui nous réuniraient. Mais, au fur et à mesure que mûrissait notre jeunesse, que s'affaiblissait le souvenir des peines et des joies jadis partagées, je sentais que si notre séparation se prolongeait, ils me deviendraient peu à peu moins chers, presque étrangers. Il en est ainsi de nos affections. On s'aime, on se promet de ne s'oublier jamais. Mais, plus forts que notre volonté, les événements nous séparent, et peu à peu ces liens, qui semblaient indissolubles, se relâchent et finissent par tomber de nos cœurs. Nous n'étions pas condamnés à connaître ce degré d'indifférence et d'oubli. Le bruit se répandit tout à coup, et c'est par les journaux que je le connus, que la jeune

duchesse de Maugiron intentait à son mari un procès en séparation de corps et de biens. En devenant l'époux d'une créature aussi accomplie, cet
être misérable n'avait abdiqué aucun de ses vices.
Pendant plusieurs années, il parvint à la tromper,
en donnant à ses viles passions leur pâture secrètement. Mais un jour, sa inconduite se révéla tout
entière, avec des détails odieux, d'un caractère tel
que, pour préserver sa fortune, son repos et sa dignité, Christine dut se réfugier chez ses parents et
déférer aux tribunaux le triste personnage dont,
par ambition et par vanité, elle avait accepté le
nom.

Ce fut son premier châtiment d'assister, impuissante à en arrêter les effets, au scandale qui se fit
autour de ce nom que le duc de Maugiron traînait
dans la boue et couvrait d'opprobre. La France et
l'Europe, affriandées par le haut rang des parties,
fouillèrent avec une curiosité malsaine dans la vie
privée des époux, étalée au grand jour de l'au-
dience, et en colportèrent les échos avec une malveillance qui n'épargna ni l'un ni l'autre.

Je suivis avec une impression de cruelle tristesse
ce procès dont les journaux reproduisirent intégra-
lement les débats. Christine le gagna haut la main.
Le tribunal lui donna raison sur tous les points, et;

en fin de compte, sa dignité fut sauve ainsi que la tranquillité de sa vie. Mais, bien qu'il eût été démontré qu'après cinq ans de mariage, cette charmante femme, dont tant de gens enviaient le sort, en était à attendre une heure de bonheur, elle n'eut pas le privilége de conquérir d'abord la sympathie du monde; chacun de ceux qui connaissaient son infortune se plaisait à répéter qu'après tout, cette infortune était l'œuvre de son orgueil, et qu'elle s'en consolait aisément.

Elle se mit à vivre, en effet, comme si elle eût cherché à se consoler. Mal conseillée par ses parents, qui, depuis sa naissance, s'étaient surtout montrés soucieux de donner satisfaction à tous ses caprices, et dont l'amour aveugle l'aurait conduite aux abîmes où sombre l'honneur des femmes, si, pour préserver le sien de toute chute, elle n'avait eu une âme d'élite, on la vit à Paris, à Nice, à Pau, reine d'un cercle de grandes dames coquettes et désœuvrées, environnée de courtisans dont chaque parole était une tentative contre sa vertu, se laisser entraîner dans le tourbillon des plaisirs bruyants et dans les folles et excentriques exigences que la mode impose à quiconque s'asservit à ses lois. Si le bonheur résidait dans le bruit et l'éclat qu'elle cherchait avidement, elle eût été heureuse. Mais, il y avait en elle un vide immense que le flot de ces joies trompeuses ne parvenait pas à combler. Ce fut un hasard qui, dans cet état de détresse, la rapprocha du compagnon de son enfance.

Au cours de son procès, je lui avais écrit fréquemment des lettres affectueuses. Elle y répondit sur le même ton, et la confiance se rétablit naturellement entre nous aussi forte qu'au temps passé. Elle me livra le fond de son cœur, et elle était sincère, lorsqu'elle laissa un jour tomber de sa plume cette phrase : « Ah! mon ami! que je suis malheureuse! Que je m'ennuie! Je mourrai d'ennui, c'est certain! » Elle s'ennuyait en effet, et ce mot résume toute sa vie à cette heure de crise durant laquelle elle courut de si grands périls.

J'ai dit pour quelles causes ses parents, bien qu'elle fût l'unique objet de leur tendresse, ne pouvaient lui tenir lieu de tout ce qui lui manquait. Il faut encore ajouter que, simple comme une honnête bourgeoise, naïve comme un enfant, madame Le Jollais passait sa vie à se lamenter sur les malheurs de sa fille, mais qu'elle était incapable de lui en alléger le fardeau ou de l'aider à les oublier, dans une existence paisible. Quant à M. Le Jollais, la politique et les affaires étaient devenues ses maîtres, des tyrans qui ne lui laissaient ni le loisir, ni la faculté de s'occuper de Christine. « Si vous saviez comme je me sens seule et abandonnée ! m'écrivait-elle encore. Cet isolement me fait peur. Il me poussera à quelque extrémité. Pour comble de disgrâce, je n'ai pas d'enfant. » Dans toutes ses lettres, des plaintes analogues me révélaient la torpeur, l'accablement de son âme, mêlées aux détails qu'elle me donnait sur la bruyante vie dans laquelle elle cherchait à s'étourdir.

A la compassion que les premières confidences de Christine avaient d'abord éveillée en moi, se joignit, quand, devenant plus pressées et plus intimes, elles me firent mieux connaître la nature et l'étendue de ses chagrins, le désir de contribuer à la guérir. L'ancienne amitié qui régnait entre nous me donnait le droit de lui venir en aide dans sa détresse morale, de la soutenir, de la conseiller. J'entrai dans mon rôle sans en voir les écueils avec une ardeur qui allait bien au delà de l'amitié.

Tout homme sérieux qui a tenté de nouer avec une femme jeune comme lui des relations purement amicales sait combien il est malaisé de leur conserver un caractère fraternel et avec quelle facilité trompeuse elles se transforment, sous l'empire d'une séduction dont la tranquille confiance des premiers rapports active et surexcite le développement. Mes sentiments subirent ces métamorphoses, et, à mon insu, je le laissai voir à Christine. Elle fut éclairée ainsi la première, et un mot d'elle me permit à moi-même de me rendre compte de tout le chemin que j'avais parcouru en quelques semaines et combien j'étais loin des chastes tendresses rêvées d'abord.

En réponse à l'une de ses lettres, empreinte d'un morne désespoir, je l'avais pressée de se rapprocher de moi et de venir, comme autrefois, habiter Avranches. Je comptais sur l'influence de ces lieux riants, sur l'action d'une amitié fidèle pour procurer à son âme l'apaisement. Elle m'entretint de ce projet avec une franchise presque brutale, qui porta la lumière dans mon esprit. « J'y avais songé, me disait-elle. Mais est-ce bien l'apaisement que mon retour vers les lieux où vous êtes me donnera? Je ne peux, hélas! Dieu me pardonne de vous en faire l'aveu, je ne peux songer sans effroi à la minute qui nous réunira. Si nous allions nous aimer! » En lisant ces lignes brûlantes, un nuage passa sur mes yeux, un flot de sang monta à mes joues, et je sentis affluer à mon cerveau les désirs fous dont j'avais jadis, et durant quelques jours, subi la puissance, fouettés cette fois par mon imagination moins ignorante et plus virile. Ah! la sirène! qu'elle fût sincère ou qu'elle eût voulu se jouer de moi, elle avait troublé le repos de mes jours, la sérénité de nos relations.

Depuis ce moment, il me fut impossible de songer à elle sans éprouver une surexcitation d'une intensité que je ne saurais exprimer. Nos lettres prirent un tour plus intime et plus tendre. Nous jouâmes, ainsi que des enfants, avec un péril dont la distance qui nous séparait nous empêchait de voir l'imminence et l'étendue. Nous épuisâmes, par correspondance, le vocabulaire des expressions les plus ardentes de la passion, et nous en arrivâmes à cette situation singulière de ne pouvoir plus nous revoir sans qu'une crise inévitable mît en danger notre vertu.

Je mentirais, si je laissais entendre que ma conscience fit d'héroïques efforts pour me retenir sur cette pente funeste. J'étais jeune; je me savais libre. La science de l'amour ne m'avait pas encore révélé tous ses secrets, mais elle m'attirait. En outre, Christine m'inspirait la confiance d'une amie à toute épreuve; elle exerçait sur moi l'irrésistible attrait d'une créature parée de toutes les grâces, après m'avoir fait l'aveu d'une faiblesse qui la laissait sans force contre moi. Loin de résister, ma conscience capitula tout de suite. Elle me sug-

géra tous les arguments susceptibles de justifier
ma conduite à mes propres yeux ; elle me démontra
qu'en subissant le traître charme de Christine et en
me laissant entraîner vers ce cœur aussi désarmé
que le mien, je ne faisais que réparer au profit de
mon amie une injustice du destin.

Je vécus alors en proie à une fièvre morale non
interrompue. Je souhaitais que Christine arrivât ;
j'étais pressé de la voir ; dix fois, je fus sur le point
de partir pour l'aller rejoindre, et en même temps,
j'étais terrifié par la pensée qu'il faudrait affronter
sa présence. Les brûlants désirs, la jalousie du
passé, l'amer regret de n'avoir pas plus tôt provoqué des aveux, la crainte de déplaire et d'être
oublié, toutes les angoisses auxquelles l'amour nous
expose, je les ai connus et j'en ai souffert deux
fois, parce qu'à la douleur de vivre séparé de Christine, se joignait la cruelle impossibilité de confier
à quelqu'un le secret qui m'étouffait.

Amour ! ai-je dit. N'est-ce pas profaner ce nom
charmant, ce noble sentiment de l'âme humaine,
que d'appeler ainsi la coupable passion qui m'entraînait vers l'amie de mon enfance ? Non, cette
ivresse âpre et impérieuse n'avait rien de commun
avec l'amour. L'isolement de ma vie, mon inexpérience favorisèrent mes illusions ; de même, si

Christine crut m'aimer autrement que comme un
frère, c'est que l'abandon et le désœuvrement
auxquels elle était livrée ne l'avaient que trop
disposée à cette lâche faiblesse qui fait parmi les
femmes oisives tant de victimes et qui se transforme, pour la plupart d'elles, en un éternel remords, à l'heure même où elles y cèdent. Il y eut
méprise entre nous ; elle se trompa comme je me
trompai, et puisque je me suis imposé, dans cette
confession volontaire, le devoir de la sincérité, on
me laissera dire que nous étions de bonne foi l'un et
l'autre, quand nous aspirions aux décevantes douceurs qui s'offraient à nous.

Un malheur, le plus affreux qui pût me survenir
alors, nous mit en présence et combla tout à coup
la distance qui séparait mes lèvres altérées de la
coupe où je voulais boire. Mon père mourut. La ca-
tastrophe fut soudaine. Une apoplexie foudroyante
me l'enleva à l'heure où j'étais le moins préparé à le
perdre. Quoique son front fût sillonné des rides de
la vieillesse et couronné de cheveux blancs, l'état
florissant de sa santé me laissait l'espérance de le
conserver longtemps encore. Je fus brisé par ce
coup ; j'oubliai les ardentes préoccupations de mon
cœur. Elles furent emportées par la mort de mon
père, comme un amas de feuilles desséchées par un

vent d'orage. La lettre que, le même soir, en veil-
lant auprès du lit sur lequel reposait son corps,
j'écrivis à Christine, pour lui apprendre le cruel
événement, ne contenait aucune trace de ma passion. Je pouvais croire qu'elle était éteinte à jamais,

Au fond du parc de La Sauvage, sur le point le
plus élevé de la colline dont ses troncs centenaires
et ses feuillages touffus couvrent les pentes, se
trouve le tombeau de ma famille. Un bois de pins
entoure la pierre blanche qui en ferme l'ouverture
et sur laquelle sont inscrits les noms de ceux qui
reposent sous cette terre que leur dépouille a faite
sacrée. A l'issue de la cérémonie religieuse qui fut
célébrée dans l'église du village et à laquelle assis-
tait une grande foule venue d'Avranches et des environs pour rendre au comte de Kerfons les derniers devoirs, c'est là que son corps fut transporté
et enseveli.

Un ciel d'automne gris et pluvieux mettait la nature à l'unisson de mon âme. Les feuilles jaunies
dont les avenues étaient jonchées assombrissaient
le paysage de la mélancolie de leurs couleurs pâles.
Le vent de la mer, en caressant la cime des pins,
leur arrachait un gémissement mystérieux, un chant
plaintif, familier à mes oreilles, car je l'avais souvent entendu, mais qui remuait en ce moment mon

âme, comme si c'eût été la voix même des chers morts couchés à cette place, s'élevant afin de me dicter des résolutions viriles. Les assistants défilèrent devant le tombeau pour y jeter l'eau bénite et devant moi pour me serrer la main. Puis, sur mon désir, maître Faldouey, qui, dans ces tristes instants, m'environnait de sollicitude comme si j'eusse été son fils, les entraîna. Leur sympathie m'avait lassé. Je voulais être seul. Je m'agenouillai, et, dans une prière fervente, j'adressai à mon père le dernier, le suprême adieu, jurant à sa mémoire d'être honnête homme et de ne cesser jamais d'être digne de lui.

Surexcité ainsi que je l'étais, un moment vint où ma douleur fut plus forte que la fermeté dont j'avais fait preuve pendant la cérémonie. Mes larmes, ainsi qu'un flot qui rompt ses digues, s'échappèrent de mes yeux, en même temps que l'exaltation de mon désespoir, trop longtemps contenu, me jetait le front contre la pierre froide et qu'un cri douloureux sortait de mes lèvres.

— Daniel! cher Daniel! dit en ce moment auprès de moi une voix empreinte d'une douceur infinie.

Je me redressai dans l'orgueilleuse colère d'une douleur qui ne veut ni consolations ni témoins. Mais, avant que mes yeux eussent pu voir la bouche qui m'avait parlé, mes mains se trouvèrent saisies entre des mains tremblantes, et la voix reprit :

— C'est moi, votre amie, votre Christine ! Ne me reconnaissez-vous pas, Daniel ?

— Christine ! m'écriai-je, avec épouvante.

— Au reçu de votre lettre, j'ai tout quitté pour venir vers vous, devinant que ma présence vous serait salutaire en ce moment. Je n'ai pu arriver plus tôt pour vous assister dans ces heures cruelles. Mais me voilà, mon Daniel. Apaisez-vous, je vous en supplie ; apaisez-vous pour vous, pour moi, à qui l'excès de votre douleur fait bien du mal.

J'ai éprouvé, durant cette minute, j'en peux faire aujourd'hui l'aveu, une des sensations les plus aiguës dont l'homme puisse souffrir. Au milieu de la douleur qui me tenait impitoyablement courbé sous son étreinte, je me sentis, en entendant Christine me parler d'un accent si tendre, envahi soudainement par la joie de sa présence, par le charme de sa beauté, et cette joie et ce charme me prirent de tous côtés avec une violence telle que j'oubliai mon désespoir durant l'espace de quelques secondes. Je subis la domination d'une ivresse qui réduisit à rien tout ce qui n'était pas Christine. Cet état de crise eut la durée de l'éclair, et en finissant me laissa tomber dans la réalité, du haut du rêve

3.

vers lequel il m'avait emporté. Alors, je me fis
horreur, déchiré, écrasé par le mal intolérable que
provoquait en moi la lutte de deux sentiments contraires, dont l'un m'arrachait des pleurs, et dont
l'autre mettait à mes joues les rougeurs d'une honte
d'autant plus intense que je me sentais plus faible
devant lui.

— Ah! pourquoi êtes-vous venue, Christine?
m'écriai-je. Il valait mieux ne pas venir.

— Je partirai si ma présence vous est importune,
répondit-elle doucement.

Ses mains se détachèrent des miennes avec len-
teur; elle fit un mouvement pour s'éloigner. A mon
tour, je la retins et, d'un geste, je la suppliai de ne
pas m'abandonner, en ajoutant :

— Maintenant que je vous ai vue, je ne saurais
supporter votre absence. Si vous m'aimez, restez.

Elle ne se montra que trop docile à mon désir.
Jusqu'à la fin de cette triste journée elle demeura
près de moi, berçant ma peine, se montrant simple,
discrète, fraternelle, sans faire aucune allusion à
l'égarement de nos cœurs. Nul ne se serait douté
qu'elle pouvait être autre chose que mon amie, et
sa mère qui l'accompagnait fut témoin de nos
épanchements sans comprendre quelles ardeurs ils
cachaient. Nous nous méprîmes nous-mêmes à l'at-

titude que la triste solennité de ce jour de deuil nous imposait, et le feu qui nous dévorait intérieurement, momentanément apaisé par nos larmes, nous cessâmes d'en ressortir les morsures.

Le lendemain, Christine s'installait à Avranches avec sa mère, en manifestant la volonté d'y passer l'hiver. Madame Le Jollais tenta de s'opposer à ce dessein. Mais sa résistance ne put tenir devant une résolution définitivement arrêtée. Elle se résigna à rester auprès de sa fille, et ne partit pour Paris qu'au bout de trois semaines, lorsqu'elle y fut rappelée par son mari, que le Sénat venait d'y fixer pour toute la session, en le nommant président de l'une de ses commissions les plus importantes.

Pendant ces trois semaines, il y eut échange quotidien de visites entre l'hôtel Le Jollais et le château de La Sauvage. Christine et sa mère dirigeaient fréquemment leurs promenades du côté de ma demeure, et quand elles ne venaient pas, c'est moi qui me rendais à Avranches, d'où je ne rentrais ordinairement que dans la soirée, l'esprit obsédé par l'adorable image de Christine, qui s'y fixait chaque jour avec plus de force. La présence de madame Le Jollais empêchait tout tête-à-tête entre nous et rendait impossibles ces entretiens où les mains s'étreignent, où les cœurs se devinent, où les lèvres se rapprochent et qui ne conservent, hélas! tout leur charme qu'autant qu'ils sont alimentés par le désir et qu'à la passion qui les inspirait ne s'est pas imprimé le caractère irréparable de la possession réalisée.

Mon deuil récent contribuait aussi à nous retenir, et nous mettait hors d'état de rechercher les occasions d'être seuls. Nous n'échangeâmes pas même une étreinte furtive, un serrement de mains. Nulle phrase qui pût nous troubler ne sortit de notre bouche. Mais cette réserve que, sans nous être concertés, nous nous imposions, ainsi que deux complices qui s'entendent d'un regard, était impuissante à éteindre l'éclat de nos yeux. Les miens étaient éblouis par la lumière des siens. Je m'abreuvais, comme d'un philtre puissant, de sa beauté, accrue et poétisée pendant sa longue absence par les maux qu'elle avait endurés, et du charme victorieux de sa resplendissante jeunesse.

Aucun des efforts qu'elle faisait pour me plaire ne m'échappait. Toute sa personne parlait à mes sens. Qu'elle vînt au-devant de moi, les mains tendues, les lèvres souriantes, qu'elle se tînt assise en m'écoutant ou me faisant entendre sa voix harmonieuse et ferme, je devinais ses agitations intérieures et, sous le visage tranquille que la présence de sa mère l'obligeait à se composer, je la sentais, jusqu'à en être bouleversé, frémissante de toutes les émotions dont j'étais moi-même troublé.

Ce que je percevais si distinctement au dedans d'elle, comment ne l'aurait-elle pas vu au dedans de moi? Cette langue du silence, plus éloquente que toutes les déclarations que j'aurais pu répandre aux pieds de Christine, aiguisait notre sensibilité de telle sorte, qu'il semblait qu'à l'heure où nous nous trouverions seuls et libres, il nous serait impossible de prononcer une parole qui pût nous en apprendre plus que nous en savions et de résister à nos désirs. Je ne pense pas qu'il puisse exister une émotion plus douce et plus intolérable à la fois que celle qui naît de l'attente d'un tel moment. Je le souhaitais ainsi que le prix des efforts que je m'étais imposés, et en même temps il m'inspirait un indicible effroi, comme si la satisfaction qu'il devait m'apporter ne pouvait m'être donnée qu'au prix d'une profanation dont j'avais horreur avant même de la commettre.

Il vint cependant. Un soir que j'étais auprès de Christine et de sa mère, madame Le Jollais m'annonça son départ pour le lendemain. Je lui présentai mes adieux, et l'excellente femme, qui me considérait un peu comme le frère de Christine, me prit à part pour m'adresser toutes sortes de recommandations à son sujet. Cette confiance, dont je me sentais indigne, étant en quelque sorte condamné à la trahir, mettait ma loyauté mal à l'aise. Pour couper court à cette situation pénible, je promis à madame Le Jollais tout ce qu'elle me demandait et je me hâtai de m'éloigner. Je m'aperçus alors que durant notre entretien, Christine avait quitté le salon.

Je sortis cependant, sans demander à la voir. Mais, sur le seuil de la maison, je m'entendis appeler. C'était la femme de chambre qui me cherchait pour me prévenir secrètement que sa maîtresse désirait me parler et pour me conduire auprès d'elle. Je revins sur mes pas, surpris, tout ému, la tête en feu, me demandant si j'avais bien entendu. Pour la première fois depuis son arrivée, j'allais me trouver seul avec Christine. En m'appelant à ce premier rendez-vous, sans attendre le départ de sa mère, obéissait-elle à un soudain caprice? Un événement grave menaçait-il mes espérances? Je suivis mon guide sans l'interroger. Il me conduisit, à travers la cour qui précédait l'hôtel, jusqu'à une grille, par laquelle on entrait dans le jardin où jadis j'avais partagé les jeux de Christine.

Une large allée s'étendait devant la façade de la

maison, entre des arbres dont je connaissais le nombre, et des pelouses enveloppées, en ce moment, d'ombre et de fraîcheur. Elle aboutissait à un pavillon, situé à l'extrémité des bâtiments, unique reste de l'abbaye, sur les ruines de laquelle s'était élevé l'hôtel Le Jollais, conservé à titre de curiosité artistique. Ce pavillon formait une aile en retour sur le jardin, au long du mur élevé qui entourait la propriété. Longtemps inhabité, à cause de son isolement, il servait de remise aux orangers pendant l'hiver, quand j'étais enfant. Plus tard, sur les instances de Christine, M. Le Jollais l'avait fait restaurer et mettre en communication avec l'hôtel, au moyen d'une serre.

Depuis son retour à Avranches, c'est dans cette partie reculée de sa vaste demeure que la duchesse s'était plu à installer son appartement. Comme dans une calme retraite, elle y pouvait vivre sans entendre les rumeurs de la rue, qui n'arrivaient pas jusqu'à elle, libre d'aller et de venir, loin de la surveillance de ses gens, goûtant à toute heure le plaisir de reposer ses regards sur les massifs profonds et les gazons épais du splendide jardin qui fermait son horizon et remplissait son logis du parfum des fleurs et du bruit des chansons d'oiseaux.

Quand je vis la femme de chambre me conduire

de ce côté, en prenant les précautions nécessaires pour qu'aucun des habitants de l'hôtel ne surprît ma visite tardive, je me crus transporté en plein conte de fées. Nous gravîmes le perron; une porte massive s'ouvrit devant nous. Je me trouvai dans un couloir faiblement éclairé, au fond duquel mon guide poussa une seconde porte, en m'invitant à entrer.

La chambre vaste et haute, dans laquelle j'étais venu à deux ou trois reprises, avait toujours frappé mes regards par ses imposantes dimensions, ses belles lignes architecturales, sa voûte peinte, sa cheminée monumentale et ses boiseries sculptées. Comme toutes les personnes admises à visiter, en l'absence de la duchesse, ce que, dans Avranches, on appelait la folie de M. Le Jollais, j'avais admiré les vieilles tapisseries drapées en portières, en tentures et en rideaux, les tableaux accrochés aux murs, les meubles artistiques, les marbres, les curiosités de toute espèce qu'avec le goût le plus délicat et le plus sûr, Christine avait réunis autour d'elle. Mais, ce soir-là, dans la douce et blanche clarté que deux lampes voilées d'abat-jour répandaient à travers la chambre, aucune de ces richesses ne put distraire mon regard, et debout, muet, cloué sur place par la violence de mon émotion, je n'aperçus que l'enchanteresse à qui, depuis trois semaines, je m'étais donné tout entier, encore qu'il m'eût été interdit de lui faire connaître de quelle âme éprise d'elle je lui livrais le destin.

Auprès de la cheminée, devant une table sur laquelle se trouvait une liasse de lettres, — toutes celles que je lui avais écrites, — elle occupait un fauteuil dont, en m'entendant, elle saisit les bras de ses doigts tremblants, s'y appuyant pour se soulever. Son visage se tourna de mon côté, et dans l'auréole de ses blonds cheveux, j'en vis distinctement la pâleur. Nous étions seuls. Il nous fut d'abord impossible de parler. Oppressé comme si j'allais perdre le souffle, je sentais, sous ma moustache, trembler mes lèvres; le sang soulevait mes tempes, voilait mes regards, et les sensations de Christine étaient sans doute analogues aux miennes, puisque, comme moi, elle gardait le silence. Cet état violent se prolongea pendant plusieurs minutes. Christine parvint la première à se dominer, et, m'ayant d'un signe fait asseoir en face d'elle, elle me dit d'une voix altérée :

— Si je ne me suis pas trompée sur l'état de votre cœur, si vous avez lu distinctement dans le mien, il n'est pas besoin, je suppose, que des aveux sortent de notre bouche pour nous faire connaître à l'un et à l'autre la puissance des sentiments qui se sont emparés de nous. Nous n'avons rien à nous apprendre ; si vous éprouvez ce que j'éprouve, vous savez que je vous aime, comme je sais que vous m'aimez. Ce n'est donc ni pour vous entendre me le dire ni pour vous répondre que je vous ai appelé ce soir. C'est pour vous interroger, c'est pour savoir de vous si je dois partir demain avec ma mère ou si je dois rester. Votre langage dictera ma décision.

— Que parlez-vous de partir, Christine ? m'écriai-je, sans chercher à taire l'effroi que me faisait éprouver la crainte d'une séparation. Votre décision n'est-elle donc pas arrêtée irrévocablement ?

— Pouvais-je la prendre sans connaître vos projets pour l'avenir ?

— Mes projets ! répétai-je après elle, sans comprendre encore.

— Écoutez-moi, reprit Christine d'un accent raffermi. Vous m'estimez trop, je l'espère, et vous avez de vous-même aussi, je le crois, une idée trop haute pour avoir supposé que notre amour aurait le vulgaire sort de tant d'autres amours, nés un matin, sans tenir par des racines profondes aux cœurs qui les avaient conçus, et morts un soir, faute d'aliments. Non, vous n'avez pu penser que je me donnerais à vous uniquement pour récompenser vos soupirs ; vous n'avez pas rêvé pour moi une telle chute, et si vous avez espéré la réalisation de vos désirs, c'est que vous étiez résolu à m'offrir votre vie tout entière.

Elle s'arrêta, attendant ma réponse. Cette réponse fut sur mes lèvres, sans effort, car elle était déjà dans mon cœur.

— Je n'ai pas interrogé l'avenir, Christine. Plein de ma passion pour vous, je n'ai jamais regardé au delà de l'heure présente. Je n'ai donc formé aucun projet et ne peux me flatter ici d'avoir pris la résolution de vous offrir ma vie. Mais cette résolution résulte de l'étendue même de mon amour. Je vous appartiens depuis l'heure où je vous ai aimée, et je vous appartiens pour toujours. Donnez vos ordres, disposez de moi, dictez mon devoir, et je souscris avec joie aux engagements que vous exigerez.

En parlant ainsi, je m'étais rapproché de Christine et mis à genoux devant elle. Nos visages se touchaient ; son regard fouillait le mien, comme si elle eût voulu y chercher la preuve de ma sincérité.

— C'est donc pour toujours que vous êtes à moi ? dit-elle.

— Pour toujours.

— C'est ce que je voulais savoir, et maintenant que vous avez promis, je resterai.

Sa voix expira ; son front se courba vers le mien.

Quand je songe à ces heures enflammées, à ces ivresses profondes, aux baisers donnés et reçus, aux étreintes succédant aux étreintes, aux fiévreuses paroles, aux doux aveux, dix fois prononcés, et renaissant sur nos lèvres, toujours plus éloquents, inspirés par un inextinguible désir de nous dire que nous nous aimions, je me demande, avec un étonnement que plus d'un de mes lecteurs partagera, comment nous ne fûmes pas entraînés jusqu'aux conséquences extrêmes de nos sensations, et comment, dans ce déchaînement d'une passion arrivée à son paroxysme et trop violente pour durer, Christine obtint de mon amour même le sacrifice de mes désirs et sortit pure de mes bras. Ce n'est pas ce que j'avais rêvé, j'ose en faire l'aveu, certain d'être compris par tous les cœurs ardents et tendres qui se reconnaîtront dans ma faiblesse, et dussent les esprits impeccables, qui se vantent de n'avoir jamais failli, m'imputer à grief ma franchise. Dans l'état de trouble où je me trouvais, lorsque je me vis seul avec Christine, quand je l'entendis me dire que j'étais son unique bien, quand je sentis son front sous ma bouche, je crus que ma

longue attente et mes ardeurs allaient recevoir la
récompense à laquelle j'aspirais. Mal préparé au
rôle héroïque et chaste d'un Scipion, l'engagement
même de toute ma vie qu'elle venait de me demander m'apparaissait comme la condition spontanée,
volontaire, dictée par elle, de sa défaite et de ses
faveurs. J'étais à ses pieds ; je sentais son haleine sur
mon visage, son âme pénétrait la mienne de toutes
parts, et si je n'eusse subi l'oppression d'une joie
écrasante, dont la fièvre, en précipitant les bouil-
lonnements de mon sang, me rappelait sans cesse à
la réalité, je me serais cru emporté dans un rêve.
Je n'y tins plus, et l'expression de mon regard permit à Christine d'y voir clair en moi.

— Oh! Daniel, par pitié, si vous m'aimez.

Il y eut dans son accent un effroi si réel que je
compris ses larmes. J'aurais voulu la rassurer ;
mais c'est un cri d'impatience qui m'échappa.
Elle devint grave, et, m'éloignant doucement, elle
dit :

— Croyez-vous que je ne souffre pas de vous
aimer et d'être obligée de me cacher pour vous le
dire? Si vous vouliez cependant, nous pourrions
être heureux ; mais, pour cela, il faudrait renoncer
à des exigences qui souillent ma pensée et auxquelles
je ne puis céder sans honte et sans remords.

— Il n'y a ni remords, ni honte, là où est l'amour.

— C'est qu'alors nous ne le comprenons pas de même. Ne transformez pas le mien en une éternelle douleur, Daniel, je vous en conjure. Ne descendez pas des régions idéales où j'étais si fière de vivre avec vous !

— J'ai promis tout à l'heure de vous appartenir éternellement et de vous obéir toujours, dis-je. Quoique les ordres que vous m'imposez soient cruels, quoique mes espérances soient en ce moment trompées, je ne retire pas ma promesse. Je vous appartiens et j'obéis.

— Oh! merci, murmura-t-elle.

— Je subirai mon destin tant que vous l'exigerez, et jamais vous n'entendrez une parole qui puisse vous révéler le feu qui me dévore. N'exigez pas cependant que mon regard ne le trahisse jamais. J'ai vingt-trois ans, Christine, et je vous aime.

Elle pressa mes mains contre son cœur, et nous demeurâmes silencieux, accablés sous le poids de notre émotion, préservés par un effort de volonté contre nous-mêmes et privés d'un bonheur que nous eussions ensuite payé de larmes bien amères.

Je ne mentis pas, en lui promettant ma soumission absolue ; toutefois, je ne peux affirmer qu'il n'existait pas dans mon esprit un espoir fugitif et

vague, peut-être, mais vivace, l'espoir que, plus
forte qu'elle, la contagion de mon amour la gagne-
rait et me la livrerait plus tôt qu'elle n'avait dit. Si
quelqu'un, dans ces heures où notre affolement
n'eut d'égal que notre sincérité, nous eût fait entendre que nous nous faisions illusion sur l'état de
nos cœurs, et que ce que nous prenions pour un
amour éternel n'était que l'ivresse passagère de
nos sens, qu'elle subissait comme moi, en y résis-
tant plus aisément que moi, nous aurions protesté
de toute l'énergie de notre parole. C'était vrai,
pourtant. Notre jeunesse, la beauté de Christine,
mon inexpérience nous trompèrent. Les souvenirs
de notre enfance, ces souvenirs chastes, se conju-
rèrent aussi pour fortifier notre erreur, car la confiance qu'ils avaient créée entre nous, en même
temps qu'elle nous voilait l'avenir d'une sérénité
douce et charmante, ne nous laissa pas la possibi-
lité de douter de la sainteté de nos serments.

Cette soirée se prolongea longtemps. Il était
minuit quand je dus me séparer de Christine.
Quatre heures venaient de passer avec la rapidité
d'un songe. Nos adieux furent longs et tendres.
Confiante, rassurée, elle s'était appuyée contre moi,
et, à son cher corps enlacé dans mes bras, je me sentais lié comme par une chaine invisible, aussi légère

qu'une guirlande de fleurs et dont cependant je
n'avais la force ni de briser les anneaux, ni de secouer le joug. Christine eut du courage pour nous
deux. Tremblante, un peu lassée de cette veillée
fiévreuse, un sourire divin dans les yeux, les cheveux épars sur les épaules, elle prit doucement dans
ses mains les bras qui lui faisaient une prison, se
dégagea et, m'enlaçant à son tour, m'entraîna à
petits pas vers la porte qu'elle ouvrit. Sur le seuil
du pavillon, nous nous arrêtâmes éblouis par la
beauté du soir.

Quoiqu'on fût à la fin de l'automne, le ciel était
bleu, tout éclairé par les étoiles, et laissait tomber
dans la nuit calme une traînée de lumière pâle et
sans éclat, qui suffisait cependant à dessiner dans
l'ombre les massifs à la surface desquels quelques.
rares fleurs se voyaient encore et répandaient leurs
derniers parfums. L'air avait une douceur clémente,
reste de l'été fugitif et qui semblait éloigner les
neiges de l'hiver. Une chouette faisait entendre au
loin sa voix mélancolique qui alternait avec un rou-
coulement de tourtourelle et que dominait le chant
d'une fauvette perchée sur un arbre en face de
nous. Nul autre bruit ne troublait le silence. Dans
l'hôtel, tout le monde dormait ; aucune lumière
n'apparaissait aux fenêtres closes, et nous eûmes

avec une netteté saisissante la vision de l'isolement
qui nous faisait libres de nous aimer. Christine me
pressa contre elle, me demandant de partir, alors
qu'à son insu elle m'étreignait plus fortement et me
retenait.

— Adieu donc! murmurai-je, en m'arrachant de
ses bras.

— Attendez, dit-elle. Ne faut-il pas que je vous
montre votre chemin?

Elle me guida dans le jardin, le long du mur que
cachait une rangée d'épais tilleuls, jusqu'à une
porte percée dans ce mur et qui s'ouvrait sur la
partie la plus obscure du boulevard, désert à cette
heure. Puis, m'ayant encore embrassé, elle me regarda franchir le seuil, ferma la porte derrière
moi. Je restai quelques instants à cette place, écoutant le bruit léger de ses pas sur le sable du jardin.
Lorsque, n'entendant plus ce bruit, je compris
qu'elle était rentrée chez elle, je m'éloignai. J'allai
prendre mon cheval à l'hôtellerie où j'avais cou-
tume de le laisser, quand je venais à Avranches, et
je me dirigeai vers La Sauvage, tout bouillant de
mes désirs refoulés, oppressé par mes émotions,
laissant parler mon esprit et mon cœur : mon cœur,
qui me félicitait de la victoire que je venais de
remporter sur moi-même, en me montrant docile

aux prières de Christine ; mon esprit, qui me rail-
lait de la facilité avec laquelle j'avais cédé à ses
supplications. Dans cette lutte, mon cœur eut le
dessus, et l'accent de ma conscience satisfaite domina mes regrets, en même temps que mon imagination parcourait le domaine de mes espérances
encore intactes et caressait le trésor des longues
félicités que me réservait l'avenir. De tout ce qui
venait de se passer, je ne conservais qu'une impression d'un charme exquis. Je me sentais meilleur,
plus alerte du corps, plus fort d'âme, et, formant
des projets, forgeant des chimères, j'entrevoyais
une destinée bénie.

Ah ! première et chère nuit d'amour, comment
prévoir alors que tes douceurs, tes ivresses, les fré-
missements que tu mettais dans mon sang, les
images dont tu peuplais mon imagination, ces
flammes que tu allumais sous mon front et que
n'apaisait pas même ta fraîcheur, n'auraient que la
durée d'un rêve? Comment deviner que l'édifice de
mon amour avait la légèreté d'un fantôme, la fra-
gilité du verre, qu'il était destiné à s'abîmer en un
jour, dans les ruines de nos illusions, et que mon
cœur, après avoir tour à tour redouté et souhaité
cet écroulement, s'en consolerait?

Mon cheval parcourut en moins d'une demi-

heure la distance qui sépare Avranches de La Sauvage. En arrivant, je trouvai mes gens debout, en
proie à une vive inquiétude. Jamais je n'étais revenu au château à une heure aussi avancée de la
nuit. Dans la crainte qu'il ne me fût survenu un
accident, ils se préparaient à se rendre à ma rencontre. Après les avoir remerciés et rassurés, j'allais rentrer chez moi quand mon valet de chambre
m'annonça qu'un visiteur m'attendait et me nomma
Julien Faldouey.

La pensée du retour de Julien avait souvent ému
mon cœur. Mais, en ce moment, tout plein de
l'image de Christine, encore mal remis des événements de cette soirée, désireux de ne pas dissiper le trésor de mes sensations et d'en conserver le souvenir jusque dans mon sommeil, nul bien
ne me semblait plus enviable que le repos. En entendant prononcer le nom de Julien, je regrettai
qu'il n'eût pas remis sa visite au lendemain. Peut-
être aussi redoutais-je de ne pouvoir cacher mon
agitation et d'en trahir quelque chose. Cependant,
la puissance de mon amitié domina cette impression première, et je me précipitai dans mon cabinet. Julien était là. Assis devant ma table de travail, il écrivait en m'attendant. Je me jetai dans ses
bras.

Depuis cinq ans, je l'avais à peine entrevu. Je fus heureux en constatant les changements heureux survenus dans sa personne. Son corps svelte révélait sa vigueur. Son visage, pâle et fin comme autrefois, avait acquis depuis une virilité qui prouvait celle de son esprit. Une moustache blonde couvrait ses lèvres et accusait le relief de son nez un peu fort, mais délicatement dessiné. Ses yeux noirs, à l'expression mélancolique et moqueuse, étaient rapetissés par un clignement qui donnait à l'ensemble de sa physionomie un caractère charmant et chercheur. Ses cheveux châtains couraient en boucles soyeuses sur son front et autour de sa tête, de laquelle je dirai, pour la peindre d'un trait, que c'était une vraie tête de Parisien spirituel, cachant sous une expression sceptique et railleuse la générosité d'un noble cœur, l'enthousiasme d'une belle âme et une invincible horreur pour la bêtise des hommes et la banalité des choses.

— Je t'ai fait languir! lui dis-je après l'avoir embrassé fraternellement. Mais, comment pouvais-je te savoir ici? Tu as négligé d'annoncer ton arrivée.

— J'ai préféré apparaître à l'improviste, et je n'ai prévenu personne, pas même mon cher brave homme de père à qui j'ai causé une fière surprise et un bonheur plus grand encore quand je lui ai annoncé que, fatigué de mes voyages, de mes études, de la vie de Paris, je venais me mettre au vert et vivre quelques mois auprès de lui. Ah! qu'il était heureux et m'a-t-il embrassé! J'en pleurais.

— Je suis bien heureux aussi, puisque tu nous es rendu. C'est égal, tu aurais pu me prévenir.

— Oh! qu'importe! J'étais résolu à t'attendre toute la nuit, répondit-il en souriant. Tu es vertueux, toi, et je savais bien que tu ne découches pas. J'ai trouvé là du papier blanc, de l'encre, une plume. J'ai écrit un article.

— Toujours journaliste.

— Hélas!

— Je croyais que le barreau t'avait conquis?

— Oui, mais le journalisme m'a repris.

— Je t'en félicite, car ce que j'ai lu de toi...

— Oh! tu ne vas pas m'adresser des compliments, j'espère.

— Non, mon bon Julien. Laisse-moi te dire seulement que tu es tout changé. Je te trouve superbe. Qui reconnaîtrait en toi le frêle et fiévreux amoureux de Christine?

Au moment où je venais de prononcer ce nom qui s'échappa de mes lèvres, parce qu'il était partout dans mon esprit, je surpris une rougeur subite

4.

aux joues de mon ami. Je m'arrêtai, me rappelant une affection rivale de la mienne et devinant qu'elle survivait chez lui aux souvenirs de nos jeunes années. La jalousie mordit mon cœur, et, mis soudain en défiance, je me promis de ne parler de Christine qu'avec circonspection. Mais, presque aussitôt, j'eus honte d'un sentiment injurieux pour elle autant que pour Julien, et je repris :

— J'ai passé la soirée avec la duchesse.

— Elle est à Avranches? demanda-t-il vivement.

— Elle y restera tout l'hiver.

— Je serai heureux de la revoir.

Puis, comme il était désireux de changer d'entretien, il ajouta :

— Toi, cher Daniel, tu n'as pas changé. Tel je t'ai laissé, tel je te retrouve.

— Avec quelques rides en plus.

— Des rides, à vingt-quatre ans !

— J'ai perdu mon père.

— Oui, mon pauvre ami, je l'ai appris. Je sais aussi que, sauf ce malheur, ta vie n'a pas été troublée, et qu'elle s'écoule paisible.

— Oh! le cours en est tout tracé. Les exemples de mon père à suivre, quelque bien à faire...

— Une famille à fonder, ta race à perpétuer, fit-il, en m'interrompant. Dieu veuille, mon ami, que ta destinée se réalise sans secousse et sans trouble.

Il formula ce souhait d'un accent si grave que j'en fus frappé.

— Comme tu dis cela! m'écriai-je.

Il reprit devant ma table la place qu'il occupait quand j'étais entré et continua :

— Je le dis d'un cœur sincère. Mais toutes les fois que, par le temps qui court, je vois un homme rêvant un bonheur, même légitime, je suis tenté de lui crier : Prends garde; ne regarde pas trop avant dans l'avenir. Que tes projets n'aillent pas au delà de ce que ta main peut atteindre.

— Mais, c'est de la misanthropie, cela.

— Non; c'est de la prévoyance.

Il ajouta tout à coup :

— Tu parlais de Christine, tout à l'heure. Est-elle belle toujours?

— Plus belle que jamais; ne l'as-tu pas vue à Paris?

— Je n'ai pas osé me présenter chez elle. Ma vie était si différente de la sienne! Il y avait entre nous une si grande distance! J'ai été retenu par la crainte de lui déplaire.

— Toi, son fidèle compagnon! c'est absurde.

— Ah! mon ami, quand on aime!

— Tu l'aimes donc toujours?

— Toujours. J'avais dix-huit ans quand cet amour
m'a touché; dix-huit ans, Daniel, t'en souviens-tu?
Il faut croire qu'il est entré dans mon sang, car
quoique je ne l'aie plus rencontrée, les sentiments
qu'elle avait inspirés à l'enfant sont, chez l'homme,
fortifiés, puissants, immortels. Je l'aimerai toute
ma vie.

Il parlait ardemment, sans effort comme sans
contrainte. En face d'un ami qu'il savait fidèle et
sûr, il ouvrait son cœur, sans se douter qu'il déchaînait dans le mien les inquiétudes et les tourments
de la jalousie, et qu'il m'atteignait ainsi dans l'extase de mon bonheur.

— Mais que comptes-tu faire?

— Rien, rien, répondit-il; je n'ai pas l'orgueil
de croire que la duchesse de Maugiron abaissera
ses regards sur le fils de ton fermier.

Puis tout à coup:

— Pardonne-moi de t'avoir laissé lire dans mon
âme. En te revoyant, en parlant avec toi de Christine, j'ai été faible. Mais cela ne m'arrivera plus, et
personne, entends-tu? personne ne saura jamais
qu'il y a en moi un sentiment né le jour où je suis
devenu homme et qui ne doit mourir que le jour où
je cesserai de vivre. La force de ce sentiment est
dans son mystère. Il est ma joie et ma vie. Il de-

viendrait mon désespoir, s'il était divulgué. Cette satanée existence de Paris, qui a altéré tant de beaux enthousiasmes dans ma pauvre imagination, l'a laissé intact. Elle n'a rien pu contre lui. Il est éternel.

Il s'arrêta, et à la tristesse qu'exprimait son visage, à son silence, je vis bien qu'il subissait une impression douce et pénible à la fois, laquelle ne voulait pas être troublée. Aussi, quand il se leva, en me tendant la main pour me dire adieu, je ne le retins pas. Je le regardai s'éloigner et je gagnai ma chambre, inquiet, mécontent, comparant l'héroïsme de son amour destiné à pâtir, aux exigences du mien, estimant que je valais moins que mon ami, me trouvant en quelque sorte diminué par ses confidences, souhaitant que Christine ne devinât jamais la souffrance de ce cœur plein d'elle, et me disant que dans ce Julien pâle et silencieux, résolu à souffrir sans se trahir jamais, j'avais un rival redoutable. Que d'émotions m'avait prodiguées cette journée! Brisé, je me jetai sur mon lit et je dormis profondément.

III

Je me levais ordinairement avec l'aurore. C'était une habitude ancienne. Elle datait de mon enfance. Mais, ce jour-là, le soleil fut plus matinal que moi, et depuis longtemps, il montait dans l'horizon quand je me réveillai. De mes agitations de la veille, apaisées par ce long et salutaire repos, il ne restait dans mon esprit que le souvenir ému de l'engagement par lequel je m'étais lié pour toujours à Christine.

— J'ai donc cessé d'être libre, me disais-je. Mes jours, mon âme, tout mon être appartiennent à une femme, à celle que j'ai souhaitée entre toutes.

Cette pensée agitait mon cœur, mais ne le troublait plus, et, quoique Christine eût imposé à mon ardente tendresse un douloureux sacrifice, je me sentais heureux de l'avoir conquise. Sa chasteté, la pureté de ses sentiments, me la rendaient plus chère, en même temps que le respect dont, par sa volonté, je l'avais entourée, la parait à mes yeux d'une séduction plus puissante. Ce sacrifice exigé par elle ne pesait pas plus à mes épaules qu'un fardeau doux à porter. Dans cette sérénité, cependant, il y avait une ombre. C'était la présence de Julien. Elle me gênait comme celle d'un rival, et, quoique tout soupçon contre la constance de Christine fût loin de moi, je ne pouvais me distraire d'un pressentiment qui me la montrait susceptible de se passionner pour le fin talent, le charme et l'esprit de mon compagnon. C'est alors que je résolus d'aller la trouver sur-le-champ, afin de lui faire connaître l'arrivée de Julien et de convenir avec elle des mesures que nous devions prendre pour ne pas nous trahir devant ce témoin qu'il nous était impossible d'éviter.

A peine habillé, je descendis aux écuries et donnai l'ordre de seller mon cheval. J'étais pressé de me rendre à Avranches. Il me semblait que, préparée par moi à se trouver devant Julien, Christine serait mieux en état de résister à la séduction que je le devinais capable d'exercer sur elle. J'allais partir, quand, tout à coup, je le vis arriver, reposé, sémillant, le sourire aux lèvres.

— Je viens passer la journée avec toi, me dit-il, si tu n'en as disposé déjà et si tu veux me la consacrer. Tu me donneras à déjeuner; puis, nous bavarderons, et nous irons courir les champs, comme au bon temps. Tu me ramèneras ensuite chez le père Faldouey, qui a préparé en notre honneur un vrai festin normand.

Je ne pouvais me soustraire à cette amicale proposition ; loin de le tenter, j'acceptai l'offre de Julien.

— Je comptais me rendre chez Christine pour l'annoncer ; mais j'y renonce, et je suis tout à toi.

— Y renoncer ! Pourquoi ? Allons-y plutôt ensemble.

— Ce sera mieux encore, répondis-je, en dissimulant mon dépit. Nous partirons en sortant de table.

Je fis quelques pas dans le parc. Julien marchait à mon côté, silencieux et grave.

— Est-ce la pensée de revoir Christine qui te cloue les lèvres ? demandai-je ironiquement.

— Peut-être, fit-il. Toi qui es assez heureux pour avoir le cœur libre, daigne te rappeler que je l'aime et que, durant les années qui se sont écoulées depuis le jour où elle m'a pris, j'ai vécu loin d'elle, de telle sorte que je m'en suis fait une image que j'ai peur de ne plus retrouver. Est-elle semblable à ce qu'elle était jadis, la charmeuse ? Ces trésors de simplicité, de fraîcheur, de naïveté, qui la rendaient séduisante et par la puissance desquels elle a peu à peu exercé son empire sur moi, les a-t-elle con-

servés intacts? Les a-t-elle, au contraire, follement
dissipés? En un mot, l'idole à laquelle j'élevai, il y
a cinq ans, un autel dans mon cœur, est-elle toujours digne du culte passionné que je n'ai cessé de
professer pour elle? C'est cette incertitude qui me
trouble au moment où je vais la revoir.

Il l'adorait, et c'est moi qu'il prenait pour confident! Chacune de ses paroles était un trait qui
me déchirait le cœur, et j'eus la conviction que nous
ne pourrions vivre longtemps ensemble. Je fus sur
le point de protester, de lui imposer silence, de
frapper son amour, en lui racontant ce qui s'était
passé la veille entre Christine et moi, et en lui faisant connaître le caractère réel de mes relations
avec elle. Sans doute, après de tels aveux, il partirait en me rendant ma liberté. Mais, au moment
de parler, je me souvins que ce secret n'était pas
seulement le mien. Il appartenait aussi à Christine ; le trahir, c'était manquer à la parole donnée,
à l'engagement pris de ne pas le révéler, et compromettre la réputation, l'honneur d'une femme.
Je gardai donc le silence. Puis, je feignis de rassurer Julien. Je lui dis que sauf les changements
causés par le temps et par le mariage, il trouverait
Christine telle qu'il l'avait laissée.

— Dieu t'entende! murmura-t-il.

Nous étions en ce moment dans l'avenue qui précède le château. Tout à coup, au détour de la route, parut une voiture, attelée de deux robustes chevaux, qui s'engagea sous les arbres, se dirigeant vers nous. Je reconnus la livrée des Le Jollais.

— Christine! m'écriai-je.

Je regardai Julien. Il était devenu tout pâle. J'ajoutai :

— Voilà une visite inattendue et qui nous épargne le voyage d'Avranches.

En prononçant ces paroles, je pensai que Christine serait déçue en rencontrant un témoin là où, sans doute, elle espérait me trouver seul, et que Julien, par conséquent, me volait une journée de bonheur. Il était bien loin de se douter de la nature de mes réflexions et du ressentiment qui s'élevait en moi contre lui. Je l'entendis dire à mon oreille :

— O faiblesse humaine! Regarde-moi, Daniel, et aiguise tes railleries. Peut-on être agité ainsi par un amour dont on est résolu à ne parler jamais à celle qui l'a fait naître? Ce moment, cette voiture, cette avenue, l'état de mon cœur, tout me reporte à bien des années en arrière, à ce jour lointain où nous la rencontrâmes à cette place, à ce jour où elle venait nous annoncer son mariage. Te rappelles-tu?

— Oui, je me rappelle! répondis-je, en proie à un grand trouble.

— Quand elle nous vit, continua Julien, elle fit arrêter la voiture. Elle en descendit et vint à nous.

En cet instant, la voiture s'arrêta.

— Elle nous a vus, reprit Julien éperdu.

La portière s'était ouverte, et Christine mettait pied à terre sur l'avenue. Derrière elle, descendait une autre femme dans laquelle je reconnus mademoiselle du Vigan, vieille fille, depuis longtemps dans la maison Le Jollais, où elle remplissait les multiples fonctions de gouvernante, de dame de compagnie et de lectrice. Le sourire aux lèvres, le teint avivé par la fraîcheur de l'air, Christine s'avançait rapidement vers moi, laissant sa compagne derrière elle, comme si elle avait eu le désir de me parler en tête-à-tête. Je devinai son intention et je hâtai le pas. Julien demeura immobile, saisi d'admiration, ainsi que me le prouva le cri qu'il poussa lorsqu'il vit Christine. Je rejoignis celle-ci. Nos mains s'étreignirent, et elle me dit à demi-voix :

— Ma mère, que je viens d'accompagner à Ville-dieu d'où elle est partie pour Paris, a tenu à me laisser mademoiselle du Vigan, sous prétexte que je ne pouvais me passer d'elle pour diriger ma mai-

son. J'ai résisté d'abord; mais comme elle ne cessait de répéter qu'il était bien surprenant que je
voulusse rester seule, j'ai fini par céder afin de ne
pas éveiller ses soupçons. Me voilà donc condamnée
à la société de mademoiselle du Vigan, alors que je
comptais sur une solitude complète. N'en prenez
cependant nul souci, mon ami; la pauvre fille n'est
pas gênante, et loin de troubler nos entrevues, elle
les facilitera. Grâce à elle, j'ai pu, en revenant de
Villedieu, m'arrêter ici pour satisfaire l'impatience
où j'étais de vous revoir, ce que seule je n'aurais
jamais osé faire, et cela, je l'espère, arrivera souvent encore.

Christine était-elle sincère? Avait-elle réellement subi la volonté de sa mère? N'est-ce pas elle,
au contraire, qui avait voulu garder à ses côtés une
personne de confiance, qui la défendrait par sa
seule présence contre les ardeurs de mon amour ou
les conséquences de sa faiblesse? Je ne l'ai jamais
su. D'ailleurs, je ne songeai pas à douter de ses
paroles.

— J'ai aussi une nouvelle à vous donner, lui dis-
je alors. Julien Faldouey est arrivé. J'aurais bien
voulu qu'il retardât son voyage. Mais puisqu'il est
venu, je ne pouvais vous le taire.

— Julien! Oh! je serai bien heureuse de le

revoir. Mais n'est-ce pas lui que voilà, au milieu de l'avenue?

— C'est lui-même. Il n'ose pas avancer, m'écriai-je, déçu par la satisfaction que lui causait l'arrivée de celui que je considérais comme l'ennemi de mon bonheur.

— Il n'ose! fit-elle, surprise. Est-il si timide? Eh bien, c'est moi qui ferai les premiers pas. Avec un ami tel que lui, cette avance ne me coûte rien.

Et la voilà prête à courir au-devant de Julien. Je la retins d'un geste, et, me penchant contre son visage, je murmurai :

— Ménagez-le, Christine. Il se meurt d'amour pour vous.

Son visage trahit tout à la fois le doute et la stupeur.

— De l'amour pour moi, lui! nous ne nous sommes jamais vus depuis mon mariage.

— Justement! il vous aimait déjà; il n'a pu vous oublier; il vous aime toujours. Mais soyez sans crainte, il mourrait plutôt que de vous laisser deviner son secret.

Je dus me taire, car mademoiselle du Vigan nous rejoignait. Mais j'en avais trop dit, et bien que mon indiscrétion ait eu plus tard des conséquences

qui m'ont empêché de m'en repentir, je me rends
cette justice de déclarer qu'il est impossible de faire
preuve de plus d'étourderie, de plus d'inexpérience,
j'allais dire de plus de bêtise que moi, en cette circonstance. Si j'eusse mieux connu les femmes, je
n'aurais pas commis la faute de parer en ce moment
mon rival du prestige que donne à tout homme,
aux yeux de celle qu'il aime depuis longtemps et
qui l'ignore, la révélation d'un noble amour; et
ayant commis cette faute, il m'eût suffi, pour en
comprendre l'imprudence et concevoir le dessein
de la réparer, d'observer le regard que Christine
dirigea tour à tour sur Julien et sur moi. Il exprimait bien des choses, ce regard, l'étonnement et
l'ironie, quand je le surpris cherchant le mien; un
peu de tristesse et de sympathie, en se reposant
sur Julien. Mais comment pouvais-je deviner quel
terrible coup je venais de me porter? J'en étais à ma
première aventure.

Christine s'avança vers Julien. Mais elle ne manifestait plus le même élan. Ma confidence l'avait
glacée. Toutefois, quand elle fut devant notre compagnon qui, en la voyant venir, s'était décidé à
sortir de son immobilité et à faire quelques pas à sa
rencontre, elle lui tendit la main. Il la prit et y posa
respectueusement ses lèvres.

— C'est une grande joie pour moi, mon cher Julien, dit-elle, de vous retrouver après une longue séparation, heureux, bien portant, en voie de devenir célèbre.

Ces mots qui exprimaient la sympathie étaient prononcés d'un accent contenu, réservé, froid. De telles dispositions étaient faites pour me réjouir. Mais elles ne durèrent pas, car l'impression que ressentit Christine devant ce spirituel et fin jeune homme, intimidé à ce point qu'il ne put d'abord répondre un mot, et dans les yeux duquel elle lut le respect et la loyauté, cette impression dissipa ses craintes, en lui prouvant qu'elle était devant un fidèle ami.

— Eh quoi! reprit-elle en souriant, vous ne vous excusez pas! Vous repentez-vous du moins de m'avoir oubliée?

A ce mot, il redressa la tête; un éclair brilla dans ses yeux caressants :

— Vous oublier! Vous ne le croyez pas, s'écria-t-il. Il me semble que tout proteste en moi contre une telle supposition. Si je vous racontais ma vie, madame, vous comprendriez pourquoi je n'ai pas osé me présenter chez vous. J'aime mieux vous demander tout de suite de pardonner à ma discrétion. J'en suis bien puni par l'accueil que vous me faites,

puisqu'il me permet de mesurer l'étendue des jouissances dont je me suis privé.

— Vous êtes un habile avocat, Julien, répondit-
elle, en appuyant à dessein sur son nom ; vous vous
expliquerez plus tard ; mais, dès à présent, vous
êtes absous, à une condition cependant, c'est que
désormais vous m'appellerez Christine, comme autrefois.

Ce dernier trait rompit définitivement la glace.
Julien trouva moyen de se tourner de mon côté et
de me dire :

— C'est bien elle ! elle n'a pas changé.

Nous étions revenus au château. On annonça le
déjeuner. Le repas fut gai et se prolongea, grâce à
Julien, dont la conversation pleine d'intérêt et
d'éclat nous captiva tous. Il nous parla de sa vie,
de ses projets, de ses travaux, de ses voyages, de
ce Paris qu'il aimait et préférait à tous les pays du
monde. Il toucha tour à tour aux sujets les plus
divers, et toujours avec le même esprit, la même
originalité. Christine, surprise et charmée, buvait
ses paroles. Parfois, elle l'interrompait, soulignait
ses réflexions d'un geste, rappelait un nom, recti-
fiait une date. Accoutumés à la vie intellectuelle
des Parisiens d'un certain monde, ils se compre-
naient à demi-mot, employaient parfois un langage

à part, des locutions, des traits qui les faisaient sourire et que je ne saisissais pas. Le défaut de l'éducation de province se révélait là complétement. Je me sentais petit, ignorant, inférieur à Julien, et néanmoins trop émerveillé de sa bonne grâce pour songer à lui en vouloir, alors même que ces instants lui donnaient sur moi de si grands avantages ; c'est à moi que j'en voulais de ne savoir pas tout ce qu'il savait. Je me souviens qu'en un certain moment et à propos de peinture, l'entretien prit un tour tel que j'étais incapable d'en suivre les développements, la plupart des artistes et des œuvres dont on parlait m'étant inconnus.

— Ayez pitié de moi, dis-je à mes amis en souriant ; vous me faites l'effet de ces voyageurs qui se rencontrent au retour de leurs pérégrinations et qui se plaisent à se rappeler ce qu'ils ont vu, visité et admiré, en présence d'un pauvre diable qui n'est jamais sorti de son trou.

— Eh bien, tu en sortiras, de ton trou, s'écria Julien gaiement ; et si le séjour que j'y viens faire ne te donne pas l'ardent désir d'aller vivre à Paris, c'est que j'aurai été bien maladroit. N'est-ce pas, Christine, qu'il faut qu'il vienne à Paris ?

— Il y sera l'année prochaine, dit gravement

5.

Christine. Nous y serons tous les trois, et, cette fois, nous ne vivrons pas séparés.

Cette matinée s'écoula rapidement, car nous goûtâmes un réel bonheur, en reliant le présent au passé lointain. Christine était toute joyeuse, transfigurée, et je me plaisais à attribuer cet état de son âme aux aveux que nous avions échangés la veille. Mes préventions contre Julien tombèrent, mes jalousies s'apaisaient, et je me disais qu'entre une femme adorée et un ami fidèle la vie est si douce qu'on ne voudrait jamais en changer.

Il était environ cinq heures quand Christine et mademoiselle du Vigan songèrent à partir. Julien et moi les accompagnâmes jusqu'à l'extrémité de l'avenue, sur la route d'Avranches, où leur voiture les attendait. Pendant ce trajet, Christine se rapprocha de moi :

— Comment avez-vous connu cet amour de Julien, dont vous parliez ce matin, et auquel, je l'avoue, je serais heureuse de ne pas croire? demanda-t-elle.

— J'en connaissais déjà l'existence autrefois, quand nous étions encore presque des enfants, et hier, Julien m'en a reparlé comme du plus puissant et du plus durable sentiment de sa vie.

— Il ne faudrait pas cependant qu'il osât m'en entretenir, reprit Christine avec émotion. Ce serait troubler notre existence si calme, et qui peut être si fraternelle; ce serait me contraindre à ne pas le revoir; car, moi, je ne peux l'aimer.

Pour ce mot, qui me fit tressaillir, je l'aurais embrassée. Je lui pressai la main, dans l'impossibilité où j'étais de faire mieux, et je répondis :

— Vous ne connaissez pas Julien, si vous croyez que jamais il aura l'audace, je ne dirai pas de vous avouer son amour, mais de vous le laisser comprendre. Il est homme à en mourir, je vous en ai avertie ce matin, oui, à en mourir, sans se trahir jamais.

— Il vous en a fait l'aveu, pourtant.

— C'est que je l'ai provoqué. J'étais intéressé à savoir s'il restait dans son cœur quelque chose des sentiments de notre jeunesse. Et puis, entre nous, il n'y a pas de secrets.

— Mais alors, vous lui avez révélé le vôtre! s'écria-t-elle, non sans effroi.

— Le nôtre n'appartenait pas à moi seul, Christine. Et puis, hier, vous m'avez demandé de le taire. Celui-là, Julien ne le connaît pas.

Elle poussa un soupir, délivrée d'une vive inquiétude, et quitta mon bras pour rejoindre Julien et mademoiselle du Vigan, qui marchaient en avant.

On a dit que les peuples heureux n'ont pas d'histoire. C'est encore plus vrai des hommes pris isolément et à des époques paisibles de leur vie. Durant ces heures sereines et bénies, qui sont comme une halte rafraîchissante dans la carrière tumultueuse que la plupart d'entre nous parcourent ici-bas, nos impressions sont faites de riens exquis et délicieux, qui prennent à nos yeux, en raison des dispositions particulières de notre âme, une importance telle qu'ils deviennent tout pour nous. Mais le temps leur enlève leur fraîcheur, et ils ne peuvent passer de la discrète lumière dans laquelle ils se sont produits, au grand jour de la publicité, sans perdre tout intérêt et tout charme. C'est pour cela que je couvrirai d'un voile les détails de ma vie à ce moment, non que j'aie à les taire, mais parce que je ne saurais comment les raconter. J'étais satisfait. Les jours succédaient aux jours sans produire autre chose que le bonheur tranquille et régulier que donnent à un cœur tendre un amour partagé et une amitié fidèle.

L'hiver s'écoula, rempli par le travail, par les promenades, par les entrevues qui nous réunissaient tous les trois. Aucun nuage ne s'éleva entre nous.

Julien dissimulait si bien ses sentiments, que Christine put se demander souvent si je ne m'étais pas trompé en les lui faisant connaître. Moi, je l'aimais toujours, résigné à me contenter de ce qu'elle me donnait, et surpris de l'être alors qu'elle me donnait si peu. Un brin d'herbe, un nœud de rubans, une fleur fanée accordés en secret, une étreinte furtive, et quelquefois une lettre glissée en tremblant dans sa main, à cela se réduisait la manifestation de notre amour. Nous n'aurions pu faire plus sans exposer la réputation de la duchesse de Maugiron et son honneur, dont elle était soucieuse comme d'un bien qu'on ne recouvre pas lorsqu'on l'a perdu. Quant à des rendez-vous secrets, semblables à celui dont j'ai décrit les péripéties et les fièvres, il n'y fallait pas songer, car mon amie, après avoir couru les périls du premier, se refusait obstinément à s'y exposer de nouveau. Sans Julien, sans mademoiselle du Vigan, elle n'eût été sans doute ni aussi résolue ni aussi ferme, et à moins de ne me revoir jamais, elle eût bien été contrainte de me recevoir seul et de se rencontrer seule avec moi. Mais leur présence, qu'elle invoquait comme un obstacle insurmontable à tout tête-à-tête, justifiait ses refus sans me laisser le droit de m'en plaindre.

Ce régime, auquel je m'accoutumai, ne tarda pas à produire en moi un phénomène singulier ; mon amour se plut à vivre dans l'idéal. Ce phénomène, il faut que j'essaye de l'expliquer, car il fut le premier degré de la transformation dont on connaîtra bientôt les suites. Lorsqu'on est l'amant d'une femme qui transgresse pour vous des devoirs sacrés et pour qui chaque jouissance, achetée au prix de mille risques, devient un remords, l'amour qui vous attache à elle, entretenu, excité, aiguisé par les difficultés qu'il rencontre, par le mystère dont il s'environne, par le mensonge sous lequel il s'abrite, par les orages qu'il traverse, par les angoisses qu'il subit, et surtout par les ivresses dérobées à la surveillance qu'il redoute, puise une séve puissante dans les éléments mêmes qui s'accumulent pour le détruire. Il vit de ce qui devrait le faire périr, de la fièvre que tant d'obstacles accumulés, tour à tour vaincus, allument dans l'imagination et dans les sens, et de désirs qui, n'étant jamais entièrement assouvis, renaissent toujours. Mais lorsqu'on est engagé envers une femme dont la chasteté se plaît à éloigner d'elle et de vous toutes les tentatives, lorsqu'on la sait résolue à ne pas déchoir, il faut bien se résigner à attendre le terme qu'elle-même a fixé et à l'aimer ainsi qu'elle veut être aimée.

Entre ces deux destinées, j'avais rêvé la première et j'ai raconté comment Christine m'imposa
la seconde. J'eus d'abord des révoltes intérieures ;
je conservai l'espoir que sa faiblesse me la livrerait
désarmée et vaincue. Mais il me fut bientôt démontré qu'elle voulait être envers moi comme une
vierge envers son fiancé, et que, dans cette femme
élégante, charmante, attrayante, et peut-être un
peu excentrique, il y avait une âme pure et une
volonté inébranlable. Mon exaltation ne tarda pas
à tomber, et quand j'eus acquis la conviction que
je ne jouirais des priviléges de l'amant que lorsque
j'aurais les droits de l'époux, mes ardeurs s'apai-
sèrent peu à peu, faute d'aliment.

J'aimai toujours Christine, mais je l'aimai autrement. A mesure que ma tendresse perdait tout
caractère impérieux et violent, elle prenait un
caractère fraternel et doux. Ce fut l'affaire de quelques mois. Naguère, décidé à secouer le rôle
héroïque que Christine entendait m'imposer, j'en
arrivai peu à peu à le porter sans peine. Cette
transformation qui s'opérait à mon insu se trahissait cependant par plus d'un trait, et notamment
par la patience avec laquelle je tolérais que Julien
vécût auprès de Christine, et je l'écoutais sans en

prendre ombrage, lorsqu'il lui parlait. Elle lut
clairement en moi, elle me l'a dit plus tard; elle
devina que mes paroles étaient plus ardentes que
mon cœur, qu'il survivait à mes désirs, apaisés, sinon
éteints, plus d'amitié que d'amour, et que les liens
dans lesquels elle m'avait enlacé ne m'étaient légers
que parce qu'elle avait cessé d'être l'unique image
sous les traits de laquelle ma jeunesse déchaînée
voyait l'amour et ses joies. Elle comprit que, sans
le vouloir, j'avais repris ma liberté et que, sans
cesser de la chérir, ma fidélité n'attendait qu'une
occasion pour faire l'école buissonnière. Il n'eût
tenu qu'à elle de me ramener sous un joug qu'elle
aurait su rendre enviable et doux. Elle n'en fit
rien.

Elle estima même qu'il était bon, dût-elle me
perdre, de tenter une expérience et de savoir par
ses résultats si, en lui promettant de l'aimer toujours et d'attendre pour être récompensé de ma
constance qu'elle fût devenue libre, j'avais été sincère, si du moins je n'avais pas trop présumé de
mes forces. Ne pouvant disposer de sa vie, elle
hésita à prendre définitivement la mienne. Et puis,
elle était elle-même au début d'une crise, soigneu-
sement cachée, mais dont elle devait cruellement
souffrir. Elle doutait d'elle, troublée par la pré-

sence de Julien et plus encore de se savoir aimée
de lui. Elle se demandait si le violent amour res-
senti pour moi était autre chose qu'un caprice, si
elle n'avait pas pris pour un sentiment éternel
l'amitié, la confiance et la gratitude que j'étais
digne d'inspirer.

Ce travail intérieur, tout intime, que j'ai résumé
en quelques lignes, mit un long temps à s'accomplir, et il fallut des événements plus décisifs
que les impressions fragiles et fugitives que j'ai
racontées pour nous éclairer l'un et l'autre sur
l'état réel de nos âmes. Dès les premiers beaux
jours, nous partions pour Cherbourg, accompagnés
de mademoiselle du Vigan. Mon yacht nous y
attendait. Il nous conduisit à l'île de Wight, puis
en Angleterre, d'où nous gagnâmes l'Écosse. Ce
délicieux voyage dura six semaines. Nous ne rentrâmes à La Sauvage que pour y recevoir M. et
madame Le Jollais qui venaient passer la belle saison auprès de leur fille, mais qui, avant de s'installer à Avranches, demeurèrent quinze jours au
château. Leur présence ne modifia pas notre vie.
Quelque mystère qu'elle cachât, elle était en apparence toute fraternelle, et chacun de nous dissimulait si bien ses préoccupations que les parents de
Christine ne devinèrent ni ma situation vis-à-vis

d'elle, ni ses propres sentiments, ni l'amour de
Julien qui semblait, dans le voisinage de celle qu'il
aimait, mettre son honneur à ne m'en plus parler.

Il fallut enfin nous séparer. Diverses invitations
réclamaient la famille Le Jollais. On l'attendait en
Poitou, en Normandie, dans le Morvan, et Christine, à la prière de ses parents, s'était décidée à
les accompagner. Le besoin de s'éloigner de moi,
d'échapper à l'action de Julien, qu'elle subissait
contre son gré, et de chercher, loin de nous, à y
voir clair dans son cœur, s'imposait à elle et dicta
sa décision. Elle nous la fit connaître. Ce n'est pas
sans tristesse que nous vîmes approcher le terme
d'un temps rempli de charmes, durant lequel notre
bonheur avait été complet et que nous pouvions,
dès ce moment, ranger parmi les meilleurs de
notre vie

La veille du jour fixé pour le départ de Christine, j'eus avec elle un long entretien. Il ne fut pas
nécessaire de prendre un rendez-vous. Elle avait
dîné à La Sauvage avec son père et sa mère, et
lorsque la nuit fut venue, il me fut facile de la
suivre dans une allée obscure. Nous nous y pro-
menâmes, en échangeant nos confidences et nos
adieux. Mais, comme si nous nous étions consultés
à l'avance, nous ne nous interrogeâmes pas sur

l'état de nos cœurs. Nous parlâmes de notre amour comme d'un amour déjà ancien, qui avait doublé le cap des tempêtes, dont la patience serait iné-puisable et la durée éternelle. Autant, quelques mois auparavant, notre entrevue avait été ora-geuse, autant celle-ci fut paisible. Assurément, si nous avions osé, l'un ou l'autre, nous faire part des doutes que nous ressentions également, en cherchant à les dissimuler, nous nous serions, d'un mutuel accord, rendus libres, en reconnaissant que nous nous étions trompés et que l'affection qui naît d'une enfance commune, d'une confiance constante, d'un long échange de vues et surtout de la puissance des souvenirs, que cette affection est plus semblable à l'amitié qu'à l'amour. Mais aucun de nous n'était préparé à cette explication. Nous n'avions pas encore assez profondément fouillé nos âmes pour être assurés de ne pas nous tromper une seconde fois. Au moment de s'éloigner, Christine se laissa aller entre mes bras, qui l'en-lacèrent étroitement. A ce contact, je me sentis frémir. Mes lèvres cherchèrent ses lèvres, mais c'est son front qu'elle offrit à mes baisers.

Après son départ, j'éprouvai durant plusieurs jours une tristesse accablante. Mais je ne connus pas la vraie douleur qui accompagne chez ceux qui s'aiment les séparations. Mon cœur regrettait une amie, mais mon être entier n'était pas déchiré par l'éloignement de celle qu'en d'autres temps, je croyais être tout pour moi. Julien ne me laissa deviner qu'une tristesse égale à la mienne. Elle se dissipa non moins rapidement. Cependant, le lendemain même du départ de Christine, il m'avait avoué que du long séjour qu'il venait de faire auprès d'elle, son amour était sorti plus puissant.

— Je le sens immortel, disait-il, en atténuant de son pâle sourire la gravité de ses paroles. Ma vie est rivée à cette passion comme Ixion à sa roue. Ce n'est pas un serpent qui me dévore, mais l'amer regret d'être condamné au silence

Ce langage ne me troubla pas. J'avais perdu jusqu'à la force de la jalousie. Je savais, il est vrai, que Julien ne se trahirait pas devant Christine.

Quelques jours après, nous partîmes pour l'Orient, où nous avions résolu de passer six mois.

IV

Ce voyage d'Orient dura plus longtemps que nous n'avions cru. C'est seulement au mois de décembre 1869 que nous rentrâmes à Paris. Je me souviens encore de notre arrivée : un soir brumeux, une ville tumultueuse, la sensation saisissante de l'éclat et du bruit, succédant aux émotions excentriques de la vie constantinopolitaine et au calme d'une longue traversée. Comme je n'avais pas encore d'installation à Paris, Julien me conduisit dans sa demeure. Il habitait, rue de la Rochefoucauld, un appartement confortable et simple ; une vieille servante normande présidait à son ménage de garçon. Nous trouvâmes à Paris le père Faldouey. Il était venu pour embrasser Julien et pour me rendre à moi-même des comptes, car, en mon absence, il avait été chargé de la gérance de mes propriétés. S'il fut heureux de nous revoir, on le devine. Il me dit, en me serrant dans ses bras :

— Vous avez compris, n'est-ce pas, mon cher

Daniel, que je vous aime autant que si vous étiez le
frère de mon fils.

Grâce à lui, grâce à Julien, l'orphelin trouvait
une famille et ne cessait pas de connaître la tendresse des cœurs fidèles. Le lendemain, je m'oc-
cupai de mon installation. Résolu maintenant à
vivre à Paris, j'y devais faire un établissement
digne de ma fortune et de mon nom. Sur le conseil
de Julien, c'est dans les quartiers neufs qui avoi-
sinent l'Arc de triomphe que je. cherchai à me
fixer.

Sur l'avenue de la Reine Hortense, non loin du
parc Monceaux, je découvris, au cœur d'un vaste
jardin, dépendant de l'hôtel d'Athol, — un nom
qui reviendra souvent dans ce récit, — une petite
maison isolée et tranquille. Je fus séduit par la paix
qui régnait en ces lieux. Un bail m'en assura la
possession pour plusieurs années. Les tapissiers
s'emparèrent de ce pavillon abandonné. En quelques jours, ils le transformèrent. Je fis venir de La
Sauvage mes domestiques et mes chevaux. Un mois
après mon arrivée à Paris, j'y étais établi, comme
si je l'eusse toujours habité. Je n'avais pas attendu
ce moment pour retrouver Christine. Ma première
visite fut pour elle. Mais, avant de parler de notre
entrevue, je dois décrire l'état de mon cœur, au

moment où, après une séparation de plusieurs mois,
je la rencontrai de nouveau.

Je l'aimais toujours ; mais, de plus en plus, ma
tendresse avait pris un caractère fraternel. Un long
éloignement l'avait purifiée, en la dégageant des
ardeurs et des désirs qui, l'année précédente, me
jetaient un soir aux pieds de la chère créature,
dans l'ivresse d'un sentiment que je croyais être
l'amour, un éternel amour. Cette transformation
de moi-même était due à la conviction que Christine ne m'aimait pas comme un amant, ne m'avait
jamais aimé ainsi, et s'était trompée aussi bien que
je me trompais, quand elle me promettait d'être
ma femme, si elle devenait veuve. Au moment de
la revoir, je n'éprouvai donc ni l'angoisse ni le
trouble qui remplissent, à certaines heures, les
cœurs épris et jaloux, mais seulement l'ardente
joie qui marque, au cours d'une affection fraternelle, le terme des longues séparations. C'est sous
cette impression que je me présentai, une après-
midi, à l'hôtel de Maugiron, une des plus somp-
tueuses demeures de la rue de Lille. La duchesse
était sortie. J'allais me retirer, après avoir laissé
ma carte, quand tout à coup une élégante voiture
passa sous la voûte, entra dans la cour monumentale, et alla s'arrêter devant le grand perron.

Cheveux gris, visage aux traits fins, tournure
alourdie par l'embonpoint de l'âge, un vieillard en
descendit. Je reconnus M. Le Jollais, le père de
Christine. Je prononçai son nom. Au moment de
rentrer, il se retourna, et, à son tour, il me
reconnut.

— Daniel de Kerfons! s'écria-t-il.

Il m'ouvrit ses bras, où je me précipitai. C'est
toute mon enfance, heureuse et paisible, que sa
présence venait de me rappeler, mon enfance, le
parc de La Sauvage, nos grands bois, les étroites
rues d'Avranches, la terrasse d'où l'on découvre ,
les grèves étincelantes sous l'horizon que le
mont Saint-Michel remplit de ses masses altières.
En l'embrassant, il me sembla que dans ce
cadre de ma vie passée, je retrouvais le sein
paternel.

— Cher, cher enfant! murmurait-il. Que c'est
bien à vous de ne nous avoir pas oubliés!

— Vous oublier, monsieur Le Jollais, vous l'ami
de mon père! Oublier madame Le Jollais! oublier
Christine! Mais c'est la meilleure part de ma jeunesse que je renierais! Vous savez bien que j'en
suis incapable.

— Tout le monde ici sera heureux de vous
revoir, Daniel! Depuis que vous êtes parti, on a

souvent parlé de vous : on vous regrettait ; on vous en voulait de votre silence...

Tout en me parlant ainsi, il m'avait pris familièrement le bras et m'entraînait à travers les vastes corridors de l'hôtel, jusque dans son appartement, où il n'eut pas de repos que je ne me fusse assis dans son fauteuil, devant son feu.

— Je ne m'attendais pas au plaisir de vous rencontrer ici, lui dis-je. J'étais venu voir la duchesse.

— Christine est sortie ; elle sort tous les jours, à cette heure-ci, pour aller patiner au bois. Mais elle ne tardera pas à rentrer. Attendez-la ; vous la verrez.

— Ne puis-je, en l'attendant, présenter mes hommages à madame Le Jollais ?

— Ma femme est à Avranches. Elle ne vient plus que très-rarement à Paris. Sa santé s'est bien affaiblie et exige qu'elle mène une vie retirée qu'elle ne saurait trouver ici. Elle habite donc tout à fait en province, où désormais Christine doit aussi passer six mois tous les ans. Moi-même, je ne suis à Paris qu'à cause de la session du Sénat. C'est pour moi un vrai chagrin de vivre éloigné de ma chère femme, et je vous assure que si je ne tenais ma position officielle des

bontés de l'empereur, j'aurais déjà donné ma démission, afin de ne plus quitter Avranches.

— Christine serait donc seule durant l'hiver?

— Non; Christine s'est donné le luxe d'un chevalier d'honneur, tout comme une princesse du
sang, oui, mon cher, un chevalier d'honneur,
l'amiral de Narvajeac, l'oncle de son mari, qui est
retraité et dont la vieillesse honorée protége sa
jeunesse contre les périls du monde et contre la
calomnie qui n'épargne pas les femmes, vous le
savez.

— Et le duc de Maugiron? demandai-je encore.

— Le duc de Maugiron a cessé de faire parler
de lui, après avoir causé à sa pauvre femme et à
nous-mêmes tous les chagrins que vous connaissez,
après avoir promené sa personne et compromis
son nom de tous côtés. Il est rentré en France,
l'an dernier, revenant de Russie, en compagnie
d'une chanteuse. Il se préparait à commettre de
nouvelles folies, quand il a été frappé tout à coup
d'une paralysie générale qui n'a rien épargné en
lui, pas même l'intelligence. C'est un homme fini,
atteint d'idiotisme, vieillard décrépit à cinquante
ans et pour qui la mort serait une délivrance. Sa
détresse matérielle et morale a plaidé sa cause
auprès de l'épouse qu'il avait abreuvée de dou-

leurs. Elle a eu pitié de lui. Grâce à la sollicitude de sa femme, il vit en Provence, aux mains de deux serviteurs dévoués qui lui rendent les soins qu'exige son état.

— Voilà une triste destinée ! objectai-je.

— Plus triste encore pour Christine que pour lui, reprit M. Le Jollais, car il expie son inconduite et ses débauches ; mais elle, la chère innocente, méritait-elle ce veuvage incomplet et prématuré qui la laisse sans époux, sans enfants, et lui a ravi, à vingt-cinq ans, jusqu'à la liberté de se créer d'autres affections dans une autre famille ? Ah ! je suis cruellement châtié de l'ambition que j'ai eue pour elle. Je ne cherchais que son bonheur, cependant.

Je ne répondis pas. Qu'aurais-je pu dire qu'il ne pensât déjà ? Son repentir était trop sincère pour qu'il m'appartînt d'ajouter aux réflexions que je venais d'entendre une parole dans laquelle il aurait pu deviner un reproche.

— Laissons cela ! s'écria-t-il tout à coup ; parlons de vous, Daniel. D'où venez-vous ? quels sont vos projets ? allez-vous habiter Paris ? retournez-vous à La Sauvage ?

— Je viens de passer une année en Orient, avec mon ami Julien Faldouey, qui voulait faire un livre sur ce pays. Nous sommes arrivés ensemble, voici quelques jours, et j'ai le dessein de m'installer à Paris.

— Votre fortune vous permet d'y faire bonne figure; votre nom vous permet de vous y marier brillamment.

— Oh! monsieur, je suis bien jeune.

— Quel âge avez-vous, Daniel? Je l'ai oublié; je devrais me le rappeler, cependant, car je vous ai vu naître.

— J'ai vingt-quatre ans, monsieur.

— Oui, c'est bien cela, un peu plus jeune que Christine. Eh bien, mon cher enfant, si vous m'en croyez, vous n'attendrez pas, pour choisir une femme et pour fonder une famille, d'avoir perdu votre jeunesse et usé votre santé dans les plaisirs de Paris. Christine connaît de riches et belles héritières. Demandez-lui de vous en choisir une digne de vous.

En songeant à l'étonnement qu'éprouverait Christine, si je lui adressais une pareille demande, j'eus un sourire aux lèvres. Mais M. Le Jollais ne le vit pas, et il continua :

— Je suppose aussi que vous n'avez pas le dessein d'imiter la plupart des jeunes gentilshommes de votre âge et de rester oisif? A votre place, moi, j'entrerais dans la diplomatie. Vous êtes assuré d'y faire une brillante carrière.

— Il me semble, monsieur, que le nom que je porte et le passé de ma famille me défendent de servir l'empire. Vous savez que mon père était royaliste.

— Je l'ai été aussi, s'écria M. Le Jollais; je l'ai été avec lui, autant que lui, plus que lui, car ses opinions étaient le fruit de la naissance, tandis qu'elles étaient, chez moi, le résultat de la conviction. Cela m'a-t-il empêché d'être républicain en 1848, de me rallier ensuite à l'empire, d'accepter même un siége au Sénat? Les hommes comme nous, mon cher enfant, qu'ils tiennent leur illustration de leurs aïeux ou d'eux-mêmes, doivent à leur pays un grand exemple, et j'ai cru, pour ma part, que je lui en donnais un excellent, en servant la France sous tous les gouvernements. D'ailleurs, voyez-vous, c'en est fait des vieilles races royales. Les Bourbons sont condamnés, et le suffrage universel a assuré à une dynastie nouvelle la possession de l'avenir.

— Le croyez-vous, monsieur? Mon ami Faldouey, qui connaît mieux que moi les secrets de la politique, assure que les rangs de l'opposition grossissent tous les jours.

6.

— C'était encore vrai l'année dernière, ce n'est plus vrai aujourd'hui. L'empereur, avec une habileté égale à sa sagesse, a arrêté le flot qui montait sans cesse, et, aux exigences de ses ennemis, il a répondu en se déclarant prêt à fonder inébranlablement le gouvernement constitutionnel. Il se passe en ce moment dans les hautes régions de l'État, mon cher Daniel, des événements qui auront dans l'histoire un éclatant retentissement. Sous peu de jours, vous verrez arriver au pouvoir des hommes nouveaux, dont le programme sera applaudi par la France entière, que dis-je! par toute l'Europe. Croyez-moi, mon enfant, l'empire est fondé sur le roc, et l'occasion est propice pour se rallier à lui. Par conséquent, si vous voulez, je me mets à votre service.

Je remerciai M. Le Jollais. Je lui dis que la résolution vers laquelle il me poussait méritait d'être examinée sérieusement, et que je méditerais ses conseils. En réalité, j'étais fermement résolu à ne pas les suivre. Ce n'est pas que j'eusse contre l'empire un parti pris ou des haines profondes. Sans doute, il ne s'était établi que par la violence contre la république légalisée et par la défaite des espérances royalistes. Mais à quel titre aurais-je partagé les rancunes des vaincus, puisque j'étais un enfant à l'heure de leur défaite et que je n'avais pas eu à en souffrir? C'est pour d'autres motifs que je ne voulais pas servir l'empire. Je me trouvais encore trop jeune pour prendre une décision.

— Ne t'engage pas trop vite, ne cessait de me répéter Julien; ne te laisse pas enjôler par les flagorneries des uns, par les séductions des autres; vois par toi-même, et ne te lie à un parti que lorsque tu ne pourras faire autrement, surtout après avoir acquis la conviction que c'est celui qui te permettra le mieux de servir la France.

Ces paroles étaient présentes à ma pensée, pendant le discours de M. Le Jollais, et exerçaient sur moi une influence à laquelle l'excellent, mais versatile sénateur, ne pouvait prétendre, ayant trop souvent changé d'opinions pour que je considérasse comme prudent d'en recevoir une toute faite de ses mains. Et puis, je l'avoue, d'autres préoccupations obsédaient mon esprit, et ce Paris, si mystérieux, fermé pour moi, avec ses séductions que je voulais connaître et ses plaisirs qui m'attiraient, exerçait sur mon imagination une fascination autrement puissante que les perspectives que M. Le Jollais ouvrait à mon ambition. Notre entretien fut interrompu tout à coup par un grand bruit de voitures qui se fit entendre au dehors. M. Le Jol-

lais s'approcha de l'une des croisées qui s'ouvraient
sur la cour et me dit :

— Christine rentre.

J'accourus auprès de lui, afin de la voir plus
vite, et, je l'avoue, un peu oppressé par l'émotion
qui venait de s'emparer soudainement de moi. Elle
avait déjà disparu. Son coupé, attelé de deux fins
chevaux noirs, tournait dans la cour pour regagner
les écuries, après l'avoir déposée devant la grande
porte vitrée qui donnait accès dans les anticham-
bres. Mais, au même moment, d'autres voitures
venaient s'arrêter avec fracas devant le perron, et
cinq ou six jeunes femmes, quelques hommes en
descendirent et entrèrent à leur tour dans l'hôtel.

— Est-ce le cortége habituel de la duchesse?
demandai-je en riant.

— Ce sont ses amis qu'elle a ramenés du bois
pour le lunch, me répondit M. Le Jollais. C'est
tous les jours ainsi. Nous allons descendre, mon
cher enfant, et quand vous aurez salué Christine,
vous pourrez admirer tout à votre aise quelques-
unes des Parisiennes les plus jolies et les plus élégantes de ce temps.

Je le suivis docilement. Nous traversâmes, au
rez-de-chaussée de l'hôtel, trois salons merveilleu-
sement décorés, dont le luxe était rehaussé par les

collections artistiques qui sont un des trésors de la maison de Maugiron, et à l'extrémité desquels nous entrâmes dans une vaste salle à manger, ornée de peintures éclatantes. Au fond de cette pièce, le long des dressoirs couverts d'argenterie et de cristaux, s'étalaient sur la blancheur des nappes brodées de feuilles et de fleurs, des viandes froides, des piles de sandwichs, des chauds-froids de gibier, des pyramides de fruits, les friandises les plus délicates, les mets les plus recherchés. Dans les carafes aux parois étincelantes, les vins d'Espagne brillaient de leur chaude couleur d'or en fusion; les vins de Bordeaux, de leur teinte sombre et transparente. Des maîtres d'hôtel à la tenue irréprochable passaient sur des plateaux les tasses de Sèvres et du Japon, pleines de chocolat mousseux ou de thé fumant. Le chapeau sur la tête, emmitouflées dans leurs fourrures, des jeunes femmes, élégantes et sveltes, mangeaient et buvaient debout, causant, riant, laissant voir leur visage au teint avivé par le froid du dehors et la blancheur nacrée de leurs dents sur la couleur rose de leurs lèvres. Quelques hommes étaient mêlés à ces groupes, parmi lesquels, allant de l'un à l'autre, en active maîtresse de maison, je reconnus Christine. Le jour baissait. Des terrasses de l'hôtel

bordant la Seine, et envahies par les brumes cré-
pusculaires, il n'arrivait plus qu'un rayon pâle
dans la salle qu'il éclairait à peine. Accompagnant
M. Le Jollais, je pus m'avancer sans être vu, con-
fondu parmi les personnes présentes.

Tout à coup, deux domestiques entrèrent, portant des lampes et des candélabres allumés dont la
chaude lumière nous enveloppa tous deux dans sa
traînée blanche. J'étais en face de Christine, et
j'apparus à ses yeux de la manière la plus soudaine
et la plus imprévue.

— Daniel! fit-elle, en devenant toute pâle.

— Le voilà, je te le ramène, dit paternellement
M. Le Jollais.

Elle avait pris mes mains dans les siennes et me
retenait sous son regard charmant, où passait
l'émotion de son âme, en murmurant :

— Vous! vous!

Moi, je la regardais, souriant, tremblant, ridicule, sans pouvoir arracher à ma bouche une parole pour exprimer ce que pensait et disait mon
cœur. Nous restâmes ainsi, émus et oppressés par
nos sensations, sans que, dans le tumulte des voix,
le va-et-vient des serviteurs et la bruyante gaieté
qui remplissait la salle, on fît attention à nous.
M. Le Jollais s'était éloigné parmi les groupes

formés çà et là; pendant une minute, nous demeurâmes libres de nous parler à cœur ouvert.

— Christine! murmurai-je enfin.

Mon cœur soulevait ma poitrine de ses batte-
ments précipités, si violents, qu'ils retentissaient
en moi comme des coups douloureux. Cette émotion passa dans mon regard, lui communiquant
sans doute une éloquence passionnée qui fit entendre à Christine ce langage d'amour que, depuis
si longtemps, ma bouche avait cessé de prononcer
devant elle, après l'avoir prononcé une seule fois.
Elle abandonna mes mains, et, se rapprochant
vivement de moi :

— Je vais vous présenter, Daniel, car nous ne
pouvons demeurer ainsi, bouleversés et troublés.
Vous resterez après tout le monde, n'est-ce pas?
J'ai besoin de vous parler.

Elle prit mon bras, et remontant vers le haut de
la salle, du côté de ses amis, elle m'entraîna. Je
devais être horriblement pâle. Est-ce donc que je
l'aimais encore, ou bien, en me retrouvant à l'improviste devant elle, n'étais-je de nouveau subjugué que par la puissance de sa grâce [et non par
la puissance de nos souvenirs? Je ne saurais pas
plus apprécier aujourd'hui ce qui se passait en moi
que je n'aurais pu l'exprimer alors. Mais il est bien

certain que je fus pendant quelques heures hors
d'état de définir le véritable caractère de ma tendresse pour Christine. Je parvins à me remettre.
Lorsqu'elle me présenta à ses amis, comme le
fidèle et cher compagnon de son enfance, et me
les nomma tour à tour, je ne fis point trop sotte
figure sous les regards curieux qui se fixèrent tout
à coup sur moi. La flamme de ses regards était
brûlante. Il y avait là les créatures les plus sédui-
santes, sinon les plus belles du monde aristocra-
tique : cette exquise mais silencieuse duchesse de
Chateaufort, qui tenait de sa mère, la princesse de
Laurières, non l'esprit, hélas ! mais une incomparable grâce et les plus doux traits qu'un peintre de
saintes et de vierges ait rêvés jamais ; la baronne
Almati, si merveilleuse avec ses traits ensoleillés
par son regard de jeune faune, et qui devait mourir
si tristement l'année suivante ; la marquise de Chanzay, impeccable beauté, altière et froide, qu'une
curiosité d'écrivain poussait à des aventures dont
l'éclat l'effleurait sans l'atteindre, dans lesquelles
elle ne laissa jamais rien de sa réputation ni de
son cœur, mais qu'elle a racontées dans des romans signés d'un pseudonyme transparent ; la touchante lady Hackwoods, portant sur son visage la
tendresse de son âme passionnée, donnée tout en-

tière; on l'assurait, au mari qu'elle prétendait idolâtrer; madame Dalverne, femme de l'opulent banquier, qui devait à sa naissance plus encore qu'à sa fortune d'être admise dans ce milieu d'élégance et d'aristocratie; la vicomtesse d'Athol, d'une branche cadette de la maison de Foix, reine par le charme de sa grâce mystérieuse, empreinte d'un caractère farouche, entraînante cependant, et portant sur toute sa personne, dans ses traits, dans son regard, dans les ondulations de sa taille, dans la teinte bistrée de son visage, dans la sombre couleur de ses cheveux quelque chose des passions qui brûlaient son âme inassouvie; d'autres encore que je passe, et qui vivaient dans l'intimité de mon amie.

C'est plus tard seulement que je connus l'histoire de ces charmeuses, et que je me trouvai mêlé à leur vie. Mais le jour que je raconte, je ne fus impressionné que par leur sourire. Elles étaient alors en pleine jeunesse, en pleine joie, en plein bonheur, avec ce prestige qu'excitent l'illustration du nom et l'éclat de la beauté, emportées dans l'apparente sécurité dont cette fin d'un règne que boudaient la plupart d'entre elles était enveloppée; dans la soif de plaisirs et dans la fièvre de luxe par lesquelles elle se signale à l'historien. Et puis, en ce moment, Christine absorbait toutes mes pensées, toutes mes admirations. Quelle créature à côté d'elle pouvait me sembler belle? N'était-elle pas l'amie dévouée et tendre? N'étais-je pas pris par la séduction qui se dégageait d'elle et que nos souvenirs rendaient si puissante sur moi?

Parmi ces grandes dames, une seule, en ce moment, fixa mon attention, — la vicomtesse d'Athol, — et encore ce fut moins par son incontestable et attrayante originalité que par suite d'une circonstance particulière et qui m'était en quelque sorte toute personnelle. Quand Christine, m'ayant présenté, prononça le nom de la vicomtesse, je me rappelai que, la veille, j'avais loué, pour m'y installer, un pavillon situé dans un jardin dépendant de l'hôtel d'Athol. Je signalai à la vicomtesse cette particularité, en lui demandant si c'est d'elle que j'aurais l'honneur d'être le locataire et le voisin. Sa réponse fut affirmative.

— Ma chère Clarisse, dit alors Christine, je recommande M. de Kerfons à vos bontés.

— Monsieur, vous serez toujours le bienvenu chez moi, si vous ne trouvez pas trop longue à franchir la distance qui séparera votre maison de la mienne.

En prononçant ces paroles, de sa voix sonore et
harmonieuse, madame d'Athol m'enveloppa dans
un long regard, doux et sombre. Assurément,
si je n'avais été, en cette heure, sous l'empire
de ma chère Christine, à peine retrouvée après une
longue séparation, ce regard m'eût troublé profondément. Mais il me laissa calme. Ayant échangé
quelques phrases banales avec madame d'Athol,
j'observai les autres personnages de cette scène
toute mondaine, que j'avais saisie sur le vif.

Dans un coin de la salle, la baronne Amalti, lady
Hackwoods et madame Dalverne entouraient, en
l'écoutant leur tenir des propos qui mettaient le
sourire sur leurs lèvres, un jeune homme, maigre,
à la taille élancée, aux traits minces, avec des
petits yeux tour à tour bleus et gris, lumineux,
vivants, et un visage d'une blancheur mate, auquel
la couleur rousse des cheveux crépus et d'une
barbe vaporeuse donnait le ton de la cire vierge.
On aime à se figurer, ainsi les seigneurs de la
cour des derniers Valois. Je fus frappé par la
ressemblance qui existait entre Jacques de Chanzay, — c'est le nom de ce jeune homme, — et
le portrait d'un de mes ancêtres qui vivait
sous Henri III, portrait placé, parmi beaucoup
d'autres, dans l'une des galeries de La Sauvage. Ce

qui saisissait le regard et l'esprit, en présence de ce type charmant comme la statue d'un jeune dieu et inquiétant comme un problème réputé insoluble, ce n'était pas seulement son originalité, c'était aussi ce qu'il y avait de délicat et de frêle dans ce corps mince et long, ondoyant comme un arbrisseau fragile, balancé à tous les vents. En regardant la figure maladive, les mains longues, pâles, dont les veines traçaient leur sillon à la surface de la peau, on croyait voir le dernier rejeton d'un sang appauvri, d'une race épuisée. Sur ce front poli comme l'ivoire et qu'ombrageaient les boucles un peu rudes d'une chevelure fauve, l'anémie avait imprimé de symptomatiques et ineffaçables stigmates. C'était, en un mot, une nature incomplète à laquelle manquaient les éléments d'une longue vie. Mais, en même temps, l'éclair du regard éblouissait ; son expression trahissait une indomptable volonté ; à défaut de la force musculaire absente, on touchait en quelque sorte une force nerveuse qui devait, jusqu'au jour où le système se briserait, rendre cet être chétif capable de tous les héroïsmes et de toutes les folies.

Jacques de Chanzay était le beau-frère de la marquise de Chanzay, à qui je venais d'être présenté par Christine. Il avait vingt-huit ans. Depuis

dix ans au moins, il jetait à tous les plaisirs sa
fortune sans cesse renouvelée par des héritages qui
l'auraient faite énorme, s'il les avait conservés et
accumulés. Il la dévorait froidement, sceptique-
ment, sans souci du lendemain, avec une insouciance que des yeux exercés auraient considérée
comme le pressentiment d'une fin prochaine. Le
marquis, son frère, avait eu jadis le projet de le
pourvoir d'un conseil judiciaire. Mais la mort avait
arrêté l'exécution de ce projet. La marquise, restée
veuve, sans enfants, ne s'était pas senti le courage
de causer un chagrin à son parent, même pour
mettre à l'abri de ses excentricités une fortune
dont, après tout, elle ne souhaitait pas la jouissance, n'en ayant nul besoin. Elle était sincèrement
attachée à son beau-frère. Elle aimait ce tempéra-
ment fougueux, qui enfermait dans les formes
aristocratiques et froides d'une irréprochable mon-
danité les ardeurs qui le consumaient. Quand il
avait commis quelque sottise, de celles qui lui faisaient dire à lui-même : « Je viens d'en faire une
pommée ! » c'est elle encore qui entreprenait de la
réparer.

La calomnie, qui n'épargne personne, s'était
donné librement carrière sur ce très-tendre intérêt
d'une femme de trente ans, séduisante et accessible

à toutes les curiosités, pour cet « enragé », à peine plus jeune qu'elle, mais sans parvenir à faire descendre Jacques et sa belle-sœur dans l'estime de leurs amis qui répondaient à ces odieuses insinuations par les dénégations les plus énergiques. En fait, Jacques de Chanzay respectait sa belle-sœur. Jamais il n'avait tenu devant elle un langage susceptible de la troubler. Un jour, on l'entendit dire :

— C'est bien dommage qu'elle soit la veuve de mon frère !

Mais il s'était toujours abstenu de témoigner autrement qu'il eût été touché de sa beauté. Il la traitait, au contraire, comme une sœur et comme une amie. Il avait fait d'elle la confidente de ses faiblesses, — rôle qui plaisait infiniment à la marquise, esprit supérieur, obsédé, je l'ai dit, du désir d'étudier de près, pour le décrire ensuite, le jeu des passions. J'ai voulu esquisser, dès à présent, le portrait de Jacques, parce que ce jour-là même, à la manière dont sa main tomba dans la mienne, quand on nous mit en présence l'un de l'autre, je compris qu'il deviendrait mon ami.

— Vous ne connaissez pas Paris, me dit-il, je serai votre guide et votre parrain.

— Défiez-vous de lui, monsieur de Kerfons, me

dit madame de Chanzay ; il ne sait pas se diriger lui-même ; comment vous dirigerait-il ?

— Ma chère Madeleine, pour une femme d'esprit, vous m'étonnez, répondit Jacques en souriant. Je ne sais pas me conduire, soit ! Mais je suis connu pour l'excellence des conseils que je donne à mes amis. Je mettrai M. de Kerfons au bord de tous les gouffres parisiens, et je lui crierai : Casse-cou ! Qui pourrait mieux que moi lui en faire mesurer la profondeur ?

— C'est là une spécialité que je ne vous savais pas, objecta madame de Chanzay, sur le même ton.

— Oh ! j'en ai bien d'autres ; mais j'en réserve la surprise à M. de Kerfons, s'il veut me faire l'honneur de m'accorder sa confiance et d'accepter mon amitié. Vous voyez, madame, ajouta-t-il, en s'inclinant devant Christine, tandis que je lui serrais la main, quel zèle je mets à servir vos protégés.

— Cela vous sera compté, lui dit la duchesse.

— Ici-bas ?

— Non, là-haut !

— C'est que là-haut, vous serez immatérielle.

— Vous devrez en être heureux, car sous cette forme, je ne vous défendrai pas de me faire votre cour.

Il feignit de pousser un gémissement de dou-

leur et de dépit; puis gaiement, il s'éloigna et
rejoignit madame Dalverne et la baronne Amalti
en murmurant :

— Je vais chercher une femme qui me compren-
dra mieux.

— Quel grand fou! reprit madame de Chanzay.

— Oui, mais si noble et si bon! soupira lady
Hackwoods.

— Et qu'en savez-vous, ma belle? s'écria la marquise avec enjouement. Prenez garde, vous allez
vous compromettre.

La chaste Arabelle Hackwoods rougit; puis elle
reprit d'un accent convaincu :

— Je ne connais pas d'âme plus belle que celle
de M. de Chanzay.

— Va-t-elle nous faire croire qu'elle l'a confessé?
demanda madame d'Athol.

— Ma chère, vous n'avez pas le privilége de la
confession, répliqua lady Hackwoods finement.
Seulement, peut-être n'entendons-nous pas le sa-
crement de la même manière. Monsieur Le Jollais,
venez me mettre en voiture.

Elle embrassa Christine, prit le bras de M. Le
Jollais, et l'entraîna, après avoir fait à toutes les
personnes présentes une belle révérence. La vicomtesse d'Athol partit sur ses pas.

— Elle n'a pas la griffe légère, la petite Anglaise, dit alors madame de Chanzay. Sa réponse n'est pas méchante ; mais il y avait une intention.

— Clarisse ne voulait pas la froisser, fit observer Christine.

La marquise de Chanzay, la duchesse de Chateaufort, la baronne Amalti prirent congé de mon amie. La première, au moment de partir, chercha d'un regard son beau-frère. Il avait disparu.

— Sans m'attendre ! s'écria-t-elle. Et avec madame Dalverne, encore ! Je parierais qu'il a oublié que ce soir, il doit me conduire aux Italiens. Y serez-vous, Christine ?

— Non, ma chère.

— Il me semblait vous avoir entendu dire, cette après-midi...

— Oui, mais, j'ai changé d'avis.

Elle était résolue à me consacrer sa soirée. Madame de Chanzay le comprit ; avant de s'éloigner, elle nous regarda tour à tour, d'un air singulier. Son regard semblait dire : « Est-ce que l'irréprochable duchesse de Maugiron, à laquelle, jusqu'à ce jour, on n'a connu ni amour, ni amant, aurait trompé son monde ? »

Sa pensée malveillante apparaissait si clairement

7.

sur son visage, que Christine la devina comme
moi.

Elle reprit alors avec l'audace de l'innocence :

— Oui, j'ai changé d'avis. Je n'irai pas aux Italiens, parce que je me dois ce soir à mon cher
Daniel, mon frère.

Et sous les yeux de la marquise qui ne comprenait plus, elle m'offrit sa main sur laquelle je mis
mes lèvres. Nous restâmes seuls.

— Enfin! murmura-t-elle. Venez, mon ami.

Je la suivis à travers les corridors que j'avais
parcourus déjà avec M. Le Jollais. Son appartement était au premier étage, en face de celui de
son père. Elle me fit entrer dans un petit salon,
s'assit auprès de la cheminée, et me fit entendre
ces mots :

— Je peux vous dire enfin, cher Daniel, combien
je suis heureuse de vous voir.

Je me mis à ses pieds, car sa voix tremblait, car
son visage était pâle, car troublé moi-même par
l'influence de ces lieux remplis d'elle, par le plaisir
de l'avoir retrouvée, par l'adorable beauté de ses
traits, je crus que depuis un an je me trompais,
que je ne l'avais pas comprise, qu'elle m'aimait
toujours, qu'elle n'avait jamais cessé de m'aimer.
Je couvris ses mains d'ardents baisers. Elle m'ar-

rêta. Puis, m'obligeant doucement à me relever, elle me fit asseoir sur un siége bas, en face d'elle, en me disant :

— Demeurez là, mon ami, et parlez-moi de vous.

— Mais, vous parler de mon amour, Christine, c'est vous parler de moi !

— Êtes-vous bien sûr que vous m'aimez?

— Je le crois ; mais vous-même...

— Voyez, vous n'avez pas osé dire que vous en étiez sûr.

— Je vais répéter...

— Non, vous mentiriez ; vous n'avez pas osé le dire, parce que vous n'êtes pas convaincu que le soir où nous échangeâmes un tendre serment, nous ne nous fîmes pas illusion sur l'état de nos cœurs et sur le caractère de notre tendresse. Eh bien, je vous en supplie, de nos sentiments, des miens, des vôtres, ne parlons plus. Laissons faire le temps, car, seul, il nous démontrera si vous pouvez être pour moi autre chose qu'un frère, si je dois être pour vous autre chose qu'une sœur. Du passé, Daniel, du passé qui m'est cher, je ne veux rien oublier. Mais, puisque le présent ne m'appartient pas, n'exigez pas que je vous le livre.

— Oh ! Christine, vous ne m'aimez plus !

m'écriai-je, avec un emportement plus injuste que sincère.

Elle me regarda tristement, puis elle dit :

— Je vous ai promis d'être votre femme ; cette promesse, je la tiendrai, si Dieu me rend libre. Je n'y mets qu'une condition, c'est que le jour où j'aurai à la tenir, vous pourrez affirmer sur l'honneur que je suis toujours celle que vous aimez.

Cette déclaration me ferma la bouche, car d'un seul mot Christine venait de me faire maître de mon destin. Elle ne se dérobait pas à ma tendresse. Elle se réservait seulement d'en exiger une preuve. Une expérience de plus d'une année m'avait appris à me défier de moi et fait connaître les caprices de mon cœur. Si Christine, en ce moment, s'était donnée, femme ou maîtresse, j'eusse été à elle pour toujours. Mais je n'osais m'affirmer à moi-même que j'aurais le courage, en l'attendant, de lui demeurer fidèle. Dès ce moment, je n'essayai plus de lui parler de mon amour, voulant, moi aussi, laisser au temps, comme elle l'avait dit, le soin de conduire nos destinées.

Je me levai et je m'écriai :

— Soit, Christine, que votre volonté s'accomplisse ! Je serai toujours votre ami fidèle et votre esclave docile.

— C'est ainsi que je vous veux, fit-elle, en fixant sur moi ses beaux yeux humides. Nous pouvons être heureux, soyez-en sûr, sans qu'il soit nécessaire de nous lier de nouveau par une mauvaise action que nous ne pourrions nous rappeler ensuite sans que le rouge de la honte montât à nos fronts.

Ainsi achevèrent de se briser les nœuds que nous avions imprudemment formés dans une heure d'ivresse. On verra bientôt — et cette partie de ma confession ne sera peut-être pas à ma louange — comment je me consolai de cette rupture, dans laquelle du moins ne fut pas entraînée l'amitié.

— Et maintenant, reprit alors Christine, parlez-moi de vous. Vous avez fait un long voyage. Racontez-le.

J'initiai Christine aux détails de ma vie depuis un an. Le nom de Julien fut naturellement mêlé à mon récit. Elle m'arrêta, et d'un accent moitié railleur, moitié sérieux :

— Vous m'avez dit un jour qu'il m'aimait; m'aime-t-il toujours?

— Pourquoi m'interrogez-vous? Je fus peut-être un peu ridicule quand je vous fis, pour son compte, un aveu que jamais sa bouche n'aurait osé prononcer. Allez-vous exiger que je sois ridicule une seconde fois?

— Je veux la vérité.

— Eh bien, je crois qu'il vous aime encore.

— Tant pis! Cet amour ne peut-être qu'une cause de trouble entre nous.

— Non, puisque vous êtes censée l'ignorer.

— Vous croyez que Julien n'en parlera pas?

— Il le taira toujours, à moins que vous ne vous mettiez en tête de lui arracher son secret.

— C'est donc un cœur cuirassé contre les entraînements et les surprises?

— C'est un cœur modeste, qui peut bien avoir conçu pour vous une passion éternelle, mais qui souffrira toujours plutôt que de s'exposer à vous déplaire.

Cette réponse la laissa d'abord silencieuse; puis, tout à coup, elle leva vers le ciel son front charmant, et s'écria :

— Qu'il est doux de compter autour de soi de si nobles amis!

Puis, elle regarda la pendule qui sonnait six heures.

— Vous dînez avec moi, me dit-elle.

— Laissez-moi le temps de courir m'habiller, et je suis tout à vous.

— Allez et revenez bientôt.

Je me préparai à partir. Tout à coup, elle reprit :

— Ramenez Julien.

— Julien!

— Oui, ne sera-ce pas un grand plaisir de nous retrouver tous les trois, comme à La Sauvage?

— Je ramènerai Julien, répondis-je.

Elle me serra les mains, et je m'éloignai. Je rentrai chez Julien, où, comme on le sait, j'étais descendu, en attendant que j'eusse moi-même un domicile. Je trouvai mon ami enfermé dans son cabinet de travail. Il s'était déjà remis à l'étude et écrivait le récit de notre voyage en Orient.

— Arrache-toi à ces délices, lui dis-je, en entrant. Je t'en prépare d'autres. Habille-toi; nous dînons chez Christine.

— Christine! s'écria-t-il, tu l'as vue?

— Je l'ai vue, et j'ai l'ordre de te conduire auprès d'elle mort ou vif.

Il ne prononça pas une parole et passa dans sa chambre. Une heure après, nous arrivions à l'hôtel de Maugiron. Christine nous attendait, parée de ce désir de plaire qui est le plus grand charme des femmes. Elle accueillit Julien comme elle m'avait accueilli moi-même. M. Le Jollais, l'amiral de Narvajeac, mademoiselle du Vigan nous rejoignirent, successivement, au salon. La vieille fille, passionnément dévouée à Christine, tenait sa maison. Quant à l'amiral, c'était bien véritablement, ainsi que me l'avait dit M. Le Jollais, le chevalier d'honneur de la duchesse de Maugiron. Ce vieux marin, oncle de son mari, dont la carrière, patronnée d'abord par le gouvernement de juillet, avait été brusquement entravée par l'avénement de l'empire, s'était résolu à donner sa démission, au moment où il venait d'être nommé contre-amiral à l'ancienneté. En l'appelant auprès d'elle, Christine avait fait preuve de sagesse. Grâce à lui, les périls de sa situation étaient amoindris. Il lui servait de protecteur. Il écartait d'elle la calomnie, et, en l'absence de M. Le Jollais, lui tenait lieu de père. Le vaillant vieillard, alerte et vert, spirituel et fin, nous ouvrit affectueusement ses bras.

— Quoique vous veniez ici pour la première fois, nous dit-il, Christine m'a si souvent parlé de vous que je vous reconnais comme si nous étions d'anciens amis.

Le dîner se prolongea. La conversation effleura tour à tour les sujets les plus divers. Julien parla de l'Orient avec l'amiral; de la situation politique avec M. Le Jollais. Il sut plaire même à mademoiselle du Vigan, et à la fin du repas il avait conquis tous les suffrages, par sa bonne grâce et son esprit. Plusieurs fois, je surpris les regards de Christine

fixés sur lui. Mais nul soupçon ne s'éleva en moi.
L'idée ne me vint même pas d'attribuer l'intérêt
réel qu'elle lui témoignait à un sentiment autre
que la sympathie qu'elle devait éprouver pour le
compagnon de son enfance. Toute pensée jalouse
était si loin de moi, que les succès de Julien me
réjouissaient, et que, mon inexpérience et ma
naïveté aidant, je ne contribuai pas peu ce jour-là,
par l'ardeur que j'apportais à mettre en lumière
ses brillantes qualités, à poursuivre et à achever
l'œuvre que j'avais déjà commencée, en révélant à
Christine un amour qu'elle ignorait et qu'elle était
destinée sans doute à ignorer toujours, si je ne lui
en eusse appris l'existence.

Vers dix heures, mademoiselle du Vigan se retira. M. Le Jollais monta en voiture pour aller faire
une tournée dans les salons officiels; l'amiral,
après avoir pris les ordres de sa nièce et constaté
qu'elle n'avait pas besoin de ses services, se fit
conduire au club. Nous nous trouvâmes entre nous;
l'intimité devint plus grande et si fraternelle qu'il
ne semblait pas qu'elle pût laisser place à un sentiment inavouable. Je nous vois encore, Christine à
demi étendue sur une chaise longue, Julien assis
sur un tabouret à ses pieds, moi debout auprès
d'eux, tous les trois dans l'attitude familière qui

naît des longues relations et d'une confiance inébranlable. Puis, elle se mit au piano ; elle chanta.
Enfin, sur sa prière, Julien récita des vers, et,
parmi ces vers, ceux que, sept ans auparavant, il
avait adressés à « Elle ». C'est par suite de mon indiscrétion qu'il dut les faire connaître à Christine.
Elle les écouta, attachée aux lèvres du poëte, transfigurée par la sincérité de ces accents, allumés aux
flammes d'une pure et enthousiaste jeunesse. Il
fallait être aveugle comme je l'étais pour ne rien
voir de l'amour qui grandissait en eux, et naïf autant qu'un enfant pour m'évertuer follement à en
attiser les ardeurs. Quand Julien s'arrêta :

— Pouvez-vous nommer l'intéressante personne
à qui s'adressaient ces éloquentes strophes? lui demanda Chistine.

Je crois bien que je fus sur le point de répondre
à sa place. Un instinct secret m'arrêta. Ce jour-là,
ma bêtise en avait assez fait. Julien, interrogé de
nouveau, dit alors :

— Cette personne était un rêve de mon imagination.

— Quoi, elle n'a jamais vécu !

— Jamais ! répondit-il fièrement.

V

A peine âgé de vingt-quatre ans, riche, doué
par la nature de tous les dons qui rendent la jeunesse aimable et charmante, ignorant des choses
de la vie, dévoré du désir de les connaître, il était
impossible que je m'attardasse longtemps à regretter l'amour de Christine. Même disposé à demeurer inconsolable, les consolations se seraient
imposées à moi ; à plus forte raison devais-je les
attendre, alors que je les appelais. Un mois après
mon arrivée à Paris, j'étais fait à ma vie, installé
dans ma nouvelle demeure, emporté dans le tourbillon des plaisirs, auxquels je m'abandonnais avec
ivresse. Ces plaisirs revêtaient alors à mes yeux une
séduction puissante ; j'apportais à les goûter la
fébrile ardeur de l'inexpérience. L'exemple de Julien Faldouey cependant aurait dû me détourner
de cette voie. Sa vie, toute de travail, était paisible, sans fièvre. Si j'avais recherché ses conseils,
ce n'est pas lui qui m'aurait laissé me livrer à tant

d'entraînements périlleux, sans essayer de me retenir.

Mais je commençais à lui cacher les incidents de
mon existence nouvelle, ce qui me devint facile
lorsque j'eus pris possession de la petite maison
que je devais désormais habiter. Nos relations,
après avoir été, jusqu'à ce moment, de tous les
jours, de toutes les heures, se firent peu à peu
moins fréquentes. C'est ainsi que souvent je fus
exposé à commettre de lourdes fautes, uniquement
parce que mon fidèle ami n'était pas auprès de moi
pour m'en détourner. Jacques de Chanzay l'avait
remplacé dans l'intimité de ma vie. Aimable, original, il s'était imposé naturellement à moi. Soit
qu'il eût voulu, en devenant mon guide à travers
le monde, prouver à la duchesse de Maugiron le
zèle qu'il déployait pour lui plaire ; soit qu'il eût
conçu quelque goût pour ma personne, il fut rapidement sinon mon ami, du moins mon compagnon dévoué. Quand je me présentai au club, c'est
lui qui se fit le protecteur de ma candidature auprès des jeunes, tandis que l'amiral de Narvajeac
la recommandait aux anciens, à ceux qu'on appelait
les burgraves. C'est encore Jacques de Chanzay
qui m'ouvrit les coulisses de l'Opéra, aussi bien
que certains boudoirs illustres par lesquels, en

ce temps, un homme à la mode devait avoir passé.

L'ami Jacques professait en toutes choses de singulières théories; mais c'est surtout quand nous abordions le chapitre des femmes que son esprit excentrique et mordant se donnait librement carrière. Souvent, il m'arrivait, le matin, vers onze heures, s'étendait en face de moi sur l'un des divans de mon fumoir, et, en attendant qu'on servît le déjeûner, il se laissait aller sur ce sujet à des improvisations qu'animait une verve incomparable, n'ayant d'ailleurs, à ce qu'il assurait, d'autre but que celui d'éclairer mon ignorance. Il me voyait au moment de faire mes premiers pas parmi les séductions féminines, mer couverte d'écueils. Le souci de ma sécurité lui dictait des conseils, empreints, il est vrai, d'un implacable scepticisme, beaucoup plus faits pour provoquer le désenchantement dans mon cœur que pour y allumer l'amour, mais auxquels je dus sans doute de ne pas me livrer aveuglément aux tentations que toutes les heures du jour amenaient sur mes pas. Ses efforts tendirent d'abord à m'éloigner des femmes du monde, qu'il prétendait plus dangereuses en amour que toutes les autres.

— Voyez-vous, mon cher, me disait-il, il n'est

qu'une manière d'être heureux, c'est de ne jamais
se donner tout entier à celles qu'on distingue. Or,
les femmes du monde se livrent fort peu et exigent
beaucoup. Elles sont, dans la vie et dans le cœur
de leur amant, de terribles envahisseuses qui ne
goûtent aucun repos tant qu'une part de lui-même
a échappé à leur domination. Il leur faut des
hommages ardents, des témoignages de tendresse
héroïques ; elles vous ruinent avec dextérité, tout
en protestant de leur désintéressement, justifiant
ainsi l'axiome, « que rien n'est plus cher qu'une
femme qui ne coûte rien ». Je ne vous parle pas
de tous les autres inconvénients des liaisons de ce
genre, de la présence du mari, fort désagréable,
quoi qu'on en dise, des craintes de la femme, de
ses terreurs et de ses remords quelquefois, de
toutes les entraves enfin qu'apporte à la libre
expansion de l'amour le devoir de ne pas la compromettre qui s'impose à son amant. Avec l'autorité
d'un homme qui a passé par tous les cercles de
l'enfer parisien, je déclare que les supplices ima-
ginés par Dante ne sont rien à côté de celui
que subit le malheureux enchaîné par l'amour à
une femme de son monde et de son rang. Quelque
habile qu'il soit, elle pèsera sur toute sa vie, plus
lourdement au fur et à mesure qu'elle perdra

jeunesse et beauté ; alors les liens, naguère légers à porter, se transformeront en une lourde chaîne dont chaque effort qu'il fera pour la briser resserrera les anneaux. Je l'ai vu, ce péril, je l'ai touché, et je voudrais vous l'épargner.

Le jour où il m'adressa ce discours, je ne fus pas convaincu. Si l'expérience des uns servait aux autres, l'homme deviendrait un être parfait ; pour qu'il en fasse son profit, il faut que les événements lui aient infligé de cruelles leçons. Je n'en étais point encore là ; les grandes mondaines que je rencontrais à l'hôtel de Maugiron m'apparaissaient sous une physionomie tout aimable, et ce n'est pas les conseils de Jacques de Chanzay, quelque prix qu'ils eussent pour moi, qui pouvaient me détourner de tant de séductions attrayantes, alors que je n'y avais pas encore mordu. Je le lui dis nettement.

— A votre aise, me répondit-il ; allez, mon cher, faites votre cour à madame Dalverne, adorez la baronne Amalti, élevez même vos prétentions jusqu'à l'inaccessible Arabelle Hackwoods ; vous reviendrez de ce voyage au pays de l'amour, moulu, brisé, désenchanté.

— Mais, enfin, je ne puis pas rester sans aimer, m'écriai-je.

— Qui vous le conseille? Oui, certes, il faut aimer, et le poëte a raison, qui a dit :

> Les femmes, le printemps divin,
> Tout est là ; le reste est vain !

Je ne vous défends pas d'aimer, seulement je tente de vous empêcher de vous jeter dans des aventures tragiques : la comédie, si vous voulez, mais pas le drame.

Il prit un ton plus grave, un accent en quelque sorte plus fraternel, pour ajouter :

— Ne faites pas ce que j'ai fait ; ne troublez pas à jamais votre vie. Vous n'êtes pas en âge de vous marier, et cependant vous ne pouvez vivre seul. Abandonnez-vous donc à votre caprice, mais faites en sorte que votre cœur et la dignité de votre existence ne deviennent pas l'enjeu du bonheur d'un moment. Je passe pour un fou, n'est-ce pas ? pour un écervelé qui a gaspillé sa fortune et sa santé dans des plaisirs indignes de lui ; j'ai la réputation d'un débauché forcené. Eh bien, mon cher, c'est une femme de notre monde qui m'a conduit là. Trois héritages venus dans mes mains ont payé successivement ses folies ; et si elle ne m'a pas tout à fait ruiné, c'est que sa mort m'a soudainement délivré de ses enchantements. Jamais la plus éhon-

tée des filles des rues dont j'aurais eu le malheur
de devenir la victime et l'esclave ne m'aurait fait
tout le mal que m'a fait celle-là.

— Quelle est la moralité de votre aventure ? demandai-je en souriant.

— La moralité, la voici : c'est que si vous voulez
une maîtresse, il faut la choisir parmi les femmes
qui n'imposent à ceux qui les aiment que des
chaînes légères comme des guirlandes de fleurs.

Le soir de ce jour, vers dix heures, je me trouvais
à l'Opéra. Pendant un entr'acte, Jacques et moi
nous passâmes sur le théâtre, où notre qualité
d'abonné nous donnait accès, et nous entrâmes
dans le foyer de la danse. Sous la flamme vive des
lustres, le teint avivé par le rouge, les yeux
agrandis par le noir, des fleurs dans les cheveux,
épaules et bras nus, légères et vaporeuses comme
un rêve, dans le jupon de gaze, les danseuses
étaient là, au nombre d'environ quatre-vingts,
dans les attitudes les plus diverses, les reins cam-
brés, un pied en l'air, pirouettant sur l'autre, les
bras gracieusement allongés, s'essayant aux poses
qu'elles allaient prendre tout à l'heure sur la scène.
Jacques m'arrêta au seuil du foyer.

— L'admirable invention ! me dit-il, en enveloppant d'un geste ce spectacle. On peut à coup sûr

jeter son désir dans cette cohue, avec la certitude que deux blanches mains se tendront pour le recueillir.

Comme il venait de me parler, une vieille femme enveloppée dans un châle, coiffée d'un modeste chapeau de soie noire, chiffonné et fripé, se trouva devant nous, et salua Jacques d'un air où la familiarité avait autant de part que le respect.

— Bonsoir, madame Rinaldi. Où est Sylvia?

Madame Rinaldi fit un signe. D'un groupe de jeunes filles qui entouraient le premier sujet, sortit, pour venir à nous, une belle personne, presque une enfant, à la taille souple, aux traits fins, aux cheveux roux, avec un teint d'une merveilleuse blancheur et des yeux bleus voilés d'une expression de mélancolie qui en apaisait l'éclat sans en affaiblir le charme.

— Viens, ma fille, dit madame Rinaldi, M. de Chanzay veut te présenter ses civilités.

Jacques tendit la main à Sylvia et l'attira près de nous. En mère bien apprise, madame Rinaldi se tenait discrètement à l'écart, sans perdre toutefois de vue la poétique créature confiée à sa surveillance.

— Bonsoir, chère enfant, dit Jacques; comment se porte votre santé?

Sylvia sourit, se renversant en arrière, tendant les bras comme pour détacher ses mains de l'étreinte de Jacques.

— Ma santé n'a jamais été meilleure, monsieur de Chanzay, je vous remercie ; mais si vous continuez à me tenir ainsi, vous allez me compromettre.

Jacques lui laissa les mains libres, et me désignant à elle, il reprit :

— Je ne veux pas vous compromettre, ma chère, je tiens seulement à vous présenter mon ami, le comte Daniel de Kerfons, qui est nouveau à Paris et qui, en cherchant une personne de bonne volonté pour compléter son éducation, s'est subitement épris de votre beauté. N'est-ce pas, Daniel, ajouta-t-il, en se tournant de mon côté, n'est-ce pas que vous êtes amoureux de Sylvia ?

Cette plaisanterie de mauvais goût mit dans le regard de la poétique enfant autant d'étonnement qu'elle jeta de trouble en moi-même. Je ne trouvai pas d'abord un mot à y répondre, et nous restâmes en présence l'un de l'autre dans une attitude dont l'embarras paraissait divertir beaucoup l'ami Jacques.

— Si je me suis trompé, mon cher, fit-il encore, si vous n'êtes pas pénétré comme je le croyais

de la grâce de mademoiselle, dites-le-lui simplement ; elle ne vous en voudra pas.

— Ah! c'était une plaisanterie? s'écria celle-ci.
Vous m'avez fait une terrible peur, monsieur de
Chanzay ; j'ai cru réellement que votre ami m'aimait et qu'il allait demander la permission de me
faire sa cour.

— Cela vous épouvanterait-il donc, mademoiselle? demandai-je.

— Il faut que vous sachiez, mon cher Daniel, interrompit Jacques, que Sylvia n'a jamais aimé et
qu'elle a souvent déclaré qu'elle ne serait tendre et
docile que pour celui qu'elle aimerait ; mais il parait qu'elle a peur d'aimer.

Elle l'arrêta d'un geste.

— Vous vous trompez, monsieur de Chanzay, je
ne redoute pas qu'on m'aime ; j'ai surtout peur de
faire souffrir un cœur que je ne saurais comprendre
ou auquel je ne pourrais répondre.

— Admirable! s'écria Jacques ; c'est là ce que je
voulais vous faire dire, Sylvia. N'est-ce pas, Daniel, que c'est un joli sentiment qu'elle vient d'exprimer?

— D'une délicatesse exquise. Si mademoiselle en
exprime souvent de semblables, elle doit compter
beaucoup d'adorateurs.

— Oui, des adorateurs qu'elle désespère ; vous en voyez un devant vous, mon cher.

Sylvia secoua la tête en souriant.

— Non, monsieur de Chanzay, ne dites pas cela ; vous avez eu du goût pour moi, peut-être un caprice, je le veux bien ; mais de l'amour, jamais.

— Si vous-même vous m'aviez aimé, vous m'auriez mieux compris, et vous vous seriez contentée du très-tendre sentiment que je vous offrais.

— J'aimais mieux me contenter de votre amitié.

Sur ces mots, la gracieuse petite personne nous adressa un sourire, puis s'éloigna, afin de rejoindre ses compagnes, qui se groupaient sous les ordres du maître de ballet.

— Vous plaît-elle ? me demanda Jacques quand nous fûmes seuls.

— Elle est divinement jolie ! m'écriai-je.

— Bonne et spirituelle autant que jolie. Eh bien, mon cher, cette adorable fille est vertueuse comme la vertu elle-même, non par honnêteté, mais par indifférence. Elle n'a pas encore trouvé l'homme qui doit faire battre son cœur : c'est un de mes regrets de n'avoir pas été cet homme-là, mais vous l'avez entendue, elle n'a pu m'aimer.

— Elle l'a dit d'un accent qui ne saurait vous déplaire.

8.

— Oh! je ne lui en veux pas; je souhaite, au
contraire, qu'elle soit très-heureuse avec un autre,
et si cet autre est vous, mon cher Daniel, tant
mieux pour elle et tant mieux pour vous.

— Est-ce que c'est là sa mère? demandai-je en
désignant la vieille femme qui nous avait d'abord
parlé.

Jacques fit un signe négatif.

— Sylvia n'a connu ni son père ni sa mère, et
c'est d'elle surtout qu'on peut dire qu'elle est un
enfant du mystère et de l'amour. Elle serait issue
d'une grande race que je n'en serais pas surpris. On
m'a dit un jour qu'elle me ressemblait; ses cheveux
sont de la couleur des miens, elle a comme moi
l'œil bleu clair, le teint d'un blanc d'ivoire, et nos
traits ont plus d'un point de similitude. Quoi qu'il
en soit, la petite s'est trouvée un jour seule au
monde, — elle avait quatre ans, je crois, — seule
dans une mansarde, avec des robes de dentelle,
cinq cents francs dans une tirelire et la misère
en perspective. Madame Rinaldi l'a recueillie, l'a
élevée, et l'a mise au théâtre. Sylvia a de très-
heureuses dispositions. On espère ici qu'elle fera
un jour grand honneur à la classe de madame Do-
minique.

Jacques m'entraîna dans la salle. Je pris place

avec lui sur le devant de la loge du club. Je pus
alors admirer Sylvia dans tout l'éclat de sa grâce,
lumineuse sous ses cheveux d'or brun, le regard
brillant, séduisante, au milieu du décor fantas-
tique, ainsi qu'une poétique vision. Elle figurait dans l'un des pas de *Giselle*. Quoiqu'elle n'y
tînt pas le principal rôle, sa charmante beauté, sa
sveltesse, la fougue et le charme de sa danse, une
indescriptible auréole de poésie, la mettaient au
premier rang. Je fus émerveillé et j'exprimai tout
haut mon admiration. Ce fut un cri d'enthousiasme
qui, de la place où j'étais, passa par-dessus le coin
d'orchestre et arriva jusqu'à Sylvia, dans le bruit
des applaudissements.

Elle dirigea de mon côté son regard candide
qu'allumait un sourire et qu'animaient la joie du
succès et la reconnaissance.

Jacques se pencha vers moi.

— Je vous préviens que la fillette prend feu,
me dit-il. Je suis tenté de vous prédire que l'honneur de fondre la glace de son cœur vous est réservé.

— Oh! de grâce, lui répondis-je sur le même
ton, respectez l'innocence. Vous m'avez affirmé
que cette enfant est vertueuse.

— Je l'affirme encore; mais je vous ai dit que

c'est par indifférence. Qu'elle vous aime, et sa
vertu ne tiendra pas un jour contre l'amour.

— Ma foi, tant pis! m'écriai-je, je ne la trou-
verai jamais plus belle que parée de ce rare trésor
de virginité qui la divinise.

Jacques me regarda, la surprise et la raillerie aux
yeux. Puis, comme le rideau tombait, il quitta la
loge, sans prononcer une parole, me laissant seul,
absorbé dans la contemplation de la gracieuse
créature dont l'image demeurait vivante dans mon
esprit, et en proie à mille sensations contraires.
J'étais dans la situation d'un homme qui voit à la
portée de sa main, tenant encore aux branches, un
fruit savoureux et auquel, pour le cueillir, il suffit
de tendre le bras. Le fruit, c'était cette enfant
chaste, qui traversait, candide et pure, toutes les
perversités parisiennes dans ce qu'elles ont de plus
tentateur et de plus entraînant, cette vierge de
dix-sept ans, aux traits vainqueurs, dont le cœur,
insensible jusqu'à ce moment, semblait prêt à s'é-
mouvoir et à s'ouvrir au son de ma voix.

Il y a des symptômes qui s'imposent à nous avec
un caractère saisissant de prévision et de pro-
phétie. Entre Sylvia et moi, aucune parole qui pût
troubler nos âmes ou encourager une espérance
amoureuse n'avait été prononcée; et cependant,

je devinais, que dis-je? j'étais sûr que j'avais cessé
d'être pour elle un inconnu, et que du fond de son
être, une voix s'élevait pour m'appeler et me dire :

— Je suis à toi; prends-moi tout entière.

Mais, en même temps, d'autres accents trouvaient
un écho dans ma pensée fiévreuse.

— Que vas-tu faire, disaient-ils, puisque tu ne
veux ni ne peux lui donner ta vie? Ne sera-t-elle
pour toi que le caprice fugitif d'un soir, et payeras-
tu de son repos le bonheur passager qu'elle te promet?

J'allais sortir pour échapper à l'obsession qui
m'étreignait, quand le rideau se leva sur le second
acte du ballet. Je restai. Peu à peu, le charme de
cette étrange fille m'envahit et me pénétra. Elle
tournait à chaque instant les yeux de mon côté, en
abandonnant mollement aux curiosités de la salle
les formes pures de son corps de jeune déesse.

— Ah! ma fois, tant pis! je ne suis pas un ange,
moi, pour résister à des tentations si puissantes!
pensai-je.

En ce moment le ballet finissait. Jacques rentra,

— Madame Rinaldi nous invite à souper, me dit-
il, afin que vous fassiez connaissance avec Sylvia,

— Sylvia ratifie-t-elle l'invitation? demandai-je,
un peu choqué de voir cette créature, idéalisée déjà

par mon imagination, descendre si rapidement
aux vulgaires procédés d'une séduction brutale.

— Je n'en sais rien, me répondit Jacques. Tandis que vous étiez là, tout seul, à vous rassasier
en poëte de tant de choses charmantes, entrevues
dans l'éclat du spectacle, moi, mon cher, je tra-
vaillais pour vous.

— Vous travailliez pour moi !

— J'ai chambré la maman Rinaldi. Je lui ai dit
que vous étiez amoureux de l'enfant, et tout disposé à lui faire un sort. Entre nous, la chère
femme est un peu lasse du métier qu'elle exerce.
Venir au théâtre trois ou quatre fois par semaine,
à pied, s'en aller de même à minuit, mener l'existence modeste d'une petite bourgeoise, vivre des
maigres appointements de la fillette, et avec le regret d'en voir d'autres, moins jolies, descendre
d'un élégant coupé à la porte des coulisses et rentrer, après la représentation, dans un nid confortable et bien clos, c'est un destin auquel elle ne
s'est pas si follement attachée qu'elle ne soit prête
à en changer. Je me suis porté fort pour votre
générosité, pour votre loyauté, et comme il semble
que Sylvia vous a trouvé aimable, maman Rinaldi
vous prie, par ma bouche, d'accepter une tasse de
thé dans le modeste appartement qu'elle occupe

avec sa fille, au quatrième, sur les hauteurs de la
rue Pigalle. Je voulais vous entraîner tous au café
Anglais. Elle a refusé tout net, à cause des con-
venances, m'a-t-elle dit. Elle est partie devant
pour préparer la petite fête. Ma voiture nous
mènera chez elle, avec Sylvia. Êtes-vous content,
Daniel, et me suis-je conduit en ami?

— Je crois, mon cher Jacques, que votre zèle
amical vous a poussé un peu loin, lui répondis-je,
sans chercher à lui taire mon mécontentement. Il
eût mieux valu, je crois, ne pas vous mêler de
cette affaire.

— Ne pas m'en mêler! s'écria-t-il. Allez-vous me
reprocher de vous avoir présenté à Sylvia?

— Non, assurément; je vous en remercie, au
contraire. Mais je ne saurais vous remercier aussi
de vous être substitué à moi pour forcer, en quelque sorte, la porte de sa maison. Est-ce avec son
assentiment que madame Rinaldi nous a invités?
Dans ce cas, il m'est pénible de voir Sylvia prêter
les mains à l'exécution de projets conçus, arrêtés,
exécutés, comme s'il s'agissait d'une affaire. Si
c'est, au contraire, contre son gré ou à son insu
que nous allons souper chez elle, elle m'en voudra,
soyez-en sûr, de ne l'avoir d'abord pas consultée.

— Mais, puisque je vous ai dit que vous lui

plaisez, fit Jacques, calme malgré mes reproches. Tenez, mon cher, vous êtes un ingrat et vous n'appréciez pas le bonheur de posséder un ami tel que moi ; je ne vous en veux pas, du reste ; vous me remercierez plus tard. Venez, partons.

Je le suivis. En sortant du théâtre, nous entrâmes dans le passage de l'Opéra, où, sur l'avis de madame Rinaldi, Sylvia devait venir nous rejoindre. Dix minutes s'étaient écoulées à peine, quand elle apparut à l'extrémité de la galerie de l'Horloge, serrée dans son manteau qui la couvrait de la tête aux pieds. Elle marchait lentement, en nous cherchant. Nous nous dirigeâmes de son côté.

— Si vous étiez un homme moins scrupuleux, monsieur le comte de Kerfons, dit tout à coup Jacques avec ironie, je vous aurais soumis une proposition, et si vous l'aviez acceptée, je me serais empressé de vous aider à la réaliser.

— Qu'est-ce encore, Jacques? demandai-je distraitement, attiré déjà par le regard de Sylvia.

— Je vous aurais offert de me sacrifier héroïquement pour vous et d'aller souper seul chez maman Rinaldi, pendant que vous auriez conduit loin de son foyer et plus près du vôtre l'intéressante personne que vous avez charmée. C'eût été plus gai pour vous qu'une partie carrée au quatrième étage d'une petite maison de la rue Pigalle.

Cette proposition tentatrice fit affluer le sang à mes joues. Était-ce indignation? Était-ce ivresse soudaine provoquée par la perspective de cet enlèvement? Je ne sais.

— Vous avez donc juré sa perte? m'écriai-je.

— J'ai juré que vous seriez son vainqueur.

— C'est votre amitié pour moi qui vous a dicté ce serment?

— Mon amitié pour vous, et mon amitié pour moi-même.

Je le regardai sans comprendre. Il reprit :

— Il n'y a que le premier pas qui coûte. Quand Sylvia aura été à vous, et comme vos amours ne dureront pas éternellement, elle sera à d'autres, même à ceux qu'elle [a déjà repoussés. Je suis de ceux-là.

Je ne pus retenir un sourire. Se fâcher ou protester eût été folie. L'ami Jacques était un sceptique, un homme de plaisir, pétri d'ardeurs déréglées et de perversités, ne voyant dans les femmes que l'instrument de ses passions, doutant de leur vertu, et, pour tout résumer, un être quasi méprisable en dépit de ses séductions,

I.   9

s'il n'eût corrigé l'excès de ses vices par l'originalité de son esprit et une sorte d'enthousiasme chevaleresque qui se réveillait quelquefois,
dans les grandes circonstances, au fond de lui.

Nous nous trouvions en présence de Sylvia, qui
venait de nous apercevoir.

— Prenez le bras de M. de Kerfons, lui dit
Jacques. Ma voiture nous attend dans la rue
Drouot.

Il se mit à marcher devant nous, afin de donner
ses ordres à son cocher. Nous nous trouvâmes donc
seuls un instant, Sylvia et moi. Elle avait posé sa
main sur mon bras gauche, qui tremblait comme
tout mon corps. Je lui dis :

— J'ose espérer que ce souper ne vous déplaît
pas. Ce n'est pas moi qui l'ai imaginé, c'est M. de
Chanzay. Il ne me l'a appris que quand c'était fait.
Mais si vous désirez rentrer seule, dites un mot,
mademoiselle.

— J'étais surprise, monsieur, je vous l'avoue, que
vous eussiez choisi ce moyen de vous rapprocher
de moi. Cela vous a dépoétisé à mes yeux, car
c'était peu délicat; vous aviez trop l'air de vouloir vous imposer. Mais vous me dites que vous
êtes étranger à ce qui s'est passé, je vous crois, et
je suis ravie d'apprendre que M. de Chanzay et

maman Rinaldi ont été seuls à ourdir ce petit complot, dont le but est trop clair.

— Ils disent que vous êtes sur le point de m'aimer! repris-je.

— Qu'en savent-ils? fit-elle vivement. Et vous, monsieur, ajoutez-vous foi à ce qu'ils disent?

— Moi, mademoiselle, je suis si troublé...

— Troublé! pourquoi, je vous prie?

— Parce que je sens mon cœur me pousser vers vous.

Elle ne répondit pas. Nous étions dans la rue. Le coupé venait de s'arrêter devant nous. Jacques ouvrit la portière.

— C'est un peu étroit, là dedans, fit-il. C'est égal, nous y tiendrons tout de même.

Nous nous assîmes. Sylvia, sans se faire prier, prit place entre nous, et la voiture roula rapidement dans la direction de la rue Pigalle. Le trajet fut vite franchi; mais ces rapides instants, durant lesquels je sentais cette jolie fille étroitement pressée contre moi, la chaleur de son corps, le parfum de ses cheveux, me laissèrent sous le coup d'une indicible émotion. Quand nous arrivâmes au terme de notre course, je n'avais pu prononcer une parole, et il n'en était pas sorti une seule de la bouche de Sylvia, malgré les efforts de Jacques pour domi-

ner de la voix le bruit sonore des roues sur le
pavé des rues et pour rendre la conversation générale.

L'appartement que ma nouvelle amie habitait
avec la femme qui lui tenait lieu de protectrice et
de mère n'était remarquable ni par le luxe, ni par
le confort. Il se composait de trois pièces très-
modestement meublées, dont une seule, la plus
vaste, devenue à ce titre la chambre de Sylvia,
témoignait, malgré sa simplicité, du goût d'une
femme jeune et jolie. Pour lit, une couchette
en fer; pour rideau, quelques mètres de mous-
seline blanche descendant, en gros plis, d'un
anneau fixé dans le plafond; pour tapis, une car-
pette étroite, dure aux pieds; ajoutez à cela quatre
chaises en acajou et deux fauteuils recouverts d'une
pauvre étoffe en laine bleue, usée déjà en maints
endroits; une commode, un étroit bureau presque
élégant, présent d'une amie, et une pendule en
cuivre, d'un modèle ancien et banal, et vous
auriez la physionomie du temple de la petite
déesse, si quelques tableautins, accrochés aux
murs, des fleurs dans des vases en verre bleu, une
jardinière, contenant des plantes rares, et divers
bibelots, étalés sur des étagères comme des objets
d'art, n'en eussent dissimulé la vulgarité.

Quand nous entrâmes, un bon feu brillait dans la cheminée, répandant avec sa lumière une douce chaleur dans la chambre, qu'éclairaient encore deux lampes recouvertes d'abat-jour en papier découpé. Sur une table, dont le bois était caché par une prétentieuse nappe rose à ramages rouges, quatre assiettes dans lesquelles des gâteaux s'élevaient en pyramides, et deux carafes en cristal, contenant l'une de l'eau-de-vie, l'autre du rhum, servaient d'acolytes à une théière fumante. C'était le souper pompeusement annoncé par maman Rinaldi. Elle nous attendait, grave et solennelle, comme une noble dame qui offre à ses hôtes une hospitalité somptueuse, trop serrée dans une robe de soie noire, coiffée d'un bonnet en dentelles blanches, orné de rubans rouges et chargé d'une énorme grappe de raisin noir. Une toilette, cela se décrit, et voilà qui est fait pour la sienne. Mais comment décrire ses grands airs, sa physionomie béate, exprimant la haute idée qu'elle avait d'elle en ce moment, écrasée par une santé pléthorique, enluminée de couleurs violacées? Comment décrire ces épaules larges, ces bras énormes, cette taille massive, sur lesquels la robe tendue semblait prête à éclater? Jamais, non, jamais, maman Rinaldi ne fut plus imposante que ce soir-là, parée, attifée, endimanchée, sérieuse comme un diplomate au cour d'une négociation.

— Asseyez-vous, messieurs, fit-elle, en nous désignant les deux fauteuils qui se faisaient face devant la cheminée.

Jacques de Chanzay se tenait grave aussi, comme s'il se fût trouvé dans un salon du monde. Nos regards se rencontrèrent. Il supporta le mien sans rire, et pour n'être pas tenté de cesser d'observer le même sérieux que lui, je me hâtai de regarder Sylvia. Elle avait laissé glisser de ses épaules le vaste manteau qui l'enveloppait tout entière, et maintenant, elle nous apparaissait, élégante et svelte, avec sa taille allongée, vigoureuse et souple, divinement jolie avec ses cheveux dont la chaude couleur enveloppait son front blanc d'une auréole lumineuse, et touchante au delà de ce que la plume peut exprimer, dans sa robe de laine grise dont les plis moelleux accusaient la grâce juvénile de son corps.

— C'est beaucoup d'honneur que vous nous avez fait, messieurs, dit enfin maman Rinaldi, beaucoup d'honneur.

— L'honneur est pour nous, madame Rinaldi, répondit Jacques, il est pour nous, pour mon ami, pour moi.

— Petite ! sers le thé, ajouta dignement la noble dame.

Sylvia obéit, et bientôt je recevais de ses mains tremblantes une tasse que je portai à mes lèvres. Jacques, pendant ce temps, parlait avec une volubilité extrême. Il avait entrepris maman Rinaldi, essayant d'absorber, au profit de sa conversation, l'attention de la vieille femme, à laquelle il entendait me soustraire, afin de me laisser libre de m'entretenir avec Sylvia. Mais ses efforts d'abord furent vains. Lorsque Sylvia nous eut offert le thé, elle resta debout devant nous, nous écoutant, et si belle dans son immobilité, que l'admiration ferma ma bouche et que je n'osai lui adresser le moindre compliment. La situation eût été intolérable sans Jacques de Chanzay. Il la sauva à force d'esprit et de belle humeur. Il tenait à la fois deux rôles, celui du maître de la maison et celui de l'invité. Il obligea madame Rinaldi à s'asseoir, lui faisant les honneurs de chez elle et la charmant par sa bonne grâce. Pour moi, je sentais que je ne plaisais guère à la noble dame. J'étais sombre comme un amoureux, l'imagination et les yeux captivés par l'adorable créature qui demeurait là, près de nous, silencieuse, souriant du bout des lèvres, sans comprendre et sans voir, comme si sa pensée eût dé-

serté son corps pour aller voyager au pays de la
fantaisie et du rêve.

Cependant, comme elle s'était assise auprès de
moi, et que Jacques causait bruyamment avec
maman Rinaldi, je lui adressai la parole à demi-
voix. Je ne sais quelle question je lui posai. Il
s'agissait d'un détail futile de sa vie. Elle me répondit sur le même ton. Puis, à son tour, elle
m'interrogea. Elle voulait savoir comment j'occu-
pais mon temps. Je lui dis que, au retour d'un
long voyage, je venais me fixer à Paris, que j'étais
sans famille, seul au monde.

— Vous n'avez pas de maîtresse? demanda-t-elle.

— Serais-je auprès de vous, si j'en avais une?

Cet aveu détourné mit des couleurs roses à ses
joues. Elle garda le silence. Je n'ai vu jamais
créature si craintive et si candide. Comme elle ne
répondait pas, je repris :

— Non, je n'ai pas de maîtresse.

— C'est surprenant. A votre âge, et dans votre
position, on ne vit pas seul. C'est contraire à la
mode.

— Mais, puisque je n'aime pas !

— Cela ne fait rien.

— Vous-même, prendriez-vous un amant sans
l'aimer?

— Oh! moi, je suis une exception. Je fais le désespoir de maman Rinaldi, et mes camarades se moquent de moi.

— Je suis une exception aussi, répliquai-je ; je ne rechercherai les faveurs d'une femme que si je l'aime et si j'ai conçu l'espoir d'être aimé.

Un silence succéda à ces paroles.

— Madame Rinaldi est-elle votre parente ? repris-je.

— Elle ne m'est rien.

— Comment portez-vous son nom ?

— Elle m'a recueillie orpheline, et m'a élevée.

— Pourquoi vous a-t-elle mise au théâtre ?

— Son mari, un Italien, était danseur à l'Opéra. Quand elle s'est chargée de moi, il ne vivait plus. Mais elle avait conservé des relations avec le théâtre, et, tout naturellement, elle m'a poussée vers une carrière qu'elle pouvait m'ouvrir avec plus de facilité que toute autre.

— Êtes-vous satisfaite ?

— Je ne me plains pas. J'aime tant mon art ! ajouta-t-elle, d'un air enthousiaste, inspiré.

— Il est étonnant que vous n'ayez pas été entraînée, par l'exemple de vos camarades, à faire comme elles. Il vous eût été facile, jolie et charmante, de trouver un protecteur.

9.

— Un protecteur! Je n'ai pas aimé, et les protecteurs qu'on n'aime pas sont d'un trop haut prix pour moi. J'aime mieux vivre seule et libre.

— Mais, quelque jour, votre cœur parlera.

— Je déciderai, alors, si je dois lui obéir.

Dans sa physionomie, dans sa voix, il y avait un charme exquis, une séduction puissante. J'étais ravi, et peu à peu je me sentais enveloppé, comme d'un voile moelleux et doux, de sa grâce adorable.

— Voulez-vous être mon amie? lui demandai-je tout à coup.

Ma parole était sincère, et, à cette minute, je n'entendais vraiment faire allusion qu'à l'amitié. Mais mon accent, par sa vivacité, traduisit un autre sentiment. Elle s'y méprit, et je vis clairement, à l'expression de son visage, que ma question la troublait. Elle se leva pour éviter d'y répondre. Mais, en se levant, elle fit cesser tout à coup l'isolement dans lequel nous venions de vivre pendant quelques minutes. Du haut du ciel où nous nous étions élevés, nous descendions assez brutalement sur la terre, et ce fut pour constater que madame Rinaldi et Jacques de Chanzay s'étaient éloignés. Nous étions seuls dans la chambre. Il était une heure de la nuit.

— Ils sont partis ! s'écria Sylvia, Voilà une sotte plaisanterie.

Elle courut vers la porte, voulut l'ouvrir, La porte résista. Elle la secoua vivement et put se convaincre que nous étions sous clef. Je reconnus dans ce trait la malicieuse main de Jacques de Chanzay.

— Ils nous ont enfermés, reprit Sylvia. Ils ont compté sur votre séduction et sur ma faiblesse. Ils ont espéré que je ne résisterais pas à ce tête-à-tête d'une longue nuit !

Des larmes montèrent à ses yeux. En même temps, ses traits doux et purs s'allumèrent, la colère les anima, et, transfigurée, énergique, indignée, elle ajouta :

— C'est un piége ! Avez-vous aidé à le préparer, monsieur ? Êtes-vous complice ?

Je protestai avec force. Je lui dis en quelques mots ce qui s'était passé entre Jacques et moi, comment il m'avait poussé vers elle, et comment je m'étais laissé entraîner, subjugué par sa grâce.

— J'affirme que telle est la vérité, m'écriai-je, en finissant.

— Je vous crois, me répondit-elle, d'un ton plus doux.

J'étais revenu vers la porte,

— Voulez-vous que je la brise ou que je l'enfonce? demandai-je.

— Ce serait un scandale dans la maison. Et puis, nous en trouverions d'autres également fermées.

— Nous obligerions madame Rinaldi à les ouvrir.

— Elle est rentrée chez elle. Elle couche au-dessus. Je suis seule dans l'appartement.

En disant ces mots, elle se dirigea vers la croisée qui donnait sur la rue, l'ouvrit et se pencha au dehors.

— La voiture de M. de Chanzay est partie, dit-elle. Il s'est éloigné sans vous prévenir ni sans vous attendre. Le plan a été très-bien conçu et très-habilement exécuté. Oh! c'est infâme!

Elle ferma la croisée avec rage, revint vers la cheminée et s'assit devant le feu qui s'éteignait lentement.

— J'espère que vous ne doutez pas de ma parole, mademoiselle, lui dis-je. Je suis innocent de ce qui est arrivé, et je voudrais, au prix de mon sang, vous délivrer de ma présence. Je ne peux nier que je me sens invinciblement attiré vers vous. Je crois bien que je vais vous aimer et qu'un mot de votre bouche aurait le pouvoir de me jeter

à vos pieds. Mais estimez-moi assez pour comprendre que je ne veux vous tenir que de vous-
même, et que je ne me consolerais pas de vous
devoir à cette ridicule et malséante conspiration.

— Est-ce vrai, ce que vous dites là? demanda-
t-elle.

— N'en doutez pas, je vous en supplie.

En prononçant ces paroles, je m'agenouillai
lentement sur un coussin, à côté d'elle, non pour
lui parler d'amour, mais uniquement pour me
sentir plus près de son visage, pour la mieux voir
et mieux me faire entendre. Mais déjà son front
était tombé dans ses mains, et elle paraissait livrée
à une méditation profonde. Nous restâmes ainsi
pendant dix minutes dans un silence que troublaient
les bruits de la rue, de plus en plus amoindris et
espacés au fur et à mesure que s'avançait la nuit.
J'étais en proie à une vive agitation, séduit par la
nouveauté de l'aventure, et, quoique résolu à me
conduire en homme délicat, n'ayant pas le courage
d'en vouloir à cet écervelé de Jacques, dont la
malice et la fantaisie m'avaient placé dans cette
situation singulière. J'abreuvais mes regards du
spectacle de cette jolie enfant immobile devant
moi et dont les émotions ne se trahissaient que par
les mouvements fiévreux de ses petites mains pâles,

collées sur son visage et plongées dans le flot de ses cheveux d'or, tombant en boucles folles sur son front.

Tout à coup, elle leva la tête et dit :

— Ce feu va s'éteindre, et ils ne nous ont même pas laissé de quoi l'entretenir. Nous allons geler. Ah ! décidément, le complot était savamment organisé. Je crains, monsieur de Kerfons, que vous ne passiez une bien mauvaise nuit.

— Une mauvaise nuit, près de vous ! Non, certes ; elle sera délicieuse, au contraire. J'espère que vous me témoignerez assez de confiance pour ne pas hésiter à vous coucher et à vous endormir, comme si vous étiez seule. Moi, je me mettrai dans un fauteuil, en vous tournant le dos. Par bonheur, voici ma pelisse ; elle suffira à me garder du froid. Je me figurerai que je passe la nuit en chemin de fer.

En même temps que je développais mon plan simplement, non comme un homme qui accomplit avec orgueil une action héroïque, mais comme un homme qui accomplit avec tranquillité une bonne action, je voyais le visage de ma compagne se rasséréner, ses yeux recouvrer leur expression paisible et me traduire la reconnaissance dont elle était pénétrée. A ce moment-là, j'en suis sûr, je faisais un grand pas dans son cœur, et dût mon lecteur, s'il est sceptique et blasé, rire de ma discrétion et railler ma timidité, je ne me suis jamais repenti de n'avoir pas effarouché la pudeur de cette adorable créature dont les corruptions de la vie théâtrale n'avaient pu ternir la pureté. Quelques instants après, mademoiselle Sylvia Rinaldi était étendue sur son lit, tandis que M. Daniel de Kerfons, enfoui dans un fauteuil, enveloppé dans sa pelisse, présentait ses pieds aux dernières flammes de deux tisons qui achevaient de se consumer dans la cheminée.

Je mentirais, et nul ne me croirait, si j'osais prétendre que j'eus le courage de dormir. Hélas! l'homme est toujours l'homme. A certaines heures, le meilleur ne vaut pas mieux que le pire. Le voisinage de ce trésor de séduction et d'innocence, placé si près de moi, à portée de ma main, allumait dans mon sang un véritable incendie, déchaînait le flot des désirs et remplissait mon imagination d'espérances. La pudeur alarmée de Sylvia, la confiance succédant à sa colère m'avaient touché. Obéissant au premier mouvement, lequel, à ce qu'on assure, est toujours le bon, je m'étais montré généreux et discret. Mais maintenant que mon sacrifice était accompli, des ardeurs plus brutales que généreuses s'élevaient en moi, me poussant à des audaces gros-

sières. Des réflexions dans lesquelles mon amour-
propre légèrement humilié et la crainte de devenir
ridicule tenaient une grande part, prenaient la
place du noble sentiment qui m'avait donné le courage d'être héroïque.

— Elle va se moquer de moi! me disais-je. Demain, elle racontera notre aventure; elle me rail-
lera; à supposer même qu'elle ait été sincère, en
faisant appel à ma loyauté, à mon respect, n'est-il
pas vraisemblable qu'elle regrette déjà d'avoir été
si facilement obéie?

Un désir violent m'obséda avec tant d'intensité
que je me sentis soulevé, presque entraîné par une
volonté supérieure vers cette chaste couchette dont
la simplicité et l'exiguïté devaient cependant éveiller dans l'imagination même la plus dévergondée
l'image d'une innocente pensionnaire plutôt que
celle d'une courtisane. Je fus arrêté par le bruit
d'une respiration régulière et paisible qui se fit
entendre dans le silence de la nuit. Sylvia dormait.
Je retombai dans mon fauteuil, en murmurant :

— Décidément, c'est trop d'honnêteté!

Un violent soupir sortit de ma poitrine et accom-
pagna ce cri de colère, tandis que je me reprochais
ma faiblesse et ma discrétion. Après m'avoir déjà
fait perdre l'occasion de connaître l'amour dans la

douceur des baisers de Christine, elles allaient
éloigner de moi, peut-être pour toujours, la ravissante fille que la fantaisie de Jacques de Chanzay et
les calculs intéressés de maman Rinaldi mettaient
en mon pouvoir. Mais que voulez-vous? on ne se
transforme pas. Je n'ai jamais su être entreprenant
auprès des femmes; j'ai passé par les situations les
plus brûlantes sans ignorer que je n'y faisais pas
très-brillante figure, et sans avoir le courage de
changer de rôle. Cependant, au soupir que j'avais
poussé, un soupir répondit. Sylvia se réveillait.

— Vous ne dormez pas, monsieur de Kerfons?
demanda-t-elle.

— Hélas! non, mademoiselle!

— Vous êtes si mal établi dans ce fauteuil! Je
suis désolée de ce qui arrive, je vous assure. Si maman Rinaldi avait eu du moins l'idée de dresser un
second lit.

— Elle ne pouvait prévoir qu'un seul ne suffirait
pas.

— C'est vrai!

Enchanté par l'accent de cette voix, je m'étais
retourné peu à peu. Dans l'ombre claire de la
lampe, je voyais émerger des rideaux du lit la fine
tête de Sylvia, éclairée dans l'auréole brillante de
ses cheveux par la flamme de ces regards fixés sur

moi, et posée sur son bras, dont la blancheur faisait saillie sur l'oreiller.

— Vous avez dit que vous m'aimez? reprit-elle.

— Je l'ai dit, et c'est vrai! m'écriai-je, en me levant brusquement pour me rapprocher du lit.

— Oh! monsieur, je vous en supplie, restez comme vous étiez, doux et tranquille.

Et comme mon attitude me montra résolu à passer outre, elle ajouta :

— Allez-vous me faire repentir de ma confiance?

Ce fut dit de telle sorte que je me sentis apaisé soudainement.

— Non, vous ne vous repentirez pas d'avoir eu foi dans ma loyauté, répondis-je, en reprenant ma place ; et, dussiez-vous rire de moi...

— Rire de vous! du respect que vous me témoignez pour m'obéir! s'écria-t-elle, en m'empêchant d'achever ma phrase, ah! ne le croyez pas. Je vous jure que rien n'est si loin de ma pensée; et si cette parole ne suffit pas à vous convaincre, je n'éprouve aucune honte à vous dire que par votre conduite, ce soir, vous avez plus sûrement trouvé le chemin de mon cœur, plus utilement prouvé votre amour que par des obsessions ou des violences auxquelles j'aurais résisté, d'ailleurs, soyez-en sûr.

— Ainsi, vous ne me découragez pas?

— Non, je ne vous décourage pas.

— Vous m'aimerez? oh! répondez!

— Si vous consentez à tenir la promesse que vous m'avez faite ce soir; si, comme vous l'avez dit, vous voulez être patient et devoir mon affection, non à des motifs d'intérêt ou à une lassitude, mais à la spontanéité de mes sentiments, je crois bien que vous n'aurez pas lieu de vous en repentir.

Cet aveu fut prononcé d'un accent rempli de pudeur et de coquetterie. Il me bouleversa par sa simplicité, en ennoblissant, en élevant jusqu'aux régions de l'amour mon désir, fruit d'un caprice.

— Chère Sylvia, m'écriai-je, vous venez de faire à jamais de moi votre esclave docile et fidèle. Donnez vos ordres, j'obéirai; disposez de moi, je suis tout à vous, et pour toujours.

Je dus être éloquent, car elle me répondit d'une voix altérée par l'émotion :

— Ne vous engagez pas pour toujours, monsieur de Kerfons. Toujours est un grand menteur.

Il y eut un silence, puis elle reprit :

— Avez-vous seulement songé à ce que serait votre vie si j'étais assez faible pour vous aimer?

— Si j'y ai songé? assurément, et depuis plusieurs heures. Elle vous appartiendrait, ma vie, et non-seulement ma vie, mais aussi ma fortune.

— Je ne demande qu'à vous croire...

Je m'élançai vers elle. D'un geste, elle m'arrêta :

— Prouvez d'abord votre soumission, en ne bougeant plus de ce fauteuil.

Je revins m'asseoir. Elle continua :

— Je ne demande qu'à vous croire. Mais j'ai eu sous les yeux tant d'exemples de liaisons passagères et honteuses, dictées d'un côté par un caprice fragile, de l'autre par l'intérêt, que je redoute une erreur qui nous serait funeste à tous les deux. Mon langage vous étonne sans doute. Que voulez-vous? Quoique maman Rinaldi m'ait bien mal élevée, je suis incapable de déchoir. Je n'aimerai qu'une fois, si j'aime, et je ne serai jamais qu'à celui que j'aimerai. Je sens que je saurai le rendre heureux, et que s'il m'abandonne, je mourrai. Pourquoi suis-je ainsi? Je ne sais, hélas! Je voudrais être autrement, avoir l'insouciance et la légèreté de tant d'autres. J'aurais été plus heureuse. Depuis longtemps, j'aurais pu suivre les conseils de maman Rinaldi, lui rendre ce qu'elle a fait pour moi, l'enrichir...

— Vous n'êtes donc pas heureuse?

— Comment serais-je heureuse avec une femme qui, sous prétexte qu'elle m'a recueillie orpheline et élevée à ses frais, m'offre tous les jours un amant, et répond à mon refus par des lamentations et des reproches contre ce qu'elle appelle mon ingratitude et mon égoïsme? Ah! je voudrais lui prouver ma reconnaissance, payer ses peines, la dédommager; mais je ne peux vraiment, même pour lui plaire, me livrer au premier venu!

C'est ainsi que, durant ces heures fiévreuses, Sylvia m'initiait aux tristesses de sa vie. En la recueillant et en l'élevant à ses frais, madame Rinaldi avait eu en vue une spéculation lucrative. Femme du danseur Rinaldi, qui brillait à l'Opéra vers 1850, et qui l'avait laissée veuve prématurément, elle connaissait assez les mœurs des coulisses pour concevoir l'espérance d'étayer sur la beauté de la petite orpheline l'aisance de ses vieux jours. Cette espérance trompée, elle était devenue pour Sylvia un tyran cruel, dont les exigences s'affirmaient en un langage qui mettait la honte aux joues de l'enfant et troublait odieusement sa vie.

— Ainsi, j'ai été, sans le savoir, le complice de madame Rinaldi! m'écriai-je lorsqu'elle eut terminé son récit. Et ce piége grossier qu'elle vous a tendu est le fruit d'un calcul odieux! Me pardonnez-vous?

— On ne pardonne qu'aux coupables, et vous

êtes innocent; je l'ai bien vu, dès vos premières paroles. Je regrette de ne pouvoir en dire autant de M. de Chanzay.

— Il n'a écouté que son amitié pour moi! Ne lui en veuillez pas, puisque, après tout, vous n'avez pas à regretter ce qui s'est passé.

— C'est vrai! Mais supposez que vous eussiez été sans générosité, sans cœur!

— Heureusement, je suis tout autre, chère Sylvia, et puisque vous m'avez ouvert votre âme, laissez-moi vous faire connaître le dessein que j'ai conçu, là, tout à l'heure, en vous écoutant.

— Exposez-le, votre dessein.

— Il est impossible que vous demeuriez au pouvoir de madame Rinaldi. Elle a tout préparé ce soir pour réaliser les plans qu'elle poursuit depuis si longtemps. A cette heure, elle suppose qu'ils ont réussi, et sans doute elle calcule ce que doit lui rapporter son infamie. Quand, dans quelques heures, elle saura la vérité; quand elle verra son espoir déçu, elle s'irritera contre vous, et votre situation déjà si triste, dans cette maison, deviendra intolérable.

— Je ne puis être à vous sans vous aimer, monsieur de Kerfons, et je ne vous aime pas encore. Je ne vois donc pas de remède à cette situation.

— J'en sais un, moi, mon amie. Dans le présent comme dans l'avenir, je ne vous demande rien, si ce n'est de faire effort pour m'aimer. Si ce jour arrive, je serai payé de ma constance. S'il n'arrive pas, je me résignerai à vivre de mon espérance.

— Où voulez-vous en venir ? demanda-t-elle sans comprendre.

— A ceci, c'est qu'il faut tromper madame Rinaldi, c'est qu'il faut feindre d'être ma maîtresse et accepter de moi tout ce que vous en accepteriez si j'étais votre amant. A ce prix, vous aurez la paix et vous pourrez vivre heureuse. Vous vous installerez quelque part, dans un appartement où vous serez chez vous, débarrassée de maman Rinaldi que vous laisserez ici, après lui avoir assuré une pension. On me croira votre amant ; que vous importera, puisque vous aurez votre conscience pour vous ?

Sylvia m'écoutait en silence, tenant ses regards avidement fixés sur moi, comme si elle eût voulu pénétrer jusqu'au fond de mon âme, afin d'en faire le tour, et de voir si je n'y cachais pas d'arrière-pensées.

— Vous êtes le plus délicat des hommes, me répondit-elle, à moins que vous n'en soyez le plus habile, ce que je ne veux pas croire, ajouta-t-elle

vivement, pour répondre à un geste de protesta-
tion. C'est bien tentant, ce que vous m'offrez là ;
mais vous avez oublié de me dire ce que vous exigerez de ma gratitude.

— J'ai déjà dit, au contraire, que je n'exigerai
rien. Je solliciterai votre amour, je m'efforcerai de
le conquérir, et c'est tout.

Elle ne me répondit pas. Pendant plusieurs minutes, nous restâmes ainsi, elle réfléchissant à ce
qu'elle venait d'entendre, moi attendant sa décision.

Dans ce silence, la pendule sonna trois heures.

— Comme il est tard ! fit Sylvia. Ne pensez-vous
pas que nous sommes trop enfiévrés pour prendre
une résolution si grave ? Il me semble que si nous
pouvions dormir, nous serions mieux en état de
nous arrêter à un plan définitif. Voulez-vous consentir à attendre ma réponse jusqu'au jour ?

— Je consens à tout ce que vous souhaiterez.

— Alors, je m'endors. Tâchez de dormir aussi.

— Bonne nuit, Sylvia. Ne faites que de doux
rêves.

— Dormez paisible, monsieur mon ami.

De nouveau j'appelai le sommeil, et cette fois il
vint. Quand je m'éveillai, des lueurs grises péné-
traient dans la chambre, annonçant le jour. Il était

sept heures. Mes yeux, en s'ouvrant, cherchèrent
Sylvia. Elle avait quitté son lit, et, accroupie devant
le foyer, elle essayait, à l'aide des tisons consumés
dans les cendres, de nous réchauffer. Au mouvement que je fis, elle se retourna de mon côté, en
me montrant ses traits éclairés d'un doux sourire.

— Avez-vous froid? demanda-t-elle.

— Non, votre présence a maintenu la chaleur
dans cette chambre. Cessez de vous fatiguer à
allumer ces débris de bois. Je ne veux pas que vous
noircissiez vos jolies mains.

En parlant ainsi, je quittai mon fauteuil et j'allai
m'accroupir à côté de l'aimable enfant pour faciliter
la tâche qu'elle avait entreprise. Penchés tous les
deux sur les cendres froides, nous évertuant à les
ranimer, nous sentions nos visages se toucher, nos
haleines se confondre. Cette sensation devint même
si puissante qu'au moment où, grâce à nos efforts,
la flamme s'éleva, léchant les parois intérieures
du foyer, elle éclaira nos visages empourprés par
l'émotion. Nos regards se croisèrent, et je dis :

— Vous m'avez annoncé une réponse pour ce
matin.

— Promettez-vous d'être docile et d'obéir aveuglément?

— Je le promets.

I.   10

— Quoi que je demande, quelle que soit l'épreuve à laquelle je vous soumettrai?

— Quoi que vous demandiez, et quelle que soit l'épreuve.

Elle se redressa lentement, posa ses coudes sur la cheminée, son front dans ses mains, et demeura silencieuse, tandis que, debout devant elle, je contemplais amoureusement le fin contour de sa taille, exquise et harmonieuse, dans le modeste vêtement qui l'enveloppait. Tout à coup, du côté de la porte, un bruit se fit entendre. On mettait une clef dans la serrure. Sylvia tressaillit; une expression de mélancolie et d'angoisse voila ses traits. Elle me regarda indécise, troublée. Puis, elle se jeta contre moi, et tandis que mes bras la pressaient dans un transport de fièvre et de joie, elle murmura :

— C'est maman Rinaldi. Dites comme moi!

La porte s'ouvrit. La face large et violacée de la noble dame se montra discrètement.

— Peut-on entrer? demanda-t-elle, un sourire satisfait dans les yeux.

— Oui, certes, maman Rinaldi, répondit Sylvia.

— Entrez, madame, vous ne nous dérangez pas!

— Déjà levés, mes tourtereaux!

— Vous voyez. La paresse nous fait horreur!

Elle dévisagea sa fille adoptive, la regarda des pieds à la tête, d'un air curieux.

— Alors, tu ne m'en veux pas ? demanda-t-elle.

— Vous en vouloir ! de quoi, maman Rinaldi ?

— Cette mauvaise plaisanterie, cette mise en cage. Je n'aurai pas osé, moi ? c'est M. de Chanzay ; il m'a conseillée...

— Tout ce que vous avez fait est bien fait, madame Rinaldi, dis-je alors. Vous avez assuré notre bonheur.

Mon langage parut la soulager d'un grand poids. Elle redoutait les reproches de Sylvia et fut toute surprise de ne recevoir que des compliments.

— Je vous ai préparé du café, reprit-elle ; j'ai pensé...

Je l'interrompis joyeusement.

— Apportez, madame Rinaldi, il sera le bienvenu.

Elle disparut un moment, puis elle revint, tenant un plateau qu'elle déposa sur le guéridon, devant la cheminée dans laquelle elle s'empressa de jeter du bois, comme si elle eût voulu se faire pardonner de m'avoir exposé à mourir de froid. Puis, tandis que Sylvia et moi nous mordions à belles dents dans les rôties beurrées, elle s'assit auprès de nous en nous interrogeant du regard. Comme il fallait la tromper jusqu'au bout, Sylvia se donna le luxe d'un baiser qu'elle m'envoya du bout de ses doigts blancs.

— Ainsi, vous êtes heureux? demanda madame Rinaldi.

— Très-heureux, répondit Sylvia.

— Nous nous aimons pour la vie, ajoutai-je, et nous avons déjà formé de beaux projets.

— Ah! des projets, peut-on les connaître?

Son œil s'allumait, exprimant les convoitises si longtemps contenues. Je repris :

— Assurément; nous ne voulons rien vous cacher. Je me charge de Sylvia, de sa fortune, de son avenir. Je vais ce matin même me mettre en quête d'un appartement à sa convenance où elle s'installera. Elle y vivra libre, tranquille et aimée, n'est-ce pas, Sylvia?

Je tendis la main à mon amie par-dessus la table, et, prenant la sienne, je la portai à mes lèvres.

— Alors, je tiendrai ta maison, ma fille? demanda madame Rinaldi.

Je fis un signe de dénégation, en disant :

— Oh! non, madame Rinaldi, je n'ai pas songé à vous imposer une semblable responsabilité.

— Tu me quittes, petite? s'écria-t-elle.

C'est Sylvia qu'elle interrogeait; mais c'est moi

qu'elle regardait, afin de savoir ce que j'allais faire d'elle.

— Nous avons pensé qu'il vous serait plus agréable de rester ici.

— Ici ! seule ! vous me laisseriez ici ?

— Vous y goûterez le repos.

— Et j'y vivrai sans doute de l'air du temps ?

— Non, madame Rinaldi, d'une pension que Sylvia vous servira, en récompense de votre dévouement.

— Une pension ! murmura-t-elle radoucie.

— De trois mille francs ! repris-je, personnelle et viagère.

Ce chiffre devait représenter à ses yeux bien des jouissances rêvées déjà, car il amena sur ses lèvres un sourire, et sur sa bouche ces mots :

— Je vois avec bonheur que tu n'es pas ingrate, ma fille. Cela te portera bonheur. C'est égal, dit-elle encore, en se contraignant pour faire jaillir quelques larmes de ses paupières, j'aurais mieux aimé ne pas me séparer de toi, Sylvia. Cela me sera dur de vivre seule. D'abord, je changerai de logement. Je ne pourrais rester ici, quand tu seras partie. Le petit appartement du premier est vacant. Je vais le louer.

Pendant qu'elle nous parlait, Sylvia tenait ses

regards attachés sur moi, ne cherchant pas à me cacher sa reconnaissance, et me permettant d'y puiser l'espoir que mon désintéressement et mon respect recevraient leur récompense.

— Il me semble que je rêve, murmura-t-elle, profitant pour m'adresser ces mots de l'absence de maman Rinaldi.

— Si c'est un rêve, qu'il ne finisse pas, répondis-je.

Tels furent les événements de cette nuit. Je les ai racontés dans tous leurs détails parce qu'ils constituent encore, à l'heure où j'écris, une des plus piquantes aventures de ma jeunesse et qu'ils n'ont laissé dans ma mémoire aucun souvenir dont j'aie à rougir. Que ne puis-je en dire autant de tous ceux qu'il me reste à évoquer?

VI

J'étais follement heureux. J'apportais dans mes amours l'ardeur de mon âge et l'enthousiasme d'un cœur crédule, naïf, inexpérimenté, qu'était venue soudainement remplir l'espérance d'un bonheur au delà duquel, en ce moment, nul autre ne me paraissait enviable. Je passais pour l'amant de Sylvia. En apparence, nous vivions comme des amoureux, emportés dans le tourbillon d'une passion naissante. En réalité, nous vivions comme frère et sœur. Je tenais rigoureusement la promesse que j'avais faite à ma petite amie. Mais elle récompensait la constance et la patience de mon sacrifice en feignant, en public, de partager mes désirs et de répondre à ma tendresse par une tendresse égale.

Sur ma prière, elle s'était installée dans un appartement loué pour elle au troisième étage d'une somptueuse maison, avenue des Champs-Élysées, et où je me plaisais à l'entourer d'un luxe digne de sa beauté. Rien ne lui manquait de ce qui peut rendre l'existence heureuse. A peine conçus, à peine exprimés, ses désirs étaient satisfaits. Quoiqu'elle fût simple et modeste en ses goûts, elle s'attachait, pour mieux tromper son monde, à recourir sans cesse à ma générosité, à se montrer friande de toutes les jouissances qu'une grande fortune permet de se procurer. Dans le monde, parmi les femmes que je rencontrais chez Christine, au club, dans le cercle des jeunes fous dont l'amitié de Jacques de Chanzay avait fait mes compagnons, et enfin chez les demoiselles de petite

vertu et de grand appétit où l'heureuse chance de
Sylvia devait exciter la convoitise et l'envie, il ne
fut bientôt question que des folies que j'accom-
plissais pour elle.

Si je me montrais au foyer de l'Opéra, si je me
laissais entraîner à souper au café Anglais, j'étais
aussitôt entouré, chargé, criblé comme une cible,
de regards brûlants et d'invites tentatrices. Je
recevais des lettres ardentes, datées du pays de la
galanterie, des demandes de rendez-vous. Tantôt,
c'était une femme à qui il avait suffi de m'entrevoir
au bois pour ressentir au cœur une blessure profonde que seul je pouvais guérir, puisque seul je
l'avais faite ; tantôt, c'était une autre femme qui
regrettait que je fusse aux mains d'une petite fille
sans expérience, sans notoriété, incapable de me
faire honneur, et qui s'offrait généreusement à la
remplacer. Tout l'état-major de l'armée du plaisir,
beautés plâtrées, âmes vénales, sirènes astucieuses,
roses d'hiver, fleurs de printemps, pêches en con-
serve et fruits verts, la vieille garde et les pupilles
de la garde entreprirent autour de ma personne un
siége en règle.

Pour me défendre et les mettre en déroute, je
n'eus pas besoin d'être héroïque. L'ardent désir
que m'inspirait Sylvia, l'amour véritable dont la

grâce de son âme avait embrasé la mienne, furent
mes seules armes. Je leur dus une victoire facile,
presque sans combat. Je n'ai jamais voulu croire
que Sylvia, en se refusant d'abord, eût obéi à des
calculs intéressés et cherché à mieux asseoir sa
domination sur moi. Non, ce soupçon n'est jamais
entré dans ma pensée. Il serait encore aujourd'hui
un outrage injuste envers elle, puisque, après tout,
la suite de notre aventure me prouva trop vite et
trop tristement, hélas! que son désintéressement
égalait son affection. Mais son inexpérience lui
avait fourni le moyen de m'attacher à elle si étroitement et de me devenir si chère, que, dans ce
déchaînement de tant de tentations inattendues et
violentes, je n'eus aucun mérite à lui rester fidèle.

Chaque jour, j'arrivais chez elle dès le matin. Si
elle dormait encore, elle se levait en toute hâte,
passait un peignoir et venait me rejoindre. L'œil
clair, le teint reposé, ses cheveux sur les épaules,
elle me tendait son front. J'y mettais mes lèvres.
Puis elle s'asseyait près de moi, me racontait sa vie
depuis l'heure où nous nous étions séparés, me
faisant part de ses projets, sollicitant mon approbation comme une femme obéissante et ne me parlant pas plus d'amour que si elle eût été ma sœur.
Elle s'était faite bien vite aux élégances qui l'envi-

ronnaient maintenant. Elle aimait à voir toutes
choses ordonnées autour d'elle ; et quand j'entrais dans sa maison, il me semblait que j'entrais
dans une atmosphère de paix et de sérénité, tant
on y sentait l'horreur du désordre, du faux luxe et
du bruit. Nous déjeunions ensemble. Puis, je la
laissais pour la rejoindre vers cinq heures, au moment où elle rentrait, revenant de sa répétition.
Les soirs d'Opéra, je la voyais un peu en hâte ;
mais à la sortie du spectacle, elle me trouvait toujours dans ma voiture qui l'attendait pour la ramener chez elle. Devant sa porte, je l'embrassais,
et nous nous séparions jusqu'au lendemain.

Les jours où l'Opéra restait fermé étaient mes
jours de fête. Nous dînions en tête-à-tête, tantôt
chez elle, tantôt au restaurant. Puis, nous avions
devant nous une soirée douce et longue, toujours
trop courte, hélas ! au gré de mes désirs. D'abord
nous goûtâmes une joie infinie à rester enfermés
chez nous et à nous isoler. Mais le péril de ces
longs tête-à-tête devint si pressant que Sylvia, qui
n'avait pas encore fixé le moment où elle comble-
rait mes vœux, voulut jeter des distractions dans
notre vie commune. Elle me demanda de lui présenter quelques-uns de mes amis, donna souvent à
dîner, exprima le désir d'aller au théâtre, me dé-

montra la nécessité de s'instruire, dans l'intérêt même de notre bonheur futur, et voulut avoir des maîtres aux leçons desquels elle consacra de longues heures. Elle s'efforçait de faire de plus en plus rares les moments de la soirée où nous nous trouvions seuls.

Que de fois, lorsque, après dîner, nous restions assis auprès l'un de l'autre, elle dut se soustraire au désir impatient dont chaque jour, en s'écoulant et en me la faisant mieux connaître, avivait la flamme! Elle m'apaisait doucement, simplement, jetant entre nous une diversion, manifestant alors quelque caprice inattendu qui nous obligeait à sortir tout à coup. C'est ainsi qu'un soir elle eut la fantaisie soudaine de visiter ma maison, où jamais elle n'était venue, quoique nous ne fussions séparés que par une courte distance. Je me souviens qu'il faisait très-froid. On était à la mi-janvier. Le ciel répandait sur les avenues, dans les rues, sur les trottoirs blancs, une lumière éclatante. Nous partîmes à pied. Chaudement enveloppée dans ses fourrures, Sylvia, pressée contre moi, s'appuyait à mon bras, gaie, rieuse, enchantée de la vie que je lui avais faite, et m'aimant déjà, j'en suis sûr, ne se laissant plus désirer, j'avais le droit de le croire, en la sentant si con-

fiante et si tendre, que par coquetterie, ou peut-
être par appréhension de compromettre son
bonheur en se donnant trop tôt. En moins d'un
quart d'heure nous arrivâmes chez moi.

Deux grilles s'ouvraient l'une à côté de l'autre
sur l'avenue. Celle de droite donnait accès dans la
cour de l'hôtel d'Athol ; par celle de gauche, on
pénétrait dans une avenue étroite, resserrée entre
deux murs élevés, à l'extrémité de laquelle on se
trouvait dans la partie du jardin qui m'appartenait
à bail, avec le pavillon, et qu'une simple palissade
séparait de la partie la plus considérable, celle que
le vicomte d'Athol s'était réservée autour de son
hôtel. Cette palissade légère était très-basse et
confondait sa teinte sombre dans celle des arbres,
rapprochés les uns des autres, de telle sorte que
l'œil avait quelque peine à la découvrir, et qu'à
cette heure, tout l'immense jardin, dont je n'occu-
pais que la moindre étendue, développait devant
nous ses perspectives, sans qu'aucune barrière
arrêtât le regard.

Sous les rayons de la lune, les vieux arbres dres-
saient vers le ciel leurs branches sans feuilles,
brillantes des rosées et des humidités du soir, su-
perposées et cristallisées à la surface de l'écorce.
Sur leur sol durci, d'une blancheur propice au

jeu des ombres, les allées claires répétaient les
attitudes et les dessins que les troncs rugueux
et les branches nues mettaient sur la lumière
étoilée du firmament. En entrant dans ce jardin
qui formait mon domaine, Sylvia fut impressionnée, comme je l'avais été moi-même le jour
où, pour la première fois, je découvris cette poétique retraite, merveille rare, au cœur de Paris, et
précieuse surtout pour un homme dont la jeunesse
s'était écoulée sous les ombrages d'un parc normand.

— Que c'est beau ! murmura-t-elle, en se serrant plus étroitement contre moi.

Elle voulut parcourir les allées. Je m'empressai
de la guider, suivant son désir, tandis que par mes
ordres, mes gens allumaient en toute hâte candélabres et lustres, dans l'intérieur de ma maison.
Quand nous y entrâmes, Sylvia me reprocha doucement ce luxe de lumière.

— Tout sujet qui reçoit sa reine illumine, lui
dis-je en souriant.

Elle se mit à visiter chaque pièce, admirant mes
tableaux, les portraits de famille que j'avais fait
venir de La Sauvage, mes faïences, mes armes,
mes livres, mes meubles artistiques. Mais c'est
surtout la chambre et le cabinet de travail qui
excitèrent sa curiosité.

I.   11

— C'est ici que vous vivez, me dit-elle, ici que vous laissez tomber vos pensées de chaque jour, que vous recevez vos amis, que vous causez avec eux. Ah! si ces murs pouvaient parler, comme je les interrogerais!

— Et pourquoi les interrogeriez-vous, Sylvia?

— Afin de savoir si vous m'aimez autant que vous le dites.

— N'en doutez pas, mon amie, répondis-je en l'enveloppant de mes bras.

Elle se dégagea doucement de cette étreinte.

— Afin de savoir, continua-t-elle, si vous m'avez été infidèle, en pensée ou en action.

— Ni en pensée, ni en action! m'écriai-je. Si ces murs parlaient, Sylvia, ils vous diraient que je vis de mon amour pour vous, et que tout autre sentiment serait impuissant à me rendre heureux. Ils vous diraient que j'aspire passionnément au jour où vous déciderez que ma constance a mérité d'être récompensée.

Elle mit sa petite main sur ma bouche, afin d'arrêter une chanson dont elle connaissait bien l'air, à force de l'avoir entendu. Puis elle reprit :

— Quoi! jamais une femme n'est venue ici?

— Jamais, je le jure! Vous êtes la première!

Elle s'était assise en regardant attentivement les portraits de mes aïeux.

— C'est beau, dit-elle tout à coup, de descendre d'une grande race, de compter dans sa famille des chevaliers tels que ceux-ci, et des femmes comme en voilà. Mais cela impose de grands devoirs !

Je m'étais agenouillé devant elle. Je l'écoutais sans répondre, en la regardant, adorable de beauté chaste et fine. Je me disais que le destin ne l'avait pas faite pour danser sur des planches, qu'elle était bien supérieure à la carrière où les vulgaires calculs de madame Rinaldi l'avaient poussée, et que Jacques de Chanzay ne se trompait peut-être pas, quand il se plaisait à dire que cette créature délicate, dont un mystère enveloppait la naissance, était de vieille et noble souche. Comme si, par l'élévation de sa pensée, elle eût voulu donner raison à cette hypothèse, elle soupira doucement :

— Elle sera heureuse, la femme que vous amènerez ici ! Oh ! je m'entends ; je ne parle ni de moi, ni de celles qui pourront y venir après moi, si vous m'oubliez ! Je parle de celle qui y viendra au titre d'épouse et sera éternellement aimée !

Un frisson traversa mon cœur.

— Que parlez-vous d'une femme éternellement

aimée, qui ne serait pas vous! Serait-ce possible?
Sylvia, je suis libre, voulez-vous que je vous
épouse?

Un nuage de pourpre passa sur ses joues. Elle
secoua la tête.

— On n'épouse pas une fille comme moi, et je
vous aime déjà trop pour me prêter à une folie que
vous regretteriez éternellement. C'est égal, si vous
avez été sincère, c'est bien ce que vous venez de
dire là.

Mon front se courba, mes lèvres cherchèrent ses
mains qu'elles trouvèrent toutes froides et qu'elles
essayèrent de réchauffer sous les baisers. Elle se
laissa faire d'abord, puis elle m'éloigna doucement,
m'obligea à me tenir debout et quitta le fauteuil où
elle avait pris place. Je voulus alors revenir à cette
idée du mariage; dans la sincérité de mon cœur,
grisé de son charme, sans me demander si le lendemain je ne me repentirais pas de l'engagement
que je brûlais de prendre, j'offris de nouveau de
l'épouser.

— Laissons cela, Daniel, je vous prie, et parlons
d'autre chose. Savez-vous à quoi je pensais tout à
l'heure?

— A quoi pensiez-vous, Sylvia?

— A ce que je pourrais faire pour imprimer à ces

lieux où vous vivez, à ces objets qui vous entourent, à ces meubles même, un inoubliable souvenir de moi, qui fasse que si vous me perdiez, vous n'ayez qu'à les regarder pour que mon image soit aussitôt présente à vos yeux.

— Mais il suffit que vous soyez venue.

— Je me disais que je laisserais de moi une trace éternelle de mon passage dans votre vie, si notre amour recevait ici sa consécration.

— Sylvia, ayez pitié de moi!

— Oh! pas à présent. Non, mon ami; il ne m'est pas encore prouvé que je ressens pour vous autre chose que de l'amitié. Mais si l'amour se fonde dans mon cœur, c'est dans cette maison que je voudrais vous en faire l'aveu. Tenez, il est tard; votre pendule sonne la même heure qu'en ce moment; vous êtes seul, vous pensez à votre petite Sylvia. Une portière se soulève; elle apparaît; elle s'avance doucement vers vous; elle jette ses bras autour de votre cou; elle se penche vers vous; elle murmure à votre oreille ces mots : « Je t'aime ! »

— Sylvia! m'écriai-je affolé.

— C'est un rêve, fit-elle en souriant, oui, un rêve, mais peut-être il se réalisera quelque jour. Et maintenant partons.

Elle avait remis son chapeau, couvert ses épaules

de sa mante et elle m'entraînait au dehors. Ce soir-
là, je la ramenai jusqu'à sa porte, sans prononcer
une parole. A dater de ce moment, ma tendresse
pour elle se fortifia de plus en plus. Je me sentais
bien loin d'une aventure vulgaire. Mon cœur com-
mençait à prendre sa part d'un sentiment qui
n'avait d'abord parlé qu'à mes sens. La chère créature devint l'unique souci de ma vie. Mes amis
s'en aperçurent. Jacques de Chanzay m'interrogea :

— Quel être êtes-vous donc? J'ai voulu allumer
dans votre imagination un joli caprice, mais rien
de plus; et vous voilà éperdument amoureux! J'espère bien, Kerfons, que vous ne ferez pas de bê-
tises!

— Qu'entendez-vous par là?

— On dit que vous êtes épris de cette petite Sylvia au point de l'épouser.

— Qui dit cela? demandai-je.

— La rumeur publique, mon cher.

— La rumeur publique divague, voilà tout.

Quelques jours après, vers minuit, au moment
où, Sylvia à mon bras, je sortais du théâtre des
Bouffes, après avoir assisté à la représentation,
caché au fond d'une baignoire, dans la foule qui
remplissait les couloirs, je me trouvai face à face

avec Christine de Maugiron. Elle n'était pas seule.
Julien Faldouey marchait auprès d'elle et, derrière
eux, s'avançait lady Hackwoods, qu'accompagnait
l'amiral de Narvajeac. J'aurais voulu me soustraire
à leur curiosité, mais c'était trop tard. La cohue
nous poussait, m'empêchait de revenir sur mes pas.
Sans oser la saluer, je dus passer sous leurs yeux,
entraînant Sylvia. Celle-ci reconnut Julien, que, à
deux reprises déjà, j'avais conduit chez elle.

— N'avez-vous pas vu votre ami Faldouey? me
demanda-t-elle en montant en voiture.

— Faldouey! m'écriai-je en feignant la surprise.

— Il était auprès de nous, avec une belle personne qui vous a beaucoup regardé. Il m'a paru
qu'entre elle et lui régnait une étroite intimité. Ils
riaient follement. Mais, quand ils vous ont aperçu,
ils sont devenus très-sérieux.

Je ne répondis pas, mais j'eus au cœur une tristesse profonde. Le lendemain, de bonne heure,
j'étais chez Julien.

— Elle est décidément ravissante, ta petite danseuse! me dit-il en me voyant.

— Est-ce l'opinion de Christine? car elle nous a
vus, n'est-ce pas?

— Oui, je ne peux te le taire. Elle trouve ta maitresse très-gentille ; mais elle pense qu'un homme tel que toi ne doit pas s'afficher en pareille compagnie.

— C'est tout ce qu'elle a dit ?

— Absolument tout, répondit-il.

— Elle ne m'aime plus ! pensai-je.

— Te voilà bien triste, mon bonhomme, reprit Julien qui marchait à pas lents, dans la chambre, en me regardant.

— Je suis si malheureux !

— Toi, mon ami, malheureux ! s'écria-t-il affectueusement en venant à moi. Que t'arrive-t-il ? Parle, parle vite !

Mon cœur éclatait. Mon secret me pesait trop lourdement pour le contenir plus longtemps, et je fis connaître à Julien toute l'histoire de mes amours avec Sylvia, sans omettre aucun des détails que j'ai déjà racontés.

— Elle est charmante, ton histoire, me dit-il quand j'eus fini, et j'en ferai une nouvelle. Malheureusement, je ne connais pas assez la jeune personne pour t'indiquer avec précision si tu es la dupe de ses calculs, ou si, au contraire, elle est victime comme toi d'une sorte de fatalité. Mais, quoi qu'il en soit, dans l'un comme dans l'autre cas, c'est une liaison qu'il faut rompre. Quand on s'appelle Daniel de Kerfons, on n'épouse pas une danseuse.

— Mais je l'aime! je l'aime éperdument !

— Tu l'aimes surtout parce qu'elle te résiste et te fait languir.

— Que dois-je faire?

— Attendre son bon plaisir, puisque tu ne peux la contraindre à abréger l'épreuve qu'elle t'a imposée, et jusque-là tenter de passer agréablement le temps avec d'autres.

— Jamais! jamais! m'écriai-je.

Il feignit de ne pas m'entendre.

— Je conviens que le conseil que je te donne là ne me semble guère sain; que veux-tu, je ne peux te prêcher la continence quand je te vois malade de tes désirs non satisfaits. A ta place, moi, je prendrais comme remède du travail jusqu'à l'excès! Mais ce remède est impuissant pour toi et je n'en vois qu'un véritablement efficace : amuse-toi! Puis, quand tu seras guéri, nous te mettrons à un régime plus sérieux.

— Crois-tu que Christine m'en veuille? demandai-je encore.

— Et pourquoi t'en voudrait-elle? fit-il, surpris de ma question. Tu n'es ni son mari, ni son amant; elle sait bien qu'il faut que jeunesse se passe.

11.

Pourquoi l'indifférence de la duchesse de Maugiron, affirmée en ces termes, me fut-elle cruelle en ce moment? Je suis hors d'état de l'expliquer, si ce n'est par l'espèce d'exaltation nerveuse qu'avait déchaînée en moi l'étrange existence que je menais auprès de Sylvia, et qui me disposait à une sensibilité maladive.

J'allai voir Christine le même jour. Quand j'entrai chez elle, sans avoir laissé au valet de chambre qui m'annonça le temps de prendre ses ordres et de lui demander si elle voulait me recevoir, elle écrivait. Elle laissa sur-le-champ la lettre commencée pour venir à ma rencontre. Je pus constater alors qu'elle avait pleuré, car ses yeux étaient encore rougis et humides de ses larmes. Dans les dispositions où j'étais, ces larmes me bouleversèrent. Je crus en être l'auteur. Je me figurai que Christine m'aimait encore assez pour souffrir de l'infidélité qu'elle avait surprise.

— Pardonnez-moi, lui dis-je tristement en prenant ses mains dans les miennes.

— De quoi êtes-vous coupable? demanda-t-elle avec étonnement.

— Coupable d'avoir blessé votre cœur, hier au soir, et arraché des pleurs à vos yeux!

Elle m'arrêta d'un geste familier et rapide :

— Je n'ai rien à vous pardonner. Je n'ai pas le droit de vous en vouloir, je vous ai fait libre; et puisque le hasard vient de vous rendre témoin d'un chagrin passager, j'ai le devoir de vous dire que ni de près, ni de loin, vous n'en êtes cause.

Je ne sus que répondre. Quand je la quittai quelques instants après, je n'avais pu deviner le motif de ses larmes; mais je savais que j'y étais étranger. Elle ne m'aimait plus, à supposer qu'elle m'eût aimé jamais; j'étais donc mon maître, et, dégagé de tout lien, je pouvais me livrer à la passion qui me poussait vers Sylvia. Cette passion cependant ne donnait satisfaction qu'à mon cœur. Mon cœur seul y trouvait son compte, tandis que les ardeurs de mon âge, contenues et refoulées au fond de moi, puisaient, dans l'excès même du repos auquel je les condamnais, une puissance et une fougue propres à leur imprimer un jour un caractère irrésistible et redoutable. A son insu, Sylvia était devenue mon bourreau. Tout ce qui me charmait en elle et me la rendait chère, sa chasteté, sa sérénité, sa douceur, faisait en même temps mon supplice. J'eus, toutefois, l'héroïsme de lui taire les orages de mes sens. Il n'y eut pas un jour où elle pût me craindre ni s'alarmer. Elle m'imposait un respect égal à celui que m'eût imposé ma fiancée, et s'il

m'arriva, me trouvant loin d'elle, de prendre la résolution de dompter sa résistance et de vaincre ses
scrupules, s'il m'arriva de décider un matin que,
quoi qu'il pût m'en coûter, elle serait à moi le soir,
je dois cependant me rendre justice et déclarer
que mes décisions et mes fureurs se dissipaient au
son de sa voix, au rayon de ses yeux, et que j'étais
désarmé par son sourire.

Un mois s'écoula ainsi, un mois à l'expiration
duquel la nécessité de donner une diversion puissante à ma vie, me rejeta dans l'entraînement du
monde et de ses plaisirs. On me vit plus fréquemment chez Christine. Elle continua à trouver en
moi la respectueuse tendresse d'un frère, sans que
le charme qu'elle exerçait parvînt à affaiblir mon
amour pour Sylvia. Je n'ai jamais mieux compris
combien il est facile à l'homme de se partager,
d'aimer deux femmes en même temps. Christine
était la raison de mon cœur comme Sylvia en était
la fantaisie. L'une apaisait mes désirs, l'autre, au
contraire, les tenait en haleine. J'ai goûté alors
dans sa plénitude la joie de connaître en même
temps deux douceurs si diverses et à la fois si pareilles.

A l'hôtel de Maugiron, je rencontrai la vicomtesse d'Athol, qu'une absence assez longue de son

mari condamnait déjà à une retraite presque sévère.
Quoique je fusse son voisin le plus proche, les incidents que je viens de raconter m'avaient empêché
d'aller lui rendre mes devoirs. Elle m'adressa d'ai-
mables remontrances. Je promis de réparer mes
torts; et, le lendemain, vers neuf heures du soir,
je me présentai chez elle. Elle était seule, retirée
au fond de ses appartements, au rez-de-chaussée
de l'hôtel, un peu écrasée par l'alanguissement de
son existence isolée et vide, dont elle ne cherchait
pas à taire les tristesses, les traits voilés par cette
mélancolie mystérieuse qui imprimait à sa pure
beauté un caractère tragique et saisissant.

Notre entretien d'abord ne roula que sur des
banalités mondaines; mais soit que, par goût ou
par oisiveté, elle eût résolu de me verser sa séduction, dans la musique de sa voix, dans la poésie
de sa nonchalance, dans ces confidences de femmes
qui créent si vite l'intimité, une intimité dangereuse entre celle qui les fait et celui qui les re-
cueille; soit qu'elle se laissât aller aux entraînements d'une nature fatalement vouée à exercer son
empire sur tous les hommes qui l'approchaient, à
inspirer l'amour ou à le ressentir, elle me provoqua
elle-même à pénétrer dans sa vie. Je n'étais que
trop disposé à m'arrêter aux charmes d'une con-

fiance mutuelle si vite créée par sa volonté. L'état
où je vivais auprès de Sylvia, cette continuité d'un
désir passionné, toujours avivé par l'attente et par
l'attrait d'un trésor de grâce infinie, qui ne s'offrait
à moi que pour se dérober au moment où ma main
croyait le saisir, m'avaient rendu frénétiquement
avide des jouissances brutales et trop faible pour
les repousser longtemps. Cette soirée, qui se prolongea fort tard et durant laquelle je fus conduit
à lui dire combien j'étais remué par sa beauté, tandis qu'elle écoutait, l'œil sombre et souriant à la
fois, sans consentir ni sans résister, un aveu dont
mon imagination dictait seule les accents, cette
soirée nous fut fatale à l'un et à l'autre. Quand je
quittai madame d'Athol, elle n'ignorait par mes
soupirs, et je pouvais interpréter son silence
comme le consentement tacite dont elle se plaisait
à encourager mon désir. Un incident vint aggraver
la tentation que je subissais. Quand je voulus me
retirer, madame d'Athol me dit :

— Au lieu de sortir par l'avenue pour rentrer
chez vous, passez par le jardin. C'est plus court.

— Mais comment irai-je de votre jardin dans
le mien ?

— Une porte s'ouvre à l'extrémité de la grille
qui les sépare.

— Une porte ! Je ne l'ai jamais remarquée.

— Je vais vous la montrer.

Elle sonna pour appeler sa femme de chambre, fit mettre sur ses épaules un manteau, jeta sur ses cheveux une dentelle, feignant de vouloir respirer l'air du soir en ma compagnie. Nous sortîmes, et la voilà me guidant sous les arbres, dans la nuit, jusqu'au treillage qui coupait le jardin dans sa longueur.

— Voici la porte, dit-elle tout à coup ; elle s'ouvre sans clef, il suffit de connaître le secret ; on pousse un crochet, là, sous la serrure. Essayez, monsieur de Kerfons.

J'essayai, la porte s'ouvrit.

— Maintenant que je vous ai indiqué votre chemin, ramenez-moi, reprit-elle. Vous pourrez revenir ensuite.

— Mais vos gens, qui m'ont vu entrer, que diront-ils s'ils ne me voient pas sortir ? objectai-je.

— C'est vrai, je n'y avais pas songé.

— Pour pouvoir m'en aller par cette route, sans vous exposer à être compromise, il faudrait que j'eusse aussi le droit de la prendre pour venir vous trouver, à l'heure où il n'y a pas à craindre d'être rencontré.

Ma voix tremblait, car je sentais que nul aveu ne pouvait être plus éloquent ni plus décisif que ces arrangements auxquels elle souscrivait avec tranquillité, alors qu'ils n'avaient d'autre but que de faciliter nos rendez-vous et de les entourer de mystère.

— Eh bien, si jamais vous avez ce droit, fit-elle en souriant, vous savez comment il en faut user.

Ces paroles me firent tressaillir, et, quand après l'avoir ramenée à l'hôtel, je me séparai d'elle, ma tête était en feu, comme à l'approche d'un bonheur que l'absence du vicomte d'Athol, l'isolement de sa femme et la facilité offerte à nos rendez-vous mettaient à la portée de ma main. Je m'endormis sans vouloir penser aux incidents de cette soirée, sans chercher à voir clair dans ce trouble de moi-même, qui ne me permettait plus de distinguer l'amour véritable de l'emportement de mon sang, et qui les confondait en moi dans l'identité des sensations. Mais, à mon réveil, j'eus horreur de moi; me demandant avec amertume de quel limon maudit j'étais pétri, et pourquoi j'étais impuissant à résister à la tyrannie des passions qui se jouaient de mon être et jetaient sur mon chemin des objets nouveaux dont je m'éprenais jusqu'à l'affolement, sans que les objets anciens cessassent de m'être chers. Eh quoi! j'avais pu aimer Sylvia, après avoir aimé Christine! Allais-je maintenant aimer cette Clarisse d'Athol?

— Non, cela ne sera pas! m'écriai-je; c'est impossible. Je quitterai plutôt ces lieux que d'en faire les témoins de ma faiblesse et de ma lâcheté.

Je me levai, résolu à fuir le danger. Mon plan fut bien vite arrêté. Je proposerais à Sylvia de partir avec moi pour Marseille, où mon yacht était en station, attendant mes ordres. Nous nous ferions conduire vers les pays du soleil, à Madère ou à Malte, et là, dans la contemplation des beaux yeux de mon amie, j'apprendrais la sagesse, c'est-à-dire la fidélité de l'imagination aussi bien que celle du cœur. Plein de ces beaux projets, je recouvrai quelque calme, sans pouvoir toutefois recouvrer aussi ma sérénité ordinaire, ni dissiper la tristesse de mon âme. On annonça Jacques de Chanzay.

— Je viens vous demander à déjeuner, fit-il en entrant. Puis, quand il m'eut regardé, il s'écria :

— Ah! mon cher, que vous voilà lugubre!

— Peut-on aimer deux femmes à la fois? lui demandai-je brusquement. Cela vous est-il arrivé?

— Deux! souvent; trois, quelquefois; une seule, jamais. Êtes-vous dans ce cas?

Je résolus de prendre ses conseils, et, sans

-mêler à mon récit le nom de madame d'Athol ni celui de Christine, sans dire un mot qui pût lui faire supposer que je n'étais pas l'amant de Sylvia, je lui racontai mon aventure et l'étrange disposition de mon esprit, qui m'avait condamné à être successivement amoureux de trois femmes, encore que je me fusse promis d'être fidèle à l'une d'elles.

— C'est fort ordinaire, ce que vous me racontez là, me répondit-il. Moi qui vous parle, j'ai adoré une très-honnête personne, dont j'ai été l'unique passion, et qui, devenue veuve, est entrée aux Carmélites, afin d'expier la trahison de ses devoirs, dont j'étais cause ; oui, je l'ai adorée, et, en même temps qu'elle, au même degré qu'elle, mon cher, j'aimais une fille de rien, dont les faveurs sont à qui veut les payer, qui n'a jamais eu d'esprit et qui n'avait déjà plus de beauté. Cette vieille ruine, hantée de tous les vices, m'a affolé tout autant que l'angélique créature qui, maintenant, prie quelque part pour moi. Et ce n'est pas tout ; tandis que j'étais entre le bon et le mauvais ange, comme Robert entre Alice et Bertram, ma belle-sœur Madeleine de Chanzay se mit en tête de me marier avec la belle Clarisse de Jonzac-Foix, pupille de la comtesse douairière de Moncalier. J'aimais deux autres femmes, et cela ne m'a pas empêché d'aimer la troisième. Je l'aurais certainement épousée, si elle ne m'avait refusé tout net pour accorder sa main au vicomte d'Athol, qui avait vingt-cinq ans de plus qu'elle, ce qui, soit dit entre nous, serait bien humiliant pour moi, si depûis...

Il s'arrêta, comme s'il craignait d'en trop dire; puis, pour conclure, il ajouta :

— Voilà mon histoire, mon cher, vous voyez qu'un cœur solide peut mener trois passions à la fois. Si donc vous êtes dans ce cas, n'allez pas vous épouvanter ni vous croire un phénomène. Vous êtes un homme comme nous tous. D'ailleurs, c'est très-heureux, ce qui vous arrive là. Cette petite Sylvia vous absorbait vraiment trop. Cela devenait inquiétant.

— Ainsi, vous avez dû épouser madame d'Athol? demandai-je quand il eut fini.

— Oui, il y a cinq ans. C'était une idée de ma belle-sœur, qui prétendait que, pour couper court à mes folies, il fallait me trouver une femme capricieuse, ardente, romanesque, un peu despote. Oh ! elle avait bien choisi. Mademoiselle de Jonzac-Foix était justement tout cela. Elle n'avait pas le sou ; mais j'étais encore riche pour deux.

— Pourquoi vous a-t-elle refusé?

— J'ai été longtemps sans le comprendre. Plus

tard, alors qu'elle était déjà mariée, et que je lui
faisais ma cour dans l'espoir d'une revanche, elle
m'a dit un mot qui m'a éclairé. Je lui reprochais,
un soir, le dédain cruel avec lequel elle avait écarté
ma demande ; elle s'écria tout à coup : « Si j'avais
eu la faiblesse de vous écouter alors, où en serions-
nous aujourd'hui ? Vous êtes un très-galant homme,
monsieur de Chanzay ; mais vous êtes bon tout au
plus à une liaison de quelques semaines. Votre
femme n'aurait eu ni repos, ni dignité, ni sécurité,
car vous vous seriez ruiné pour d'autres. » Je crois
bien qu'elle a eu raison.

Sur ces mots, Jacques s'arrêta. Mais je voyais
bien qu'il ne me disait pas tout. Je résolus de le
pousser plus loin. Je l'interrogeai encore.

— Avez-vous eu au moins votre revanche avec
madame d'Athol ?

Jacques ouvrait la bouche, quand mon valet de
chambre entra pour me remettre une lettre qui
venait d'être apportée, et dont l'écriture, — une
écriture de femme, — m'était inconnue. J'ouvris
cette lettre et je courus à la signature. Le nom de
Jonzac-Foix-Athol s'étalait fièrement en caractères
fermes, nerveusement tracés, au bas de quelques
lignes dans lesquelles il était dit qu'obligée, ce
jour-là, de passer la journée dehors, la vicomtesse

me priait de l'aller voir le lendemain, dans la soirée, et « d'entrer par la petite porte ». Tous mes
beaux projets s'envolèrent. Je fus grisé par les
promesses muettes que contenait cette lettre, plus
encore que par le parfum capiteux qui s'en dégageait. Je sentis mon sang affluer vers mon cœur,
brûler mon visage, mes mains trembler. Quand je
levai les yeux, ceux de Jacques étaient fixés sur
l'enveloppe, que j'avais laissée tomber sur la table.
Il me regarda en souriant.

— Vous m'avez adressé une question indiscrète,
me dit-il. Je ne refuse pas d'y répondre; mais
j'y mets une condition : c'est que vous répon-
drez d'abord à celle que je vais vous poser. La
belle Clarisse est-elle une de celles que vous aimez?

— Vous avez reconnu l'écriture, et je ne peux
plus nier. Mais je dois à la vérité d'affirmer que,
jusqu'à ce moment, entre madame Athol et moi, il
n'y a eu...

Il m'interrompit, et, se levant, il s'écria :

— Je n'en peux dire autant que vous, mon cher;
voilà ma réponse à votre question.

Un silence succéda à cette déclaration, que
j'avais provoquée, et qui ne me surprit pas plus
qu'elle ne m'attrista. S'il se fût agi de Sylvia, mon
cœur eût été déchiré? Mais quelle douleur pouvais-

je ressentir, en apprenant que madame d'Athol
avait eu des amants ? Est-ce que je l'aimais assez
pour être jaloux du passé ? Non ; elle ne pouvait
être dans ma vie que la distraction fugitive d'un
jour, et, si telle était mon opinion, c'est que je com-
prenais aussi que, dans sa propre vie, je n'étais rien
non plus que l'objet passager de la fantaisie et du
caprice. L'ami Jacques se méprit à la physionomie
méditative de mon visage. Il crut y voir l'expression d'une passion violente, et, ainsi qu'il me
l'avoua ensuite, il s'en alarma.

— Vous m'avez quelquefois demandé conseil
comme à un ami fidèle, comme à un frère, me
dit-il. Vous êtes-vous repenti de m'avoir écouté ?
Le fou, que je suis, vous a-t-il jamais conseillé une
sottise ?

— Jamais, non, jamais, Jacques. J'aime à recon-
naître, au contraire, que, durant les quelques semaines qui se sont passées, depuis que nous nous
connaissons, votre amitié a toujours été pour moi
remplie de sollicitude et de sagesse.

— Permettez alors que je vous donne aujour-
d'hui un avis précieux. Vous plaît-il de l'entendre ?

— Je vous en remercie, même avant que vous
ayez parlé.

— Je voudrais vous épargner toute illusion sur la destinée de vos relations avec madame d'Athol, et, pour vous l'épargner, je dois vous faire connaître cette femme, belle, vous le savez, à nous faire tourner la tête à tous ; habile à feindre la passion la plus ardente ; assez sincère peut-être pour souffrir des variations de son cœur, mais dévorée surtout d'une insatiable curiosité et incapable d'aimer avec suite, avec dévouement. Elle passe dans la vie, écrasée sous le fardeau d'un immense ennui, en quête de sensations imprévues, ne s'intéressant en apparence à rien, ayant l'air d'attendre toujours quelqu'un qui ne vient pas, se livrant, durant certains jours, à des accès de folle gaieté, parlant pendant de longues heures avec volubilité, puis tombant tout à coup dans la tristesse et le silence, ne portant dans le cœur ni haine, ni tendresse.

— Je sais qu'elle n'a pas d'enfants, dis-je en interrompant Jacques, mais elle a un mari.

— Son mari ! parlons-en. Oui, elle a un mari, plus âgé qu'elle, il est vrai, de vingt-cinq ans, mais c'est bien sa faute si elle a celui-là. Il n'a tenu qu'à elle d'en avoir un plus jeune. Du reste, elle eût été avec le jeune ce qu'elle est avec le vieux. Imaginez-vous bien que ce malheureux n'a pu, malgré diverses tentatives pour lui plaire, éveiller en elle aucun doux sentiment, ni rien en obtenir, rien, si ce n'est la preuve d'une profonde indifférence. Et cependant elle lui doit sa fortune, le bien-être dont elle jouit. Il s'est lassé de ses efforts inutiles, et croyant que celle qu'il a choisie pour compagne garderait au moins l'honneur sauf, il est retourné à la science qui lui tenait lieu de tout avant qu'il prit femme. Au moment où je vous parle, il parcourt la Phénicie à la tête d'une mission scientifique. Il y a vraiment des malheurs mérités, ajouta Jacques, en forme de conclusion et en souriant.

— Vous faites de madame d'Athol un portrait bien redoutable, mon cher, m'écriai-je; mais si vraiment elle est tout ce que vous dites, expliquez-moi donc comment les portes du monde ne se sont pas fermées devant elle.

— Oh! c'est bien simple, parce qu'il n'y a pas eu scandale. Et puis elle est de grande maison, et son enfance a été douloureuse. A cause de sa naissance, on lui pardonne les bizarreries de son caractère. On invoque, pour l'excuser, la pauvre éducation qu'elle a reçue. Elle a perdu sa mère de bonne heure. Son père était un drôle de sire, et Dieu sait ce qu'elle serait devenue, sans la douairière de

Moncalier, qui vint très à propos pour la sauver d'une irrémédiable chute. On n'ignore rien de tout cela, et on tolère d'elle ce qu'on ne tolérerait d'aucune autre. Elle vit seule, c'est vrai, mais elle a un mari; tant pis pour lui s'il la délaisse; c'est elle qu'on plaint; c'est lui qu'on blâme. En un mot, on tient en réserve pour la belle Clarisse des trésors d'indulgence, sans que je puisse vous expliquer autrement pourquoi. Il faut dire aussi qu'elle est prudente et qu'on ne lui connaît aucune bruyante aventure. Elle a fait l'ombre autour d'elle.

— Quelle moralité faut-il tirer de votre discours, ami Jacques? demandai-je alors.

— C'est que celle dont nous parlons est terriblement dangereuse, et que, si vous ne voulez pas vous repentir amèrement un jour de l'avoir connue, il faut tout attendre d'elle, excepté l'amour; tout lui donner, si vous en avez envie, tout, sauf votre cœur.

— Avez-vous connu, vous, le repentir dont vous parlez?

— Peut-être beaucoup plus cuisant que vous ne croyez!

— Eh bien, soyez rassuré, moncher; je n'attends rien de madame d'Athol, je n'espère rien d'elle, et, si sa parole a fait quelque sensation sur moi, si j'ai

pu croire qu'elle est de celles qu'on aime, ce n'était
qu'un entraînement passager, dont vos conseils
auront suffi à me préserver.

— Peste! cher Daniel, quel sage vous faites! _

— Dites plutôt que vous êtes un habile médecin.

— Je vous ai guéri?

— Absolument guéri.

Son regard exprima l'incrédulité. Il le tint fixé
sur moi, sans mot dire.

— Vous n'ajoutez pas foi à mes paroles? demandai-je.

— Je voudrais vous croire. Mais, si vous n'aimez
plus déjà, c'est que vous n'aimiez pas tout à
l'heure.

— Vous avez raison. Je n'aimais pas madame
d'Athol. Je n'aime que Sylvia.

Après cette déclaration, qui n'avait d'autre but
que de lui taire le trouble de mon esprit, je devins
muet, et il me quitta sans obtenir une réponse plus
précise ni plus claire. Où en étais-je? Qui sondera
le mystère de notre cœur? Qui me dira ce que je
voulais, ce que je ne voulais pas, ce que mon désir
appelait, ce que ma raison repoussait? Ah! fièvre
des jeunes années, violence des passions, contra-
dictions de l'âme! qui vous définira? qui vous

expliquera? Entre Sylvia, qui se refusait, et Clarisse d'Athol qui s'offrait, j'étais perdu, absolument perdu! Pour ceux qui passent par ces affres du désir, il n'est qu'un fil conducteur : l'expérience. Mais j'avais vingt-cinq ans, et je n'avais pas l'expérience.

VII

La journée du lendemain, cette journée qui devait tenir dans ma vie une place si grande, s'annonça comme toutes les autres. L'imprévu ne se fait précéder d'aucun signe ; c'est même pour cela qu'il est l'imprévu. Jusqu'à deux heures, je vécus partagé, tiraillé entre deux questions. Devais-je me présenter chez madame d'Athol? devais-je la fuir? Je partis pour aller chez Sylvia, sans avoir pris une décision. Je cessai d'en chercher une, et, à dater de ce moment, les événements m'emportèrent, inerte, dans leur cours. Silvia m'attendait. Depuis longtemps, elle me demandait de la conduire dans les bois qui s'étendent au delà de Saint-Cloud, entre Versailles et Paris. La veille, il avait été convenu entre nous que si, le lendemain, un

rayon de soleil se montrait, nous réaliserions ce
projet. Or, justement, le soleil, déchirant vers
midi le brouillard sombre, éclatait de rire dans
le ciel bleu. Qui ne les connaît, ces clémentes
journées d'hiver qui semblent ne se lever quelquefois, au temps des frimas, que pour nous rappeler
que le printemps n'est pas mort, qu'il n'est qu'endormi, et que chaque heure qui passe nous entraîne
vers celle de son réveil ! Vainement, le froid poussait à travers les rues des brises glacées ; vainement, il durcissait le sol ; vainement, il accrochait aux
branches nues des arbres et à la barbe des passants
l'impalpable poussière du givre et les diamants des
vapeurs de l'air cristallisées, il n'enlevait rien à la
sérénité du jour. Le soleil, c'est le symbole de
toutes les joies de l'homme. Sa lumière est immor-
telle comme l'espérance. Il réchauffe les cœurs
aussi bien que les plantes, et ce qui semblait condamné la veille, parce qu'il se voilait, renait et
respire sous son action vivifiante, dès qu'il a
reparu. En me voyant, Sylvia sauta à mon cou.

— Le ciel a fait ces instants pour nous, me dit-
elle joyeusement.

Elle était à peindre. Sur ses cheveux, une toque
en fourrure avec une aigrette en plume de faisan ;
sur son visage, une épaisse voilette blanche ; puis,

sous la pelisse, une robe en laine d'un gris fauve, collée à son corps, dessinant ses formes pures. Il y a des visions qui restent éternellement dans nos yeux. La Sylvia du jour dont je parle m'est toujours présente. Le coupé, attelé en poste, stationnait devant la porte.

— Montez, la belle !

La portière se ferme, le fouet claque, les chevaux s'élancent. Nous voilà partis. L'avenue des Champs-Élysées, l'avenue de l'Impératrice sont vite franchies. Nous traversons le bois de Boulogne, puis un large pont. Voici Saint-Cloud. Nous descendons à la grille du parc. Le cocher reçoit l'ordre d'aller nous attendre à la grille de Ville-d'Avray. Nous montons à pied jusqu'à la lanterne de Diogène ; nous nous enfonçons ensuite dans la grande allée. Devant nous, la solitude ; pas une âme, aucune ombre, si ce n'est celle des arbres. Le silence profond, troublé seulement par des bruits sourds, craquement de branches sèches, glaçons se fondant en gouttes d'eau sous la chaleur du jour, tout l'immense grouillement des infiniment petits, que l'hiver a mis sous terre et qui vivent dessous en attendant de pouvoir monter dessus. Ces bruits, dans ce ciel froid et clair, ont des sonorités mystérieuses et accusent la sensibilité de l'écho. Les pelouses

12.

sont fanées et flétries; mais la séve chante, en
montant dans leurs racines fragiles. Comme on a
raison de dire que l'hiver c'est le sommeil de la nature et non la mort! En quittant le parc, au delà de
la grande rue de Ville-d'Avray, nous entrons dans
les bois. Ils ont des splendeurs magiques. La nature est triste, mais sa mélancolie ne prévaut pas
contre la joie de nos âmes confiantes. Les rameaux
qui s'inclinent sur les sentiers ont perdu leur parure
verte, et, cependant, ils semblent déjà tout ensoleillés des amours qu'ils abriteront encore dans les
nids blottis sous leur feuillage. Ah! l'exquise pro-
menade! Qu'il fait bon vivre! Qui parle de madame
d'Athol? Quel démon malin est venu faire entendre
à mes oreilles le nom de la sirène? Il en sera pour
ses frais. Il s'agit bien d'elle, vraiment! Celle que
j'aime, la seule que j'aime, elle est là, se pressant
sur mon cœur, s'appuyant sur mon bras, partageant les émotions que je ressens, et heureuse de
goûter avec moi le charme indicible de cette
journée au grand air pur, dans la solitude des
champs.

Sylvia manifestait librement le plaisir qu'elle
prenait. Comme la plupart des Parisiennes à qui la
fortune n'a pas prodigué ses faveurs, elle sortait
rarement de la ville. Elle m'avoua qu'elle voyait

pour la première fois la campagne en hiver. Elle était heureuse; elle se sentait vivre d'une vie nouvelle, inconnue. Si je lui avais proposé d'abandonner Paris pour toujours, afin de rester auprès de moi, dans quelque coin perdu, semblable à cette forêt silencieuse et déserte, je crois bien qu'elle aurait accepté ma proposition avec enthousiasme.

— Je voudrais une maisonnette cachée comme celle-ci, me disait-elle en me désignant le pavillon des gardes, qui étalait au soleil ses murs en brique et sa toiture ardoisée. Là, j'aurais des poules, des vaches, un verger, un potager. Seulement, dans ce cadre nouveau, vous ne m'aimeriez peut-être plus, car, enfin, m'auriez-vous aimée, si vous ne m'aviez vue d'abord dans un décor de carton, et si je ne vous étais apparue alors comme une déesse de théâtre, c'est-à-dire comme une pauvre fille, facile à se laisser séduire, et dont l'amour ne mettrait dans votre existence aucun embarras, aucun remords?

— Je vous aurais aimée partout, Sylvia, reine, bourgeoise ou fermière. Quels qu'aient été d'ailleurs mes sentiments quand je vous ai connue, qu'importe! puisque vous m'avez attachée à vous pour toujours.

Elle se serra contre moi en souriant, et, sous sa
voilette blanche, ses yeux jetèrent dans les miens un
rayon de feu qui me pénétra de toutes parts. Si son
regard voulait dire qu'elle était enfin convaincue de
ma tendresse, il signifiait aussi que mon bonheur
n'était pas loin.

Cependant nous avions longtemps marché, nous
arrêtant parfois au bord d'un ruisseau gelé ou au
seuil d'une hutte abandonnée, cueillant au passage
une pousse de pâle bruyère, demeurée debout on
ne sait comment ; gravissant les côtes, explorant les
sentiers mystérieux, franchissant les plateaux, descendant au fond des ravins, sous les arbres, dont
les troncs, pressés et rangés comme des tuyaux
d'orgue, mettaient, sur la teinte indécise de ce
paysage d'hiver, la fauve couleur de leur écorce,
dorée, du côté du couchant, par les derniers rayons
du soleil. Le soir allongeait ses ombres. Le jour
fuyait devant lui, non dans le désordre d'une défaite
honteuse, mais avec la calme régularité qui guide
ses mouvements et qui semble n'être autre chose
que la manifestation d'un orgueil satisfait par la
grandeur et la parfaite beauté de la tâche accomplie. La mélancolie des ténèbres nous envahissait
peu à peu. Je cherchais à découvrir la route de
Ville-d'Avray, de laquelle nous nous étions éloignés

peu à peu. Cette recherche absorbait mon attention. Je ne parlais pas. Sylvia se taisait aussi. Mais,
dans ce silence de nos bouches, nos cœurs chan
taient l'amour. Jamais nous ne nous étions plus
aimés.

— Sommes-nous égarés? me demanda tout à
coup Sylvia, dans un éclat de rire qui réveilla
l'écho. Dites-moi la vérité, Daniel; j'aurai du
courage.

— Nous allons nous retrouver, mon amie, répondis-je; mais j'aime mieux vous dire tout de suite
que je ne suis plus sûr du chemin.

— Cherchons-le ensemble. Par où sommes-nous
entrés dans ce sentier?

Et nous voilà arrêtés au milieu de la route, dont
les extrémités se perdaient dans le noir.

— Je vais faire comme le Petit-Poucet, repris-je
alors, essayant de dissimuler l'inquiétude dont je
me sentais pris, en pensant que j'avais exposé Sylvia à une fatigue extrême. Je vais grimper sur un
arbre...

— Grimper sur un arbre! Oh! je m'y oppose,
c'est trop dangereux à cette heure. D'ailleurs,
il n'est pas nécessaire de monter à la cime d'un
peuplier pour découvrir une lumière. En voici une
qui vient de poindre dans la nuit, là, devant nous.

— Sauvés! m'écriai-je. En route, maintenant!

Tout heureux d'avoir échappé à ce petit péril, nous marchions joyeusement vers la lueur tremblante sans trop savoir, d'ailleurs, en quel lieu elle allait nous conduire. Tout à coup, nous débouchâmes au bord de l'eau. Je me reconnus. Nous étions aux étangs de Ville-d'Avray. On sait qu'il existe un restaurant en cet endroit. Il était enveloppé de silence, et ses tables rustiques, encombrées les soirs d'été, d'une foule bruyante, restaient vides. Il était à craindre qu'on ne pût nous y servir qu'un maigre repas. Mais il était trop tard pour rentrer dîner à Paris, et Silvia avait fait vœu de manger au cabaret. Nous entrâmes dans celui-ci, timidement, prêts à demander pardon pour l'étrange fantaisie qui nous poussait là dans cette saison. Mais, au contraire de nos craintes, nous fûmes reçus ainsi que tout aubergiste intelligent doit recevoir des amoureux qui représentent l'appétit aux dents et la bourse bien garnie. En un tour de main, nous fûmes servis dans une vaste chambre, devant une flambée de fagots, et nous mangeâmes à belles dents.

Alors, je ne sais ce qui se passa en moi. Est-ce ce long tête-à-tête avec Sylvia qui m'avait affolé? Je n'ose répondre. Mais je dois dire que je sentis toutes nos bonnes résolutions s'ébranler, et que, devant les beaux yeux dont l'éclat m'avait grisé plus sûrement que le vin, je devins à la fois faible et terrible, faible pour résister à ma passion, terrible pour exiger qu'elle eût enfin sa pâture. La promesse que j'avais faite à Sylvia d'attendre qu'elle se donnât librement, cette promesse, je ne voulais plus la tenir. L'excès de mon désir m'avait poussé à bout. Je m'agenouillai, et, d'une voix altérée par l'émotion, je demandai à ma platonique maîtresse de me prouver son amour et d'abréger ma peine. N'avais-je pas assez attendu? N'avais-je pas le droit de vouloir? Ce droit, ne l'avais-je pas acheté par ma soumission même? Elle vit bien que, cette fois, elle n'obtiendrait pas facilement de ma docilité ce que, jusqu'à ce jour, j'avais accordé à sa prière. Aussi, repoussant doucement la chaise sur laquelle elle était assise, elle s'éloigna, échappant à mes bras qui avaient voulu la saisir, et se trouva debout, tandis que j'étais à ses pieds.

— Chère Sylvia, lui dis-je alors, ayez pitié de votre amant. Voici deux mois que je vis près de vous dans l'attente d'un bonheur qui se dérobe sans cesse, craignant de vous déplaire si je le sollicite, malheureux de ne pas le connaître et hors d'état d'en vivre privé plus longtemps.

Elle me regarda sans répondre, et, sur ses traits, la tristesse succéda à l'enjouement. Je repris :

— Vous m'avez dit que vous vous donneriez, quand vous m'aimeriez. En pensant que vous m'aimez maintenant, en pensant que j'ai conquis votre tendresse, me suis-je trompé ?

— Non, Daniel; non, vous ne vous êtes pas trompé. Je vous aime, oh ! oui, fit-elle d'un accent indicible, je crois que je vous aime.

— Mais, alors ! m'écriai-je ébloui.

— Eh bien, oui, murmura-t-elle, défaillante, je vois bien qu'il faudra faire ce que vous souhaitez !

Un cri de joie s'échappa de mes lèvres. Je me levai, je courus à elle, je l'enlaçai dans un transport fou, cherchant ses lèvres. Mais elle s'arracha de mes bras, et, fuyant à l'autre extrémité de la chambre, elle supplia, terrifiée.

— Pas ici, par pitié, Daniel! Oh! non, pas ici!

Et, de ses mains tremblantes, elle couvrit ses yeux pour me cacher ses larmes, que je vis briller sur ses doigts. Je tombai assis devant la table, et je regardai Sylvia, honteux de ce que je venais de dire et de faire.

— Pardonnez-moi, Sylvia.

— Oh! loin de moi la pensée de vous en vouloir, Daniel! Non, mon ami, je ne vous en veux pas. J'avais rêvé l'impossible, un amour idéal qui m'aurait préservée de toute chute vulgaire! Cela ne se pouvait pas; il y a maintenant trop d'amour entre nous. Il faut se laisser emporter dans cette fièvre de nos sens et de nos cœurs. Je suis prête à vous donner le seul bien dont je dispose : moi-même, et à vous le donner tout entier. Ne vous étonnez pas de mes hésitations, de mes résistances, de mes révoltes. Vous les trouveriez chez toute honnête fille que vous solliciteriez d'être à vous, et malgré le milieu où vous m'avez rencontrée, je suis une honnête fille. Mais je vous aime tendrement et je n'aurai plus maintenant le courage de vous faire souffrir. Je vous promets donc d'être à vous, avant trois jours, où? quand? ne le demandez pas.

Elle s'arrêta, me laissant bouleversé, éperdu, partagé entre mon égoïsme, qui réclamait impérieusement une satisfaction, et un remords que je ne saurais définir et qui me représentait comme une mauvaise action l'obsession dont j'avais enveloppé cette enfant candide et pure. Une noble pensée dont je lui avais déjà fait part, on s'en souvient peut-être, se présenta de nouveau à mon esprit.

1.   13

— Soyez ma femme! dis-je à Sylvia.

— Ne me le demandez plus, Daniel; vous ne pouvez me le demander sans m'affliger, puisque c'est impossible.

— Impossible! Pourquoi?

— Une fille comme moi n'épouse pas le comte de Kerfons. Il me semble que si je devenais votre femme, toutes vos aïeules se ligueraient pour me fermer l'entrée de votre château. Non, non, je ne veux mettre dans votre vie ni regret ni douleur.

— Mais n'êtes-vous pas la plus chaste des créatures?

— Qui oserait le dire à tous ceux qui vous blâmeraient de vous mésallier?

— Qui oserait? Moi, votre mari!

— On rirait, puisque depuis deux mois tout le monde me croit votre maîtresse.

J'allais répondre. Mais elle posa sa main sur ma bouche.

— Assez, mon ami, je suis heureuse de votre tendresse. Laissez-moi la goûter telle que vous me l'avez d'abord offerte, en demandant la mienne; mais, par grâce, ne me tentez pas, en faisant briller à mes yeux ce rêve irréalisable d'un mariage entre nous. N'en demandons pas tant à la destinée.

Jouissons de ce qu'elle met à la portée de notre main, et ne la contraignons point, pour obtenir d'elle ce qu'elle ne contient pas. Maintenant, mon cher aimé, soyez patient, soyez doux, ayez confiance, et partons.

La voiture nous ramena à Paris en moins d'une heure. Ce retour fut silencieux. Pendant la durée du trajet, je gardai dans mes mains celles de Sylvia, et sa tête resta appuyée sur mon épaule. De temps en temps, mes lèvres se posaient contre son front brûlant. Elle soupirait doucement, et c'était tout. Certes, je l'aimais plus que ma vie. Je me disais que, à défaut de Christine, nulle autre femme ne pourrait, comme Sylvia, assurer mon bonheur à venir, et de plus en plus j'étais poursuivi par la pensée d'un mariage qui me semblait moins impossible qu'à elle, puisque j'étais seul au monde et libre. Quand nous arrivâmes au seuil de sa demeure, je voulus entrer. Elle m'en empêcha.

— Séparons-nous, me dit-elle simplement.

Je crus qu'elle redoutait de prolonger cette soirée fiévreuse. Je me montrai docile.

— A bientôt, ajouta-t-elle encore, au moment où je fermai la porte cochère, après qu'elle l'eut franchie.

Ce fut tout. Je restai seul, debout sur le trottoir de l'avenue, indécis, attristé, irrité de ma condescendance, dépité de mon impuissance à émouvoir Sylvia. Puis, je me mis à marcher sans but devant moi. Il était dix heures. Je songeai tout à coup qu'à ce même moment madame d'Athol m'attendait.

— Je n'irai pas! m'écriai-je, cédant à un premier mouvement. Je ne peux plus douter maintenant de l'amour de Sylvia. Elle m'en a fait l'aveu, et cet aveu m'a engagé envers elle irrévocablement. Je ne suis plus libre. Toute infidélité serait odieuse.

C'est sans arrière-pensée que je pris cette résolution. Mais quel être étrange est donc l'homme? Je n'avais pas fait cinquante pas que cette résolution faiblissait. La tentation était aussi par trop puissante. Dans une vision rapide, Clarisse d'Athol m'apparaissait, provocante et tendre à la fois, armée de sa séduction irrésistible; elle m'appelait. Avais-je le droit de rester sourd à son appel? Que penserait-elle, si j'affectais de la fuir? D'ailleurs, ce péril contre lequel je me débattais, n'était-il pas de toutes les heures? A quoi me servirait de l'éviter ce soir-là? N'y serais-je pas exposé de nouveau le lendemain? Questions insidieuses qui troublaient

ma conscience et avivaient mon imagination surex-
citée par les émotions de cette journée. Je luttai
longtemps, en marchant, passant en quelques
instants d'une décision à une autre. Je me trouvai
tout à coup devant la grille de ma maison. J'étais
arrivé jusque-là sans m'en apercevoir. Quand je me
trouvai dans mon jardin, je me dirigeai machinale-
ment vers le treillage qui le séparait de celui de
l'hôtel d'Athol. Dans l'obscurité, je cherchai la petite porte. Je la poussai. Elle céda à une simple
pression. Je pensai que madame Athol l'avait ouverte elle-même, afin de mieux me faire comprendre qu'elle m'attendait.

— C'était écrit, pensai-je.

Je pénétrai dans son jardin, me dirigeant vers
le côté de la maison qui accédait au boudoir dans
lequel elle m'avait reçu la veille. Mais, contre la
porte vitrée, les persiennes étaient closes. Je levai
les yeux; l'obscurité régnait de toutes parts, comme
le silence.

— Ai-je mal lu sa lettre? Me suis-je trompé? Ne
m'attendait-elle pas?

Et m'adressant ces questions, je gravis les degrés
du perron. Ma main heurta légèrement les persiennes. Mais personne ne répondit.

— Décidément, elle m'a oublié, me dis-je.

Je revins dans la direction de ma demeure.
J'étais devant le treillage, quand tout à coup une
ombre se dressa devant moi brusquement. C'était
une femme. Elle venait à ma rencontre; mais elle
ne s'attendait pas à me voir. L'effroi que lui causa
la soudaineté de mon apparition fut si vif, qu'elle
ne put retenir un cri. J'aurais bien voulu fuir,
mais c'était trop tard. Afin d'empêcher qu'elle ne
me prît pour un voleur et appelât du secours, je
saisis sa main, en disant :

— Qui êtes-vous? Où allez-vous?

— Ne me reconnaissez-vous pas, monsieur de
Kerfons? répondit une voix tremblante.

C'était madame d'Athol.

— Vous, madame! repris-je sans abandonner la
main que je tenais dans les miennes, et qui cherchait à se dégager de mon étreinte.

— Parlez doucement, monsieur, je vous en
supplie, on pourrait nous entendre. Vous m'avez
fait une terrible peur. Mais comment êtes-vous
là?

— Vous m'avez autorisé à vous venir voir. J'ai
eu le regret de trouver la porte close. J'ai pensé
que vous aviez changé d'avis et que j'avais cessé de
vous plaire. On vous dit capricieuse. Oh! je ne vous

garderai pas rancune. Je n'ai pas la prétention de compter dans votre vie.

— Mais je n'ai pas changé d'avis, fit-elle vivement. Je vous ai attendu chez moi. Lassée de vous attendre, je suis venue jusqu'à votre maison, afin de savoir si vous étiez rentré.

Elle prononça ces mots timidement, comme si cet aveu, qui la faisait si brusquement mienne, eût coûté à sa fierté. Je portai ses mains à mes lèvres, et je les embrassai, en murmurant :

— Pardon! pardon! oh! vous me rendez bien heureux.

Je m'aperçus alors que ses mains étaient brûlantes, fiévreuses. Je n'en fus pas surpris. La situation dans laquelle elle se trouvait était de celles qui donnent la peur aux femmes. Cependant, sans lui laisser le temps de me répondre, je l'entraînai du côté de mon pavillon. Elle résistait, mais faiblement.

— Je suis perdue! fit-elle.

— Perdue! pourquoi perdue? Est-ce la passion que vous avez déchaînée qui vous arrache ce cri de détresse? Que redoutez-vous? Que pouvez-vous redouter? Chez moi, nous serons plus en sûreté que chez vous; vous n'y courez aucun danger. Vous y serez reine et maîtresse tout autant que si vous étiez dans votre salon.

— Mais si vos gens me voient!...

— Mes gens dorment. Je vous jure sur ma vie que vous ne pouvez être compromise.

Nous étions dans l'antichambre. A la clarté de la veilleuse allumée pour la nuit, nous montâmes en hâte les degrés de l'escalier dont le tapis étouffait le bruit de nos pas. Nous entrâmes dans le cabinet de travail qui précédait ma chambre à coucher. Comme tous les soirs, une lampe sur une table, un feu clair dans la cheminée m'attendaient. Je fermai la porte derrière nous.

— Voilà le péril conjuré, madame.

Elle se jeta dans un fauteuil, plongea sa tête dans ses mains, et me dit :

— Oh! monsieur, monsieur, qu'avez-vous fait?

Je me tenais en garde contre tout mensonge. L'espèce de violence que je venais de lui imposer pour l'entraîner dans mon appartement prouvait que j'étais sous l'influence des conseils que Jacques de Chanzay m'avait donnés, en me parlant d'elle. Jamais, avec Sylvia, pas plus qu'avec aucune autre femme sérieusement aimée, je n'aurais osé ce que je venais d'oser. Je n'aimais pas madame d'Athol, et mes sens révoltés m'avaient donné seuls l'étrange courage dont je raconte les conséquences. Aussi, quand j'entendis le reproche échappé de ses lèvres, je crus qu'elle allait jouer avec moi la comédie jouée sans doute déjà avec d'autres. Je voulus lui montrer que je ne serais pas sa dupe et je relevai ses paroles.

— Ce que j'ai fait, madame ! mais ce que tout homme épris aurait fait à ma place, ce que vous avez désiré me voir faire, puisque vous étiez a ma recherche.

Elle se leva brusquement, comme si je l'eusse frappée ; son visage pâle, ses yeux sombres et éclatants exprimèrent l'indignation, mais ce fut rapide comme un éclair ; elle s'assit de nouveau, ses bras se détendirent au long de son corps affaissé, son regard s'abaissa vers la terre, et elle répondit :

— Vous vous trompez, monsieur, je n'ai pas souhaité d'être conduite ici par vous, comme une fille dont vous auriez acheté les faveurs, et sur lequelle vous auriez des droits. Mais je ne peux blâmer votre erreur ; je l'ai favorisée par mon imprudence.

Cette fois, je fus ému. Je n'avais pas, comme Jacques de Chanzay, un cœur cuirassé de scepticisme, inaccessible à toute pitié, et la vue de cette pauvre femme brisée par l'humiliation me fit mal.

13.

— Jacques croyait la connaître, pensai-je. Il ne la connaît pas, et ce qu'il m'a raconté d'elle est faux. Est-ce là cette femme orgueilleuse, sensuelle, insatiable, qui provoque les hommes qu'elle a distingués, et fait d'eux ses esclaves? Mais c'est elle qui est l'esclave, en ce moment. Elle est terrifiée. Je voulus la rassurer. Je me mis à ses pieds et je murmurai :

— N'ayez nulle crainte, je vous en prie. Mon respect pour vous est égal à ma passion. Ce n'est pas pour que vous ayez peur que je vous ai conduite ici.

Espéra-t-elle, entendant ce langage, ressaisir sa domination? Je le crus, et c'est l'étrangeté du regard qu'elle fixa sur moi tout à coup qui me le fit croire. La défiance me revint. Je voulais être bon; je ne voulais pas être dupe. En même temps, mes yeux furent attirés par son costume, auquel je n'avais encore donné aucune attention. Elle portait une robe noire, en soie, sans ornements, dont les bords attestaient qu'ils avaient traîné sur le pavé des rues, dans la poussière; sur ses épaules était jeté un manteau de drap gris, trop modeste pour une femme élégante comme elle. Son chapeau méritait la même critique. Enfin, ses cheveux en désordre achevaient de trahir, sans me le livrer, le secret qu'elle voulait

me taire, j'en étais maintenant convaincu. Ce n'est
point dans une tenue pareille qu'une grande dame
passe la soirée chez elle et attend un visiteur, qu'il
soit un ami ou qu'il soit un amant. Je devinai
qu'elle m'avait trompé. Quand je l'avais rencontrée, elle rentrait. Pourquoi, au lieu de passer par
la grille de son hôtel, avait-elle passé par la grille
du mien, si ce n'est pour se soustraire à la surveillance de ses gens? Pourquoi avait-elle voulu s'y
soustraire? Une fois sur une pareille pente, l'esprit
va loin. De déductions en déductions, le mien acquit
la certitude que madame d'Athol s'était jouée de
moi. Je résolus de la contraindre à me l'avouer. Je
me demandais comment j'allais m'y prendre, quand,
répondant aux paroles douces et suppliantes que
je venais de prononcer pour la rassurer, elle
me dit :

— Je ne vous accuse pas. Vous avez pu vous mé-
prendre à mon attitude, à mon langage ; j'ai été
légère, inconséquente. Mais je vous remercie de ne
pas vouloir en abuser. Le langage que vous venez
de tenir est d'un homme délicat. Je ne l'oublierai
pas : cela vous sera compté, soyez – en sûr, et,
puisque vous voulez dissiper mes craintes, faites
la seule chose qui les puisse apaiser : ramenez-
moi...

Je me relevai furieux. C'était trop longtemps me prendre pour un sot.

— Il m'est impossible de vous obéir, madame, dis-je froidement. Vous ne sortirez pas.

Elle se souleva, les bras tendus, sur le fauteuil.

— Je ne sortirai pas ! Devenez-vous fou ?

— J'ai toute ma raison, et si je suis devenu fou, c'est par amour, par amour pour vous.

— Allons donc ! je suis curieuse de savoir comment vous vous y prendrez pour me le faire croire.

— Vous le verrez, madame, car vous êtes prisonnière, et vous n'aurez votre liberté qu'après avoir payé une rançon.

Elle haussa les épaules ; une moue railleuse modifia l'expression de son visage. Son manteau, glissant le long de sa taille, tomba sur le tapis. Elle marchait dans la chambre fiévreusement. Je m'avançai vers elle, et, l'obligeant d'abord à s'arrêter, puis à reculer, je lui parlai à demi-voix, irrité, fougueux, incapable d'entendre raison.

— Pourquoi m'avez-vous donné ce rendez-vous ? Pourquoi m'avez-vous écrit hier ? Qui vous obligeait à m'écrire ? Vous avez voulu troubler ma vie. C'est vous qui m'avez montré la route que je devais suivre pour vous rejoindre secrètement. Tout à l'heure, vous rôdiez autour de ma demeure, et vous n'avez pas craint de me l'avouer. Vous vous êtes efforcée de donner à cette entrevue le mystère qui entoure l'amour. Vous avez, en un mot, tout fait pour me provoquer. Et maintenant que j'ai la tête perdue, vous pensez que je vais vous laisser partir ! Ce serait trop bête, et vous ririez de moi.

— Monsieur de Kerfons, revenez à vous !

— Madame, je vous aime.

— Vous mentez, vous n'avez même pas fait attention au peu que j'ai tenté pour vous plaire.

— Vous me calomniez. Je vous aime, et vous m'écouterez.

Elle vit clairement qu'elle n'obtiendrait rien de ma pitié. Elle se mit alors à fuir autour de la salle, poussant les siéges entre nous, secouant les poignées des portes que j'avais fermées à clef. Dans sa fuite, son chapeau roula sur ses épaules, ne tenant plus que par un ruban engagé dans son corsage, et couvert par ses cheveux, dont les ondes noires se déroulèrent sur son dos. Ce spectacle étrange m'excitait. Je n'entendais plus ni ses supplications, ni ses plaintes, ni ses menaces. Tout à coup, je la vis saisir le cordon d'une sonnette. Je le lui arrachai des mains, avant qu'elle l'eût agité.

— Si vous appelez, lui dis-je, on viendra. Est-ce ce que vous voulez? Je vous jure que je vous traiterai devant mes gens de façon à leur laisser croire que vous êtes ma maîtresse et à vous compromettre à jamais.

Cette déclaration la cloua immobile à la place où elle s'était arrêtée. Elle passa les mains dans ses cheveux qui tombaient sur son visage, et me dit en essayant de railler :

— C'est inutilement que vous devenez tragique, monsieur de Kerfons. Je ne vous aime pas. J'en aime un autre.

— Il fallait vous en souvenir hier.

— Écoutez-moi et tâchez de me comprendre. J'ai un amant. Quand tout à l'heure je vous ai rencontré et vous ai dit que c'est vous que je cherchais, j'ai menti. Je venais de quitter l'autre, après avoir passé plusieurs heures avec lui, loin d'ici, dans une maison isolée qui est le lieu de nos rendez-vous. J'étais auprès de lui, tandis que mes domestiques me croyaient enfermée chez moi, souffrante. J'ai traversé votre jardin, afin de rentrer sans être surprise par eux. Lorsque vous avez paru, je ne songeais guère à vous. Je ne songeais qu'à l'être adoré de qui je venais de me séparer, qui n'est pas de mon monde, qui m'aime sans

savoir qui je suis et ne le saura jamais; car,
pour laisser à notre liaison son mystère, je me
suis condamnée à n'aller jamais ni au théâtre ni
au bois, les seuls lieux où il pourrait me voir
et demander mon nom. Il m'avait appelé ce matin, et son appel m'avait bouleversée au point de
me faire oublier la lettre que je vous ai écrite.
Voilà ce que j'aurais pu vous dire. J'ai trouvé plus
simple de m'en tirer par un mensonge. Mais il faut
cependant en finir avec ces folies; j'aime mieux
que vous connaissiez la vérité. Me laisserez-vous
partir maintenant?

— Non. Je ne vous crois pas.

— Quel serment vous faut-il?

— Aucun serment ne pourrait expliquer pourquoi étant éprise, comme vous le dites, de ce mystérieux personnage, vous avez voulu me rendre
amoureux. Un seul amant ne vous suffisait-il pas?

— L'explication que vous demandez vous irritera, je le crains; mais vous me contraignez à
vous la fournir. J'ai voulu vous rendre amoureux,
avec l'espoir que l'éclat de votre passion donnerait
le change à ceux qui me surveillent en l'absence de
mon mari, et les tromperait. Si vous aviez passé
pour mon amant, leur espionnage aurait fait fausse
route.

— On vous espionne donc?

— La famille de mon mari m'a toujours détestée.

— Et vous vouliez la lancer à mes trousses! m'écriai-je ironiquement. C'est très-habile, cela. J'aurais été le chandelier! Mais comptiez-vous ne jamais payer mes services?

— Je ne vous comprends pas.

— Je veux dire, madame, que je ne suis pas dupe de vos contes, et que j'aurai de vous ce que j'exige. Il est impossible qu'en me destinant un rôle ridicule, vous n'ayez pas prévu les conséquences qu'il pouvait avoir... pour vous.

Je lui parlais en maître, surpris moi-même de ma fermeté et des accents qui tombaient de mes lèvres, tandis que peu à peu elle perdait son courage, vaincue par la fatigue et peut-être aussi par la violence des sentiments qu'elle avait déchaînés. Elle essaya cependant encore de m'arrêter.

— Je n'ai pas menti. Je viens de quitter mon amant. Mes lèvres sont encore chaudes de ses baisers, ajouta-t-elle, d'un ton de défi.

Cette fois, je ne répondis pas. Je m'élançai vers elle, mes bras l'étreignirent de toute la force d'une passion impérieuse.

— Ah! je ne peux plus! murmura-t-elle alors, en s'abandonnant.

Je sentis sa taille se plier sur mon bras et sa tête rouler sur mon épaule. Ma bouche ferma la sienne.

— Ah! tu le vois bien, méchante amie, tu m'aimes, m'écriai-je. Sois heureuse, car moi je t'adore.

A ce mensonge impie, un long gémissement répondit, gémissement étrange, effrayant, venant de ma chambre, et auquel succéda presque aussitôt un bruit sourd, semblable à la chute d'un corps sur le plancher. Je tressaillis. Clarisse fit un bond et se trouva loin de moi, appuyée contre le mur, me regardant toute pâle.

Enfin, tendant le bras dans la direction d'où le bruit était venu, elle me dit tremblante :

— On nous a épiés. Quelqu'un était là !

Je me précipitai dans ma chambre. Je soulevai la portière qui la séparait de la pièce où s'était passée la scène que j'ai racontée, et je poussai un cri déchirant. Sur le seuil que j'allais franchir, Sylvia était étendue, inanimée.

— Sylvia, ma chère Sylvia !

Elle ne répondit pas à mon appel. La prenant dans mes bras, je la transportai, toujours immobile, dans mon cabinet. Je la couchai sur le divan et je m'efforçai de la rappeler à la vie. Par-dessus mon épaule, madame d'Athol regardait, frémissant de colère, le visage de sa rivale.

— Votre maîtresse était cachée là, monsieur, elle nous a entendus! Vous avec donc juré de me perdre! Votre conduite est infâme!

— Madame, j'ignorais...

Elle ne m'entendait plus. Elle s'était approchée de la porte qui accédait à l'escalier et tâchait de sortir. Mais cette porte restait fermée.

— Ouvrez, monsieur, ouvrez, fit-elle, violente et hautaine.

J'obéis. A vrai dire, je ne savais trop ce que je faisais. Je n'avais de sollicitude que pour Sylvia. Je me demandais comment et par quel hasard je la trouvais à l'improviste chez moi, moins de deux heures après l'avoir quittée. Qu'y venait-elle faire? Qui l'avait introduite dans ma chambre? Je sonnai violemment pour avoir du secours. Mon valet de chambre accourut :

— Donnez l'ordre d'aller chercher un médecin, lui dis-je, et revenez me parler.

Quand il eut obéi, je lui dis :

— Saviez-vous que mademoiselle était dans ma chambre?

— Je le savais, puisque c'est moi qui lui en ai ouvert la porte.

— Dans quel but? Comment cela s'est-il fait?

— Mademoiselle Sylvia est arrivée ici au moment
où j'allais me coucher, conformément aux ordres de
monsieur le comte, qui ne veut pas qu'on l'attende
après onze heures. Elle a demandé si monsieur le
comte était rentré, et sur ma réponse négative, elle
a dit qu'elle resterait jusqu'à son retour. « Condui-
sez-moi dans sa chambre, a-t-elle ajouté, c'est là
que je resterai, jusqu'au matin s'il le faut. Puis allez
dormir, je ne veux pas qu'on veille. Je ne veux pas
surtout qu'on avertisse M. de Kerfons de ma présence. C'est une surprise que je lui prépare. » Je
n'ai pas cru devoir refuser, en l'absence de monsieur le comte, l'exécution des ordres de mademoiselle.

— Vous avez bien fait, lui dis-je, bouleversé par
son récit.

Je me rappelai, en même temps, que deux jours
auparavant, dans un élan de confiance et de tendresse, Sylvia m'avait dit que le jour où elle voudrait être à moi, c'est dans ma maison qu'elle
viendrait me trouver, afin d'y fixer inoubliablement
son souvenir. C'est cette promesse qu'elle avait
sans nul doute accomplie ce soir-là. Elle était venue,
afin de donner une récompense à mon amour dont
l'éloquence l'avait touchée pendant notre prome-
nade. C'est bien une surprise qu'elle voulait me

faire. Chère créature, de quel triste spectacle j'avais payé ses sentiments!

Je m'agenouillai devant elle, en murmurant une prière par laquelle je la suppliais d'oublier ce qu'elle avait vu. Mais ma parole n'arrivait pas jusqu'à son cœur; car, toujours privée de connaissance, elle ne pouvait l'entendre. Vainement, je lui faisais respirer des sels; vainement, je mouillais d'eau fraîche ses mains et ses tempes, elle restait inanimée.

Enfin le médecin arriva. Je lui expliquai que cette jeune personne venait de subir une émotion violente et cruelle. Il la regarda, parvint à la ranimer et me rassura, en me disant que si l'intéressante malade était préservée de toute émotion nouvelle, en moins d'une heure, elle serait rétablie et en état de sortir.

Quand il se fut retiré, je congédiai mon valet de chambre et je restai seul avec Sylvia. Maintenant ses yeux étaient ouverts, et quoiqu'elle ne m'eût pas encore adressé la parole, je voyais bien qu'elle était en état de me comprendre et de répondre.

— Vous sentez-vous mieux? lui demandai-je.

Elle fit un signe affirmatif, puis elle dit :

— Il y avait là une femme, n'est-ce pas? une femme qui vous résistait et à qui vous avez dit que vous l'adoriez?

— Sylvia, par pitié, ne rappelez pas cet affreux
-souvenir.

— Affreux, en effet. Il est là dans ma mémoire ;
il y sera toujours. Je ne pourrai jamais l'oublier,
et moi, qui venais pour...

Un flot de larmes s'échappa de ses yeux. J'en eus
le cœur tout déchiré. Mais que pouvais-je, si ce
n'est implorer le pardon ? C'est ce que je ne cessais
de faire. Elle ne me répondait pas et pleurait toujours. De temps en temps, je l'entendais murmurer :

— Mon bonheur ! mon pauvre bonheur !

Je voulus la prendre entre mes bras. Elle me re-
poussa en disant :

— Laissez-moi ! laissez-moi ! Vous juriez à l'autre
que vous l'aimiez !

— J'ai menti, Sylvia, j'ai menti.

— Mais si, dans le mensonge, vous déployez autant d'éloquence que lorsque vous affirmez la vérité,
à quel moment faut-il vous croire ?

Alors, désireux de l'apaiser, je me mis à lui parler
avec une fiévreuse volubilité, en protestant de ma
tendresse. Je lui dis que je n'aimais qu'elle, que je
n'avais jamais aimé l'autre ; que si j'avais été faible
devant une tentation née inopinément et rencontrée, en quelque sorte, sur ma route, c'est que l'état

d'exaltation continuelle où je vivais par suite de ses refus et du rôle platonique auquel elle me condamnait m'avait rendu fou.

— C'est donc moi qui suis coupable! s'écria-t-elle, en m'interrompant. C'est donc moi! ce n'est pas vous!

Je répliquai que ce n'était pas ce que j'avais voulu dire, qu'elle me comprenait mal, que je ne méritais pas son courroux, et que je la suppliais d'oublier.

— Oublier! N'y comptez pas! Jamais.

J'eus assez de raison pour deviner qu'il ne fallait pas insister en ce moment, et comme je croyais qu'elle serait soulagée, après avoir épuisé les reproches, je m'arrêtai au parti de la laisser m'accuser, et de ne pas me défendre. Mais, à ma très-grande surprise, dès que j'eus cessé de parler, elle se tut; elle parut s'assoupir, et pendant plus d'une heure il ne sortit plus de ses lèvres une parole. Tout à coup, elle se redressa, jeta à ses pieds les fourrures que j'avais étendues sur elle, et se mettant debout :

— Je veux partir, me dit-elle.

— Partir, dans l'état d'accablement où vous êtes!

— Je veux sortir d'ici, rentrer chez moi.

Je ne tentai pas de lui résister.

— Je vais faire atteler pour vous reconduire.

— Je vous le défends. Il est inutile que toute votre maison apprenne ce matin qu'une femme vous a quitté au milieu de la nuit, et que cette femme, c'était moi. J'irai à pied.

Il fallut obéir. Nous sortîmes ensemble. Je lui offris mon bras. Elle le refusa et se mit à marcher d'un pas rapide, gardant jusqu'à sa demeure un silence rigoureux. Là, seulement, elle me dit :

— Je vous remercie.

Et, sans me donner le temps de lui répondre ni de la supplier de nouveau, elle ferma brusquement la porte cochère, qui s'était ouverte pour la laisser entrer, cette porte devant laquelle, quelques heures auparavant, elle m'avait tenu le langage le plus tendre et le mieux fait pour ranimer mes espérances, maintenant détruites.

Le lendemain, à mon réveil, je cherchai quelle conduite je devais tenir pour faire oublier à Sylvia la triste scène dont ma mauvaise étoile l'avait rendue témoin et pour obtenir qu'elle pardonnât. Mais les ressources de mon esprit ne purent me fournir le moyen de me justifier. Allez donc faire comprendre à une honnête fille comme elle les jeux et les caprices de nos passions ! Essayez de lui démon-

trer qu'on peut en même temps l'adorer et la
trahir! Je savais bien que, pour la rendre accessible
à de tels arguments, mon éloquence serait vaine, et
cependant ne devais-je pas tenter de lui persuader
que l'espèce d'ivresse surprise par elle n'avait pas
eu mon cœur pour complice? J'allai la trouver pour
plaider ma cause. Elle refusa de me recevoir. J'in-
sistai; elle me fit répondre qu'elle n'aurait ni la
force de me parler, ni celle de m'entendre, et qu'elle
me suppliait de ne pas chercher à arriver jusqu'à
elle. En attendant qu'il me fût permis de la voir, je
lui écrivis. Tout ce qu'un cœur ardemment épris
peut trouver d'accents tendres et de supplications
éloquentes pour faire partager ses sentiments à
celle qu'il veut convaincre, je le lui dis. Je lui rappelai les nombreuses preuves d'amour que je lui
avais données depuis deux mois, ma discrétion, ma
délicatesse. Je lui fis le tableau de la journée que
nous avions passée ensemble à Ville d'Avray, et qui
avait créé entre nous un lien encore plus puissant
que tous ceux qui existaient déjà, et je lui demandai
si tant de souvenirs exquis et charmants ne me dé-
fendraient pas devant elle et ne lui feraient pas
oublier une faute que j'expierais par toutes les pé-
nitences qu'elle voudrait m'imposer. « Soumettez
ma tendresse et ma patience à des épreuves nou-

velles, Sylvia, je ne me plaindrai pas, vous me trou-
verez docile comme par le passé. Mais ne me tenez
pas plus longtemps rigueur ; rendez-moi votre confiance et votre affection, car je serais bien malheureux si vous me priviez de l'une et de l'autre. » J'attendis avec une impatience qui se devine aisément
une réponse à cette lettre. Je ne la reçus que vers
le soir. La voici tout entière :

« Le ciel m'est témoin que j'ai fait depuis ce
matin d'héroïques efforts pour oublier l'horrible
événement de cette nuit. Ces efforts ont été vains.
Je me vois, je me verrai toujours, arrivant dans
votre maison, l'amour dans le cœur, la joie dans les
yeux, résolue, ainsi que je l'avais promis, à me sacrifier à votre bonheur, en me donnant tout entière, sans conditions, et vous surprenant aux pieds
de cette femme à qui vous répétiez avec passion les
propos que, quelques heures auparavant, vous me
teniez à moi-même. Ce spectacle, succédant à cette
journée radieuse, trop belle, hélas ! pour avoir un
lendemain, m'a brisée. Tandis que, terrifiée, j'écoutais, ou plutôt, j entendais, sans le vouloir, debout
derrière une porte, ces accents qui tombaient de
votre bouche pour séduire l'autre et qui me faisaient
si cruellement souffrir, je sentais mon cœur se détacher de vous. C'était comme un écroulement d'es-

pérances et d'illusions qui se serait fait au dedans de moi. Je crois bien que je pourrai vous pardonner, mais je suis sûre de ne pouvoir oublier. Entre vous et moi, je verrai toujours le sombre visage de cette femme provocante et hardie, qui ne semblait vous fuir que pour vous attirer plus sûrement et à qui vous avez donné le droit de croire qu'elle est aimée comme moi, plus que moi. J'ai décidé de ne pas vous revoir, Daniel ; cela vaut mieux pour nous deux. Un jour serait venu où je vous aurais lassé, où vous ne m'auriez plus regardée que comme un lourd fardeau, et, ce jour-là, je peux l'affirmer, maintenant que je vous connais bien, ce jour-là aurait été celui de mon châtiment.

« Séparons-nous donc. Je quitte ce luxe que je devais à vos bontés. J'y ai été heureuse et malheureuse à la fois, plus triste que gaie, cependant, car, partagée entre mon amour pour vous et le respect de moi-même, j'y ai versé bien des larmes que vous avez toujours ignorées, avant de me résoudre à céder à vos supplications.

« Ne cherchez pas à me retrouver, Daniel. Vos recherches seraient vaines. Résolue à ne pas vous revoir, je veux mettre entre nous l'espace et l'inconnu. Je quitte Paris. Au moment de me séparer de vous pour toujours, je sens combien je vous

aurais aimé, et je vous plains d'avoir perdu les trésors de tendresse que je vous gardais.

« Je ne vous en veux pas, cependant, et ce qui
m'empêche de vous en vouloir, c'est que j'ai compris qu'une fatalité pèse sur nous. Le milieu dans
lequel vous m'avez connue, les conditions dans
lesquelles nous nous sommes liés, ont laissé à
nos amours un caractère d'aventure passagère qui
excuse votre conduite. Si j'étais comme d'autres,
après une scène violente, j'aurais tout oublié.
Malheureusement, j'ai une nature jalouse autant
qu'elle est aimante. J'ai perdu toute foi dans l'avenir, toute confiance dans votre amour. Voilà pourquoi je veux m'éloigner de vous. Je pourrais vous
aimer encore, mais non sans souffrir, car le doute
est entré dans mon cœur.

« Adieu, Daniel. Je vous pardonne tout le mal
que vous m'avez fait en quelques heures, pour
toutes les joies que vous m'avez données pendant
les deux mois qu'auront duré nos amours. »

Cette lettre me rendit fou. Je l'eus à peine lue
que je courus chez Sylvia, avec l'espoir que je la
trouverais encore et que je serais assez habile et
assez fort pour la retenir. Quand elle me verrait
éperdu à ses pieds, lui offrant mon nom et ma fortune, car j'étais résolu à aller jusque-là pour prouver

la sincérité de mon amour, quand elle me verrait ainsi bouleversé par la peur de la perdre, elle n'oserait me tenir plus longtemps rigueur, ni se refuser à rester auprès de moi.

Mais, quand j'arrivai chez elle, à sept heures du soir, elle était déjà partie.

— Mademoiselle a beaucoup pleuré, me dit la femme de chambre; elle s'est levée vers midi, a touché à peine à son déjeuner, puis elle a demandé une malle et un sac de nuit que, par ses ordres, j'ai remplis des objets qu'elle m'a désignés. Tandis qu'elle me parlait, je voyais de grosses larmes dans ses yeux. Je me suis permis de lui demander la cause de ces larmes. Elle m'a répondu que madame Rinaldi était très-malade et qu'elle allait passer quelques jours auprès d'elle. J'ai encore interrogé mademoiselle pour savoir si je l'accompagnerais. « Non, m'a-t-elle répondu, si vous m'êtes nécessaire, je vous appellerai. En attendant, demeurez ici, aux ordres de monsieur. » Puis, on a chargé les bagages sur une voiture, et mademoiselle a donné l'ordre au cocher de la reconduire chez madame Rinaldi. C'est au moment de partir qu'elle a envoyé par un commissionnaire la lettre que monsieur a reçue.

Ce récit me rassura presque. Je fus tenté de

croire que Sylvia n'avait joué cette petite comédie
que pour m'effrayer et me donner une très-sévère
leçon, et que, tout en m'engageant à ne pas me
mettre à sa recherche, elle s'était réfugiée chez
madame Rinaldi, parce qu'elle savait bien que c'est
là où tout d'abord je m'empresserais de la suivre.
J'allai donc chez madame Rinaldi. Je trouvai la
noble dame à table, en compagnie de deux chiens
et de trois chats qui me montrèrent griffes et dents
quand j'entrai. Elle avait réalisé tous ses rêves, et
vivait grassement, sans secousse, sans inquiétude.

— Eh! monsieur le comte, s'écria-t-elle, quand
j'entrai, qu'est-ce qui nous vaut l'honneur de vous
voir? Viendriez-vous, par hasard, me faire l'honneur
de partager mon modeste repas?

— Non, madame Rinaldi, non. J'ai seulement
hâte de savoir de vous où est Sylvia.

Elle me regarda comme si j'eusse perdu la raison.

— Sylvia! mais je ne comprends pas, répondit-
elle. Quel jour sommes-nous? mercredi. Sylvia est
à l'Opéra, je suppose.

— Ne l'avez-vous pas vue?

— Depuis plus de trois semaines, non, monsieur.
Elle m'oublie un peu, la chère petite. Oh! je ne lui
en veux pas. Le bonheur imprévu produit ses effets-

là. Elle pourrait se rappeler cependant que c'est à moi qu'elle doit le sien.

Je tombai dans un fauteuil, anéanti, écrasé. Je commençais à prendre peur.

— Sylvia est partie, elle est perdue pour moi, madame Rinaldi! m'écriai-je.

La vieille fut violemment secouée par cette nouvelle. Elle ne fit qu'un bond de sa place jusqu'à moi.

— Que dites-vous là, monsieur? fit-elle. Partie! perdue! Expliquez-vous.

En quelques mots, je la mis au courant des événements de la journée, en lui taisant, bien entendu, le nom de madame d'Athol. Elle eut alors un violent accès de colère contre Sylvia. Elle lui adressa d'amers reproches, absolument comme si la chère âme eût été là pour les entendre. Elle mêla même à ces reproches tant d'injures grossières que je dus en arrêter le flot.

— Eh! monsieur le comte, ce n'est pas seulement à vous et à elle que cette créature dénaturée vient de faire un mal irréparable, c'est encore à moi-même!

— A vous, madame Rinaldi?

— Sans doute, monsieur, cette pension...

Je compris, à ce mot, la cause de ses fureurs. Je l'apaisai vite.

— Votre pension est viagère, madame, et ne le serait-elle pas, que vous n'en seriez pas dépossédée. Je ne reprends jamais ce que j'ai donné.

Sur cette assurance, sa belle humeur lui revint. Elle sollicita de nouveaux détails, et s'étant remise à table, elle dit :

— Vous permettez que je continue mon repas, monsieur? A, mon âge, il faut à l'estomac la régularité. Vous m'excusez, j'en suis sûre. Ne croyez pas d'ailleurs que votre histoire ne m'intéresse point. Mais, vraiment, je ne peux la prendre au sérieux. Dans tout ce que vous avez fait, il n'y a pas de quoi fouetter un chat. La petite est fantasque, capricieuse. Elle s'est payé le luxe d'un coup de tête. Mais dès demain, si ce n'est ce soir, vous la verrez revenir, et vous vous réconcilierez aisément. C'est toujours très-gai, les réconciliations. A votre place, moi, j'irais la chercher au théâtre. Il est neuf heures. Vous arriverez tout juste pour lui voir danser son pas et pour l'applaudir.

Je vis bien que je ne tirerais rien de plus de l'implacable égoïsme de madame Rinaldi. Je la quittai pour aller à l'Opéra. Mais tout mon espoir était

ébranlé ; mon esprit, obsédé des plus tristes pres-
sentiments. A l'Opéra, Sylvia n'avait pas paru. Un
billet d'elle, parvenu au maître de ballet quelques
instants avant la représentation, annonçait qu'une
maladie grave l'éloignait à jamais du théâtre. Cette
fois, je compris qu'elle m'était définitivement ravie. Je n'eus pas le courage de passer des coulisses
dans la salle, et je m'enfuis désespéré. Je rentrai
chez moi dans un état à faire pitié. Je m'enfermai
dans ma chambre, et là, seul, versant des làrmes,
passant tour à tour par la colère et par le repentir,
par l'abattement et par la révolte, je relus la lettre
que cette fille adorée avait eu la cruauté de m'écrire.
Je demeurai ainsi pendant une partie de la nuit.
Puis, brûlé par la fièvre, je me traînai jusqu'à mon
lit. J'appris le lendemain que madame d'Athol avait
quitté Paris, en fermant sa maison, en emmenant
ses gens et en annonçant autour d'elle qu'une
lettre de son mari lui ordonnait d'aller attendre
son retour dans une terre qu'il possédait aux environs d'Orléans.

VIII

Pendant huit jours, je fus en proie aux plus cruelles angoisses. Je demandai Sylvia à tous les échos, refusant encore de croire qu'elle m'eût abandonné. Chaque matin j'attendais une lettre d'elle, chaque soir je restais dans ma maison, avec l'espoir de la voir apparaître. Mais l'implacable réalité dissipa ces illusions. Sylvia ne revint pas. A tous les sentiments amers qu'une perte si cruelle avait déchaînés dans mon cœur, un seul survécut plus puissant que tous les autres, assez puissant même pour les dominer longtemps. Ce fut une révolte désespérée contre ce que j'appelais l'injuste rigueur du sort. Sans doute, ma conduite était blâmable; mais le châtiment subi n'était-il pas hors de proportions avec la faute commise? Une heure de faiblesse devait-elle me faire perdre à jamais cet amour que je considérais comme un trésor précieux? Je ne pouvais admettre que j'eusse mérité mon malheur ni m'y résigner. J'éprouvai donc, dès le premier moment, une sorte de colère violente contre Sylvia, qui me sauva du désespoir. Je la

maudissais, je proférais contre elle les plus durs reproches. Je me disais que, pour avoir saisi avec tant
d'empressement l'occasion de se séparer de moi,
il fallait qu'elle m'aimât peu, et, perdant le souvenir de tout ce qu'elle avait été dans ma vie, durant
nos brèves amours, j'en arrivai à douter de sa tendresse. Telles furent les sensations dont mon cœur
fut agité après son départ. Elles devaient se transformer plus tard pour devenir définitivement un
éternel remords, un amer regret. Mais, en ce
moment, elles donnèrent à mon chagrin le caractère
du ressentiment, elles allumèrent dans mon esprit le
désir de me venger contre un passé que j'expiais si
cruellement, et de demander à de nouveaux plaisirs
les consolations dont j'avais besoin.

En apprenant la triste aventure dont j'étais
victime, mes amis s'étaient empressés de m'apporter
leurs condoléances, où il était facile de distinguer
une pointe de raillerie. Pourquoi certains malheurs
prêtent-ils à rire à certaines gens? Être abandonné
par la femme qu'il aime est un des plus terribles
désastres dont un homme puisse être atteint. Qu'il
est rare cependant que le monde ne s'égaye pas à
ses dépens! Je crois bien que c'est ce qui m'arriva
à moi, comme cela est arrivé et arrivera à tant
d'autres. Je ne voulus pas approfondir, de peur de

rencontrer quelque railleur plus féroce à qui j'aurais été obligé de demander raison de ses imper
tinences. J'étais bien résolu à ne pas aggraver mes
ennuis, en courant les risques d'un duel, et je ne
m'émus nullement du bruit que fit la disparition de
Sylvia.

Il est vrai de dire que Julien Faldouey me témoigna en ces circonstances le dévouement auquel
il m'avait accoutumé. Pendant plus d'une semaine,
il ne me quitta pas. Il arrivait chez moi dès le
matin, m'accompagnait dans mes promenades,
m'emmenait chez lui, m'entraînait au théâtre, refusant de me laisser seul et s'efforçant de me distraire par les saillies de son esprit et le charme de
ses entretiens. Pendant ce temps, j'allai plus souvent
chez Christine. Soit qu'elle fût instruite de mes
peines, soit qu'à la tristesse de mon visage, elle
comprit ma souffrance, elle m'environnait d'une
tendresse fraternelle dont la douceur laissait loin
derrière elle les rares joies que jusqu'à ce jour
m'avait données l'amour.

Si j'avais pu l'aimer comme je l'avais aimée un
soir, si j'avais eu l'éloquence nécessaire pour lui
démontrer qu'elle était toujours la passion de ma
vie et pour l'emporter encore dans l'ivresse que
nous avions connue ensemble, j'aurais été sauvé.

Mais je savais que je ne lui inspirais plus le même sentiment qu'autrefois ; j'avais présentes à la pensée les paroles qu'elle m'avait dites lors de mon arrivée à Paris : « Ne parlons plus du passé que si je deviens libre. Ce jour-là, je serai votre femme, si vous pouvez affirmer sur l'honneur que vous m'aimez toujours. » J'étais hors d'état de prononcer une semblable affirmation. D'ailleurs, elle n'était pas libre, puisque son mari vivait encore, et je ne possédais plus l'enthousiasme du cœur, qui fait naître en nous les grands sentiments et entraine ceux qui les éprouvent jusqu'aux conséquences extrêmes de leur passion.

Un soir, je sortis vers minuit de l'hôtel de Maugiron, où j'avais passé quelques heures dans la société des femmes que j'ai déjà nommées et dont Christine aimait à s'entourer. Je n'étais pas seul. Jacques de Chanzay m'accompagnait. Il prit familièrement mon bras, et nous revinmes à pied vers le club. J'aurais voulu parler, me montrer gai, enjoué comme lui ; mais le silence clouait mes lèvres, et je ne pouvais leur arracher un mot.

— Savez-vous, Kerfons, que vos amis s'alarment un peu de la tristesse noire à laquelle vous vous abandonnez ! s'écria-t-il tout à coup. Je vous croyais un autre homme, mieux équilibré, mieux

en état de supporter une contrariété. Je conviens
que c'est très-cruel, ce qu'elle vous a fait là, cette
petite. Mais enfin il n'y a pas lieu d'en mourir.
Les jolies filles ne manquent pas.

Je lui mis la main sur le bras pour l'inter-
rompre.

— Ne continuez pas, lui dis-je ; sans vous en
douter, vous me faites beaucoup de mal. Il n'est
pas de jolie fille qui puisse me faire oublier Sylvia.
Je lui en veux, je suis irrité contre elle, parce
qu'elle a commis une cruelle injustice envers moi.
Mais, je ne me consolerai pas de l'avoir perdue.

— Quel charme a-t-elle donc infusé dans vos
veines pour vous avoir inspiré une passion si violente ?

— Un charme invincible, ami Jacques; elle m'a
aimé.

Il me regarda ; puis il dit :

— Et vous l'avez cru ?

Je l'arrêtai tout net sur le trottoir du boulevard que nous longions en ce moment, et je
m'écriai :

— Oui, je l'ai cru, ô le plus incorrigible des
sceptiques. Je l'ai cru parce que, lorsque la vérité
veut s'imposer à nous, elle s'exprime en traits
puissants qui ne permettent pas de douter d'elle.

I.   15

Si vous n'étiez cuirassé dans l'incrédulité, je vous raconterais mes amours avec Sylvia, et vous comprendriez alors pourquoi son départ mystérieux a mis un deuil éternel dans ma vie.

J'avais prononcé ces paroles d'un ferme accent ; elles lui firent deviner que je souffrais, non d'un vulgaire dépit amoureux, mais d'une blessure profonde faite à mon cœur. Il me prit les mains, et, avec une effusion que je ne lui connaissais pas, il me dit :

— Parlez ! parlez ! Daniel ; et si vraiment vous avez raison de vous croire malheureux, j'entends plus malheureux que nous ne le sommes quand nous sommes quittés par notre maîtresse, ce n'est pas moi, je vous le jure, qui raillerai votre peine. Je suis un grand fou, à ce qu'on assure, mais ce grand fou est assez dévoué à ses amis pour s'attacher résolùment à la tâche de les consoler.

Je remerciai Jacques de son langage et, pressé par lui, je me mis à lui raconter, sans en omettre aucun détail, l'histoire de mes amours si vite brisés, histoire que, jusqu'à ce jour, Julien avait seul connue. Quand j'eus fini et obtenu de Jacques qu'il me garderait le secret, il me dit avec douceur :

— Je comprends maintenant que vous soyez

malheureux. Mon cher, depuis dix ans que j'explore
le monde galant et que je chasse sur les domaines
de l'amour, je n'ai jamais connu de plus touchante
idylle que celle que vous venez de raconter.
Comment ! vous aviez pu faire naître chez cette
petite Sylvia assez de passion pour lui inspirer des
délicatesses si rares? Dans tous mes souvenirs,
je ne trouve rien d'analogue. C'est invraisemblable.

— Ainsi, dans tout ce qu'elle a fait, vous ne
voyez qu'une preuve d'amour? demandai-je à
Jacques.

— La preuve d'un amour profond, qui sera sans
doute l'unique de sa vie.

— Admettez-vous que sa fuite précipitée soit
aussi une preuve de cet amour? Est-ce prouver à
un homme qu'on l'aime que de ne pas vouloir lui
pardonner une infidélité et de le condamner à un
supplice barbare après avoir refusé de l'entendre?

Jacques secoua la tête sans chercher à déguiser
son embarras.

— Plus les femmes sont pures, mon cher Daniel,
et moins elles comprennent qu'on puisse les tromper, répondit-il. Sylvia, chaste comme une enfant,
exaltée, romanesque, épouvantée par la scène qu'elle
a surprise, n'aura pu croire que si vous l'aviez

aimée, vous auriez cessé de songer à elle. Vin-
dicative, elle serait restée, pour vous punir, par
une persécution de toutes les heures. Bonne et
tendre, elle est partie, autant pour ne pas être
un embarras dans votre vie que parce qu'elle s'est
convaincue que vous ne pourriez plus faire le
bonheur de la sienne.

— Mais où est-elle allée? où s'est-elle réfugiée?
Ah! que je payerais cher celui qui viendrait me
l'apprendre !

— Elle est fille à chercher asile dans un cou-
vent. Je vous disais un jour qu'une de mes maî-
tresses, devenue veuve, est entrée aux Carmélites,
afin d'expier les fautes qu'elle avait commises.
Sylvia aura fait comme elle, non pour expier,
puisqu'elle n'a pas péché, mais pour vous pleurer.

Je ne saurais exprimer le bouleversement que
cette hypothèse opéra en moi. Des larmes montèrent à mes yeux, à la pensée que l'amour avait
jeté peut-être Sylvia dans un cloître, que sa jeunesse, sa beauté, étaient à jamais ensevelies, et que
c'est mon infidélité qui l'avait condamnée à ce
destin cruel.

— Cette histoire est très-touchante, mon cher
ami, me dit tout à coup Jacques Chanzay, dont
l'esprit railleur reprenait vite son empire et domi-

naît aisément la petite émotion que j'avais fait
naître en lui ; elle est très-touchante, assurément.
Mais elle a eu son dénoûment. C'est un livre fermé,
fermé tristement, j'en conviens, mais qu'il n'y a
pas lieu de relire en ce moment. Vous ne pouvez
vous condamner aussi au cloître parce que l'oiseau
charmant que vous teniez en cage s'est envolé. Il
faut absolument secouer vos souvenirs.

— Ah ! si vous vouliez, vous, ami Jacques, m'apprendre à oublier !

— Mon expérience est peut-être bornée, mais
je ne connais qu'un moyen d'oublier une maîtresse,
c'est d'en prendre une autre. Votre ami M. Faldouey vous conseille-t-il autre chose ?

— Julien m'engage à voyager. Il dit encore que
si je pouvais avoir une occupation, me mettre au
travail, je serais bien vite guéri.

— C'est possible. Je ne puis vanter l'efficacité
d'un remède que je n'ai pas expérimenté, et je ne
vois que l'amour pour panser les blessures de
l'amour. Oh ! je ne parle pas, bien entendu, des
personnes très-faciles que vous pourriez rencontrer là où vous avez rencontré Sylvia, ou ailleurs ;
non, je vous voudrais une grande passion, une
femme du monde, très-sirène, très-coquette, très-
dangereuse, ou bien quelque vertu impeccable,

réputée inaccessible, qui exigerait un siége en règle, de savantes combinaisons stratégiques, des préoccupations de toutes les heures. Il ne serait pas nécessaire que vous arrivassiez un jour à la conquérir. Il suffirait que la poursuite vous intéressât, vous absorbât. Ah! mon cher, vous seriez bien vite guéri de toute autre, si celle-là vous résistait.

Je ne pus m'empêcher de sourire du bel enthousiasme de l'ami Jacques pour sa découverte.

— Cette grande passion que vous me conseillez, lui dis-je, en raillant à mon tour, pouvez-vous aussi m'en désigner l'objet?

— Pourquoi pas? Tenez, passons en revue les femmes que nous connaissons, celles que nous rencontrons dans le monde; cherchons la farouche vertu qu'il nous faut. La duchesse de Maugiron! c'est votre amie, je n'en parlerai pas. J'écarte aussi ma belle-sœur, Madeleine de Chanzay. Elle serait capable, par curiosité intellectuelle, de s'intéresser à vos chagrins d'amour et de devenir coquette pour étudier sur votre personne les procédés de guérison. Mais elle ne serait que coquette; c'est trop ou trop peu, pour le cas qui nous occupe. La duchesse de Châteaufort? elle est bien belle, mais elle est bien niaise; la baronne Amalti? elle est en

liaison réglée avec Antoine de Saint-Alvère ; madame d'Athol s'est exilée ! Eh bien, mon cher, je
ne vois que lady Hackwoods.

— Lady Hackwoods ! Ami Jacques, vous devenez
fou ! La plus honnête, la plus chaste des femmes !

— C'est bien pour cela que je vous la choisis. Je
sais comme vous qu'elle est passionnément éprise
de son mari, mère tendre autant que tendre
épouse. Néanmoins, c'est pour elle que je vous
engage à brûler. Elle est telle qu'on peut l'aimer
sans avoir à rougir. Elle possède grâce, beauté,
charme ; vous seriez un cœur absolument insensible, si, après avoir passé quelques heures dans
son salon, vous ne tombiez pas amoureux d'elle

J'arrêtai l'ami Jacques. Je ne voulais pas en
entendre davantage sur ce sujet. Je ne me sentais
nullement disposé à courir des aventures nouvelles
Cependant les paroles qu'il avait prononcées ne
pouvaient être perdues pour moi, il le savait
bien, l'aimable traître ! Quelques jours après,
j'étais dans le salon de la duchesse de Maugiron,
quand on annonça lady Hackwoods. Sous l'impression des avis de Jacques de Chanzay, je me mis à la
regarder avec plus d'attention que je n'en avais
donné jusque-là à son élégante personne.

Lady Hackwoods — Arabelle, comme l'appe-

laient ses amies — était déjà loin de ses vingt ans ;
mais elle n'en avait pas encore trente. Si vous voulez
la connaître, vous pouvez aisément vous la figurer
telle qu'elle était, au temps où je l'ai vue, c'est-à-
dire naturellement élégante, longue, mince, et d'un
teint légèrement doré, qui n'enlevait rien à l'éclat
de sa peau veloutée et fine comme celle de la
pêche. Ses traits avaient une pureté que j'oserai
qualifier de céleste, une expression séraphique. Ses
yeux étaient largement fendus, bruns comme des
yeux de créole, profonds comme un abîme, voilés
de longs cils noirs et soyeux, ce qui n'empêchait
pas qu'elle fût affligée d'une myopie qui l'obligeait
à les fermer légèrement quand, en parlant, elle
voulait vous voir, mais ce qui donnait en même
temps à sa physionomie un caractère très-étrange
et très-personnel. Voilà, n'est-ce pas ? les détails
d'un ensemble charmant ; mais ce qui faisait l'originalité de ce visage, sa séduction, c'était la couleur des cheveux. Ils étaient blonds, d'un blond
presque blanc, et si fins, si doux, que, quoiqu'elle en
eût assez pour s'en envelopper tout entière comme
d'un manteau, leur masse tenait dans la main.
Elle les couvrait d'une couche légère de poudre
d'argent, ce qui avivait leur nuance sans la
changer.

Lorsqu'on voyait lady Hackwoods, vêtue d'une robe montante ou enveloppée dans son manteau de bal, on n'était frappé que de la diaphanéité de son visage, de la poétique élégance de ses gestes, de la légèreté de sa démarche, en un mot de tout ce qui la rendait immatérielle, au point de causer un éblouissement à ceux qui la voyaient. On sentait en elle l'ange et non la femme, et ses cheveux ajoutaient à l'illusion, en formant autour de son front une auréole. Mais, quand elle laissait tomber le manteau qui cachait les pures lignes de son corps, quand elle entrait au bal les bras et les épaules nus, on était surpris agréablement par les très-humains attraits et les charmes adorables que cachait tant d'immatérialité. Elles étaient d'une forme parfaite, ces épaules que caressaient les boucles blondes; ces bras offraient, dans leur modelé irréprochable, un mélange étonnant de grâce et de force, et la femme se révélait alors tout entière dans sa séduction puissante.

Comment, parée de tant de beautés, lady Hackwoods n'était-elle pas devenue le but des efforts quotidiens de tous ceux qui, comme Jacques de Chanzay, s'attachent avec ardeur à la conquête des femmes? C'est une de ces questions auxquelles il est assez difficile de répondre. La vie des grandes

15.

villes et du monde en fait surgir. à chaque instant d'analogues et qui restent longtemps, sinon toujours, à l'état de problème. La vérité, c'est que non-seulement lady Hackwoods n'avait pas d'amants, mais qu'encore aucun des jeunes fous qui l'approchaient ne s'était jamais avisé de lui faire la cour.

Cela tient-il à ce qu'elle laissait lire dans ses yeux une pureté d'âme, une confiance chaste et naïve, faites pour désarmer d'un trait les séducteurs les plus habiles et les plus osés? Est-ce parce qu'elle parlait sans cesse à tout le monde et à tout propos de son mari et des deux enfants qu'il lui avait donnés, et qu'il ne pouvait venir à la pensée de personne de séduire une épouse si dévouée, une mère si touchante? Est-ce enfin parce que ce mari, quoique assez débonnaire, comme tous les hommes très-forts, offrait dans sa taille de six pieds, dans sa musculature, dans la physionomie de son visage osseux, un aspect redoutable peu propre à encourager les galants? Je ne sais ; mais ce qui peut être affirmé, c'est que lady Hackwoods était une femme respectée, et que si elle avait raconté qu'un soir, au bal, un billet doux était tombé dans ses mains, aucune de ses amies n'aurait voulu ajouter foi à son récit. Fille unique du duc de Southsea, pair d'Angleterre et l'un des plus riches propriétaires fon-

ciers du Royaume-Uni, elle avait épousé, à seize
ans, lord Hackwoods, jeune et très-noble héritier
d'une famille écossaise. Lord Hackwoods aimait la
France autant que l'Angleterre, et Paris plus encore
que l'Angleterre et la France. A peine marié, il y
avait entraîné sa femme ; puis, résolu à y passer six
mois tous les ans, il était devenu propriétaire d'un
bel hôtel tout flambant neuf, en plein faubourg
Saint-Honoré, et s'y était installé.

Dans cette vaste demeure, il se plaisait à entasser,
un peu pêle-mêle d'ailleurs, et sans ordre, des
objets d'art de toute sorte, qu'il allait acheter dans
tous les pays de l'Europe. Un jour, il était en Provence, un autre jour en Hollande ; puis, on le voyait
à Rome et à Madrid, partout enfin où quelque curiosité de valeur se trouvait en vente, ce dont il
était prévenu par des agents fidèles et habiles. Ses
absences se renouvelaient fréquemment, mais elles
duraient peu, et sa femme ne s'en plaignait pas, car,
à l'en croire, après chacune d'elles, son mari lui
revenait un peu plus épris. On le savait, parce
qu'elle le racontait tout haut, en plein milieu mon-
dain. Sa naïveté faisait rire, mais elle n'empêchait
pas que cette heureuse femme ne fût enviée par
toutes celles qui n'avaient pas rencontré, comme
elle, un bonheur si rare et si parfait.

De vagues rumeurs osaient insinuer, il est vrai, que si lady Hackwoods était une épouse fidèle, cela tenait non à sa vertu, mais uniquement à l'amour très-vif qu'elle ressentait pour son mari, et qu'à défaut de cet amour, elle eût fait comme d'autres. Quelques-uns allaient jusqu'à prétendre qu'elle était la dupe d'une comédie bien jouée, que la réputation de fidélité de lord Hackwoods était usurpée, que ses voyages à la poursuite d'un beau meuble ou d'un vieux tableau cachaient le plus souvent des aventures qui ne ressemblaient que de très-loin à la charmante sérénité des tendresses conjugales, et que s'il revenait toujours à sa chère Arabelle avec tant d'empressement et d'ardeur, c'est que les comparaisons successives auxquelles il se livrait ne lui avaient pas fait découvrir encore une personne douée, au même degré qu'elle, des qualités qui rendent l'homme heureux.

Mais, nul n'était parvenu à démontrer la vérité de ces rumeurs, pas plus que de celles qui donnaient à entendre que lord Hackwoods aimait le vin plus qu'il ne convient à l'équilibre de nos facultés. C'étaient là certainement des calomnies odieuses, propagées par l'envie que surexcitait l'heureuse paix de ce foyer. Il était inadmissible que l'adorable lady Hackwoods, délicate comme une sensitive, se fût si passionnément attachée à un libertin et à un ivrogne. A force d'entendre formuler ces accusations sans qu'elles fussent corroborées par des preuves, le monde avait fini par ne plus les écouter. Le mari et la femme occupaient donc sans conteste une situation digne de leur fortune et de leur nom.

Lady Hackwoods portait son bonheur avec une simplicité à laquelle on pouvait reprocher de n'être pas absolument dépourvue d'orgueil. N'était-ce pas l'orgueil, en effet, était-ce au contraire une étonnante naïveté, qui, dans le monde, remplissait sa bouche de l'éloge des qualités de son mari ou du récit des faits et gestes de ses enfants? On eût dit qu'elle affectait d'en parler et qu'il lui plaisait de ne jamais descendre, ne fût-ce qu'un instant, du piédestal où l'avait placée sa réputation inattaquée d'épouse irréprochable et de mère modèle. Jacques de Chanzay avait dit, un jour, d'elle, ce mot qui la peignait tout entière :

— Cette femme, c'est la muse du pot-au-feu.

Aux préoccupations qu'elle apportait dans le monde, il était permis de penser qu'elle entendait justifier cette étrange et spirituelle définition. Plus je pensais à ces choses, en contemplant lady Hackwoods, plus je considérais sa beauté candide, et moins j'étais encouragé à donner suite aux projets que Jacques m'avait suggérés; plus ils me semblaient burlesques et d'une fantaisie invraisemblable.

Ce n'est pas que je fusse homme à reculer devant une folle aventure. Elle ne me mènerait à rien, c'était certain, si ce n'est peut-être à exciter la jalousie de lord Hackwoods et à nous mettre aux prises dans un combat singulier. Je ne parviendrais pas à ébranler la fidélité de la touchante Arabella, cela était encore probable. Mais, du moins, je vivrais d'une vie excitée et fiévreuse, qui me ferait oublier les choses auxquelles je ne voulais plus penser. Je connaîtrais les grandes émotions de la haute galanterie. Je verrais de près, avec ses diverses péripéties, la résistance de la vertu dans l'amour, et si mon cœur, à ce jeu, se prenait peu ou prou, ne devrais-je pas me féliciter d'avoir eu raison des douloureux souvenirs qui ne cessaient de l'obséder et causaient ma tristesse?

S'il n'est pas sans douceur d'aller dans la vie avec une forte passion à l'âme, comme un cilice aux flancs, alors même qu'elle est sans espoir, c'est à la condition cependant de voir l'objet aimé. A défaut de Sylvia, destinée à être éternellement

adorée, mais, hélas! en souvenir, je me serais bien
contenté de faire de lady Hackwoods cet objet
d'un amour platonique auquel je n'aurais demandé
que quelques chastes baisers. Ce n'est donc pas
l'impossibilité du succès, si clairement démontrée
qu'elle fût, qui m'arrêtait. Non, ce qui me retenait, c'était la crainte de commettre une action
contraire à l'honneur, en tendant de détourner
Arabelle de ses devoirs.

Oh! ne riez pas, lecteurs! Sans doute, nous ne
sommes pas très-scrupuleux dans le monde. Voici
longtemps qu'il est presque de mode d'enfreindre,
sans soucis ni remords, avec une sorte de désinvolture, le commandement : « Adultère point ne
seras! » On se lance dans la passion avec tant de
folie et d'insouciance, avec une si complète absence de remords et de craintes, qu'il est permis de
supposer qu'on n'irait pas avec plus de légèreté de
cœur à un plaisir honnête et permis. Je n'étais pas
autre que la plupart de mes contemporains, et mes
passions exerçaient sur moi leur empire sans rencontrer une bien longue ni bien sincère résistance.
Néanmoins, je le répète, il me répugnait de m'atta-
quer à la vertu de lady Hackwoods! Si du moins je
l'avais aimée! Que voulez-vous! la vie est féconde
en fatalités qu'elle nous impose! Il faut bien s'y

résigner et les subir. Mais je n'avais pas même l'excuse d'un sentiment qui se rapprochât de l'amour. Cette femme, dont la chasteté se lisait dans son regard, ne m'inspirait que le sympathique attrait et le respect qu'exercent sur nous la beauté du visage, le charme de l'esprit et l'élévation de l'âme. Et froidement, sans amour, sans désirs, sans excitation d'aucune sorte, dans l'unique but d'apporter une diversion à mes peines, j'irais ternir cette pureté, souiller cette candeur, jeter le trouble dans cette existence si noble, entièrement consacrée à ses devoirs! Cette réflexion indignée se posa dans mon esprit comme un point d'interrogation, et excita ma loyauté, laquelle n'eut aucun mérite à remporter la victoire sur les mauvais conseils que m'avait donnés Jacques de Chanzay, puisque je n'aimais pas. Elle me dicta l'obligation d'aller chercher ailleurs qu'auprès d'Arabelle les distractions qui, selon l'ami Jacques, devaient être le remède à tous mes maux. Ce n'est pas ma faute si je dus me soustraire à cette obligation.

Si la longueur des détails nécessaires que j'ai placés ici sur lady Hackwoods a fait perdre à mon lecteur le souvenir des lieux où je venais de la rencontrer, je lui rappellerai que nous étions chez la duchesse de Maugiron, à une de ces soirées in-

times qui réunissaient dans le salon de Christine
la fine fleur des deux faubourgs, la noblesse ralliée
à l'empire et celle qui persistait à le bouder, et où
l'on rencontrait au milieu d'elles, comme des fées
bienfaisantes et séductrices, apaisant les discordes,
écartant la politique, réconciliant des opinions
contraires et servant de trait d'union entre des
gens qui, s'étant disputés tout le jour, ne deman-
daient qu'à se serrer la main le soir, quelques
femmes élégantes entre toutes, expertes dans la
science de plaire et dans l'art de charmer, entraî-
nantes surtout, par la grâce languissante et la sa-
vante coquetterie à l'aide desquelles elles mettaient
en relief leur honnêteté un peu de surface et leur
instinctive et très-ingénieuse perversité.

Ces femmes, c'étaient la baronne Amalti, madame Dalverne, la duchesse de Châteaufort dont
j'ai parlé déjà. Il y en avait bien d'autres encore :
madame d'Athol, la marquise de Chanzay, Christine
elle-même, que les tristesses de sa vie manquée
avaient un moment poussée vers ces distractions et
vers ces amitiés d'où plus tard le fort attachement
de Julien Faldouey la détourna peu à peu. Ces
femmes, de grande naissance pour la plupart,
donnaient le ton à la mode. Il leur avait paru original de grouper parmi elles une vertu aussi pure

que lady Hackwoods, et elles l'avaient en quelque
sorte adoptée ; d'où il résultait que le rigorisme de
la charmante Anglaise s'enveloppait parfois dans
d'excentriques allures.

Ce soir-là, c'est dans sa toilette que se révélait
cette excentricité que cherchaient alors peu ou
prou les femmes du grand monde, ou tout au
moins quelques-unes dont le nom et les aventures
ont fortement caractérisé l'époque à laquelle elles
ont vécu. Comment décrire ce flot de rubans, de
dentelle et de gaze, ce long corsage aux reflets
argentés, étincelant sous les pierreries qui couraient en traits de feu, le long de la ruche, s'a-
mincissant sur la taille, s'évasant sur les flancs,
serrant étroitement le ventre qu'il dessinait, ajusté
au corps, comme la cuirasse d'une jeune guerrière,
mais une cuirasse assez flexible pour se marquer de
toutes ses ondulations, dévoilant les bras fins et
vigoureux, la pâleur délicate des épaules dont la
surface arrondie et pleine s'embellissait des dessins
nuageux du réseau bleu des veines et dans la
blancheur desquelles de grosses perles s'égrenaient
en gouttes de lait? Comment décrire l'emmêle-
ment savamment ordonné des cheveux, cet inex-
tricable fouillis de bandeaux, de tresses, de boucles,
dans lequel des fleurs éclatantes, enlevées aux

serres d'hiver, s'épanouissaient sous la poudre et
semblaient puiser une vie nouvelle plus factice
encore que celle qui les avait faites si magnifiques,
loin du grand air et du soleil? En un mot, comment
peindre sans pinceau ce bizarre édifice, destiné à
mettre en relief toutes les beautés, et de la tête
aux pieds, et jusque dans des bas à jour couleur
de chair, déshabillant insolemment la femme,
comme pour éclipser les splendeurs de sa parure
sous la voluptueuse magie de sa nudité?

L'excentricité ne consiste pas seulement dans la
forme du vêtement, ni dans cette variété de riens
bizarres, dont l'agrémentent la fantaisie et le goût
des faiseuses modernes, mais encore dans la manière
de le porter. Lady Hackwoods portait le sien avec
une élégance suprême, avec une désinvolture, une
aisance propres à laisser croire qu'il tenait à son
corps comme des ailes à celui d'un oiseau. Elle
n'était ni écrasée, ni embarrassée par ce fardeau
d'étoffes soyeuses, harmonieusement drapées, qui
s'allongeaient derrière elle et, après qu'elle avait
passé, se déroulaient, ainsi qu'un sillon, en une
traîne sinueuse. Elle avait des grands airs penchés.
Ils trahissaient des lassitudes mystérieuses. Ils
évoquaient dans l'imagination l'image d'un lis qui
s'est abreuvé trop longtemps des rosées matinales,

et dont la fleur, devenue trop lourde pour la tige, s'incline sous leur poids humide.

Et cependant, telle qu'elle était, elle imposait, je dois le répéter, autant de respect que d'admiration. Est-ce parce que la couronne de ses cheveux divinisait, semblable à une auréole, son front raphaélesque? Était-ce parce que ses yeux parlaient avec éloquence et semblaient dire : « Je suis l'amour, mais l'amour pudique, la déesse du foyer, la femme légitime et la mère, le dévouement et le devoir »? Peut-être. En tout cas, c'est le sentiment du respect que ressentait l'homme en extase devant elle, et ce sentiment ne s'affaiblissait que si, après s'être reposée sur l'exquise pureté des traits, l'admiration descendait aux fins trésors de la poitrine ou suivait les caprices des boucles blondes sur la nuque voilée d'un nuage de duvet. Et encore faut-il ajouter que la sensation du désir était rapide. On eût dit un ange paré des armes de Vénus, mais demeurant ange, en dépit de ce que son charme personnel avait d'humain.

Il est certains statuaires, maîtres dans leur art, qui poussent la prescience de la forme jusqu'à pouvoir reproduire, sans les voir et par la seule étude des voiles qui les enveloppent, les lignes d'un corps de femme. Certains libertins se vantent

de posséder le même privilége. Devant lady Hackwoods, les uns et les autres eussent été réduits à
l'impuissance; car la chaste expression du regard,
que j'ai essayé de rendre, vous enveloppait, en
même temps qu'elle écartait toute tentation, en
idéalisant la force séductrice de tant de merveilleux attraits. Il semblait qu'auprès de cette femme,
l'imagination même la plus dépravée ne pût concevoir une espérance amoureuse, et ne fût accessible qu'à la peur de commettre une profanation.

Au moment où je l'admirais ainsi, elle était assise
entre madame Dalverne et la marquise de Chanzay.
En face d'elle, dans l'embrasure d'une fenêtre,
lord Hackwoods s'entretenait avec l'amiral de
Narvajeac, les yeux tournés du côté de sa femme
qui lui souriait, toutes les fois qu'elle les surpre-
nait fixés sur elle. Il suffisait de voir ces deux
êtres pour deviner l'amour qui existait entre eux,
mais non pour le comprendre. Autant la femme
était jolie, poétique, attrayante, autant le mari
était laid, avec ses traits grossiers, ses petits yeux
tout ronds, ses joues écarlates, son nez énorme,
bourgeonné, et les rudes poils de sa barbe qui s'allongeait en pointe, au-dessous d'une lèvre sans
moustache. Il convient de dire qu'il y avait sur
cette vulgarité une expression rabelaisienne, un

air de bon enfant qui la rachetaient un peu. Ajoutez à ce portrait une taille de six pieds, des
épaules larges, des bras longs et gras, avec des
mains sans finesse, en un mot, une carrure de
colosse, et vous aurez le total qu'on nommait lord
Hackwoods. Quel mystérieux lien attachait à ce
géant cette femme délicate comme une sensitive?
Était-ce son esprit? Était-ce sa vigueur? La nature a ses secrets; l'amour a les siens, encore plus
impitoyables, et je n'ai pas la prétention de pénétrer celui-ci.

Je m'avançai auprès de lady Hackwoods, afin de
la saluer. J'étais, en ce moment, absolument résolu
à ne lui point faire la cour. Il n'y eut dans mon
salut nulle autre intention que celle de remplir un
devoir de convenance vis-à-vis de l'aimable créature dont la duchesse de Maugiron vantait sans
cesse la grâce et la vertu. Après quelques paroles banales, j'allais m'éloigner, quand la marquise de Chanzay, me désignant une chaise der=
rière elle, me dit :

— Asseyez-vous là, monsieur de Kerfons.

J'obéis, et vraiment je n'étais pas à plaindre.
D'un trait, mon regard, — je n'ai pas dit mes
lèvres, — pouvait embrasser trois splendides paires
d'épaules, remarquables par leur harmonie, non

moins que par la différence qui existait entre elles : celles de lady Hackwoods, suaves et diaphanes dans leur forme parfaite ; celles de la marquise de Chanzay, un peu larges peut-être, mais avec des amplitudes de fruit mûr bien à point ; celles, enfin, de madame Dalverne, fines, maigres, brunes, toutes couvertes d'un léger duvet, auquel les jeux de la lumière semblaient arracher des étincelles et trahissant le vice plus encore que la passion. Ma pensée était si loin de toute aventure d'amour avec lady Hackwoods que la vue de ce trésor de charmes me laissa parfaitement calme et que si quelque image, qu'il n'y a pas lieu de reproduire ou de qualifier ici et que ma raison d'ailleurs écarta sans peine, apparut à mon esprit, c'est madame Dalverne seule qui en provoqua l'apparition.

Cette madame Dalverne était une petite femme, toute menue, avec une tête écrasée sous le poids de ses cheveux si noirs qu'ils paraissaient bleus, une assez jolie figure de souris, un teint brun comme le cuivre, de grands yeux très-vifs, très-railleurs et presque impertinents, tant ils exprimaient d'assurance et d'audace. Elle avait épousé un opulent banquier, particulièrement chargé des intérêts des nobles familles des deux faubourgs, et à qui la confiance qu'il inspirait ouvrait la porte des salons les plus inaccessibles. L'unique défaut que l'on connût à M. Dalverne, c'était son avarice. Elle troublait la paix de son foyer, car sa femme protestait sans cesse contre les privations auxquelles il aurait voulu l'astreindre. Pour pourvoir à son luxe, elle faisait des dettes qu'au bout de deux ou trois ans le banquier était tenu de payer, extrême parti auquel il ne se soumettait pas sans murmurer. La chronique scandaleuse prétendait que ses murmures atteignaient parfois une si grande violence, que, pour se les épargner, madame Dalverne empruntait à tout prix et remboursait comptant en faveurs qui variaient, selon l'argent qu'on y voulait mettre, du sourire à . . . tout le reste. Mais de tels propos ne signifient rien quand ils ne sont pas appuyés de preuves, et, pour madame Dalverne, les preuves manquaient absolument; sans cela les maisons respectables ne l'eussent pas reçue, et on la recevait. Donc, je venais de m'asseoir derrière la marquise de Chanzay, quand elle me dit avec enjouement :

— Racontez-nous des histoires, monsieur de Kerfons.

— Hélas! madame, je n'en connais point, si ce n'est celles de ma nourrice.

— Inventez-en pour les grandes personnes. Vous devez savoir improviser.

— Je suis dépourvu d'imagination.

— En fait d'histoire, racontez-nous la vôtre, fit assez méchamment madame Dalverne. On assure qu'elle est très, très-intéressante.

Et, comme je la regardais un peu surpris, elle ajouta :

— Oui, celle de vos amours, votre aventure enfin.

— Oh! ma chère, vous êtes indiscrète, interrompit la marquise. A quel titre M. de Kerfons nous initierait-il à ses secrets ?

— Le fait auquel Madame a fait allusion n'est pas un secret, répondis-je, et cela se réduit d'ailleurs à fort peu de chose : j'avais une maîtresse; elle m'a quitté.

— Vous êtes sincère, reprit en riant madame de Chanzay; mais vous avez scandalisé lady Hackwoods.

— Je lui en demande pardon; j'ai été interrogé...

Lady Hackwoods ne sourcilla pas, ne tourna même pas la tête de mon côté; elle se tenait inclinée, rêveuse, sur son éventail, dont elle semblait compter les paillettes d'or. L'entretien allait s'arré-

ter, quand madame Dalverne recommença en ces
termes, sans qu'il me fût possible de comprendre si
elle parlait sérieusement ou si elle entendait railler :

— Voilà ce que c'est. On place mal son cœur; on
le confie à des personnes indignes de confiance. Un
jour, elles l'emportent... Bien heureux, quand on le
rattrape. Désormais, monsieur, choisissez mieux vos
maitresses.

L'aimable personne m'envoya en finissant un si
singulier regard que, si je n'avais été préservé par
une disposition personnelle de mon âme contre le
tourbillon des passions faciles, je me noyais. Com-
prit-elle que je n'étais pas celui qu'elle cherchait?
ou bien ne cherchait-elle personne, et m'étais-je
trompé? Je ne sais ; mais, après m'avoir dévisagé,
elle cessa de se tourner de mon côté. Quant à lady
Hackwoods, sur le dernier mot de madame Dalverne, elle leva brusquement le front, et, s'adressant à celle-ci :

— Fi! ma chère, fi! s'écria-t-elle avec un délicieux accent exotique qui donnait du charme à chacune de ses phrases. C'est affreux, ce que vous venez
de dire là!

Et, me parlant, elle ajouta :

— Le mariage seul, monsieur, vous mettra à
l'abri de ces inconvénients. Mariez-vous.

— Nous y voilà! fit, en souriant, la marquise de Chanzay. Le mariage! Mais, toute belle, ce n'est pas la panacée universelle. Il est possible que cela vous ait réussi, à vous; cela ne réussit pas à tout le monde.

— Certes, non! soupira madame Dalverne. Les femmes trompent leurs maris, les maris trompent leurs femmes.

— Oui, les maris, ma chère! tous les maris, ajouta madame de Chanzay, en regardant lady Hackwoods.

— Avez-vous voulu faire allusion au mien? demanda celle-ci vivement.

— Eh non! non! mignonne, non; le vôtre, c'est le phénix, l'oiseau bleu. Il ne saurait être question de lui. Seulement, laissez-moi vous donner un conseil. On le dit fidèle. S'il est fidèle, gardez-le bien.

A ces mots, prononcés d'un accent moqueur, je fixai la marquise de Chanzay. Elle semblait donner toute son attention à un fait que je ne voyais pas encore et qui se passait à quelque distance d'elle. Mon regard suivit le sien et tomba sur lord Hackwoods, à qui l'amiral continuait à s'adresser, mais qui ne l'écoutait plus, plongé dans une sorte d'extase, en dévorant d'un œil rempli de convoitise...

sa femme? Non ; madame Dalverne. J'ai dit que lord Hackwoods était très-riche.

Elle se sentait observée, la coquette ; elle avait pris l'attitude la plus savamment séduisante, sans doute afin de lui tourner la tête. La marquise, à qui ce jeu n'avait pas plus échappé qu'à moi-même, ne dissimula pas le sourire qui vint à ses lèvres et que je surpris. Je vis à son air que son opinion sur la prétendue fidélité du mari-phénix était faite. Du même coup, je dois l'avouer, lady Hackwoods cessa d'être pour moi la créature inaccessible et impeccable dont j'ai tracé le portrait. Je l'entendis alors qui disait à madame de Chanzay :

— Je ne sais pourquoi vous avez voulu faire entrer des inquiétudes dans ma tête ; mais vous n'y êtes pas parvenue ; je suis sûre de la fidélité de mon mari. D'ailleurs, s'il me trompait!...

— Que feriez-vous, s'il vous trompait?

— Je choisirais un homme à qui je chercherais à plaire, et je me vengerais.

Ce fut dit du ton le plus calme et le plus résolu. Puis, elle se leva. Traversant le salon, elle alla rejoindre lord Hackwoods dont elle prit le bras et qu'elle entraîna dans une pièce voisine, en lui parlant avec animation. Madame Dalverne s'éloigna. Je restai seul avec madame de Chanzay.

— Je crois que le moment de la vengeance de lady Hackwoods approche! fit-elle en riant.

— Eh quoi! madame, supposez-vous lord Hackwoods capable de tromper cette exquise créature?

— Je dis que celui qui voudra devenir le complice de cette vengeance peut se préparer.

A son tour, la marquise se retira. Mes bonnes résolutions étaient, hélas! bien ébranlées. Était-ce donc ma faute, si lady Hackwoods avait perdu son prestige, si l'ange était devenu femme, et si sa jalousie et sa colère avaient brisé le piédestal où je me plaisais à la voir?

A quelque temps de là, madame de Chanzay, dont les salons, comme ceux de la duchesse de Maugiron, s'ouvraient chaque semaine à la société la plus élégante de Paris, annonça qu'elle fermerait ses réceptions d'hiver par une fête plus brillante que toutes celles qu'elle avait déjà données. Elle promit merveilles et surprises, une comédie, un concert, des tableaux vivants, un bal, un souper, que sais-je encore? Son très-coquet hôtel de la rue Barbet de Jouy, acheté depuis la mort de son mari et augmenté d'une galerie ajoutée à la façade, du côté du jardin, se prêtait on ne peut mieux à ce genre de divertissements. Julien Faldouey, devenu

16.

la coqueluche de ces dames, depuis que Christine s'était mise à vanter son esprit et son talent, fut chargé, en sa qualité d'homme de lettres, de l'organisation de nos plaisirs, pour cette soirée, à laquelle des privilégiés, au nombre de cent cinquante environ, devaient seuls assister.

Il décida que la comédie serait jouée, non par des gens du monde, mais par des comédiens. C'était l'unique moyen de faire réussir le spectacle. Cela valait mieux que d'imposer aux spectateurs le jeu, souvent ridicule et toujours inexpérimenté, d'acteurs improvisés.

Quant aux tableaux vivants, il fut d'avis, — et la marquise lui donna raison, — que les personnes de sa société devaient seules être admises à y prendre part. Par son conseil, madame de Chanzay fit appel aux plus jolies de ses amies, et à un petit groupe d'hommes du monde. Un soir, elle réunit chez elle en petit comité celles et ceux dont elle réclamait le concours : Christine de Maugiron, la baronne Amalti, madame Dalverne et lady Hackvoods ; lord Hackvoods, Jacques de Chanzay, son ami le marquis de Saint-Alvère, Julien Faldouey et moi. Lord Hackvoods ne figurait parmi nous qu'à cause de sa chère Arabelle, qui se faisait suivre de lui, quand il était à Paris, partout où elle allait.

On peut dire des cinq femmes réunies à l'hôtel
de Chanzay qu'elles représentaient fidèlement les
séductions que peut offrir la société la plus aristo-
cratique de la première ville du monde. Toutes
avaient encore la jeunesse ; toutes, quoiqu'à des
degrés divers et avec des caractères différents, pos-
sédaient la beauté. Madeleine de Chanzay, c'était
l'esprit ; Christine de Maugiron, la grâce ; la baronne Amalti, la passion inextinguible ; madame
Dalverne, le vice sous un sourire ; lady Hackvoods,
l'innocence. Intelligences à tout comprendre et
peut-être à tout oser, il n'était pas de sujet qu'on
ne pût aborder avec elles, et l'on n'aurait guère
compris comment on se serait trouvé une heure à
leur côté sans leur parler librement d'amour et de
galanterie. La conférence en vue de laquelle nous
étions convoqués fut précédée d'un dîner, — repas
exquis où tout était à souhait pour la vue, l'odorat
et le goût, et auquel chaque convive ne s'était assis
qu'en oubliant les préoccupations extérieures de sa
vie. Les entretiens furent très-animés. On y jeta à
pleine main des trésors d'esprit.

La manière dont nous étions placés autour de la
table démontrait avec tant d'évidence l'art et la per-
spicacité de la malicieuse Madeleine de Chanzay à
pénétrer les secrets de cœur qui s'agitaient autour

d'elle, que je ne pus m'empêcher de sourire, en regardant son beau-frère, le seul homme parmi nous
absolument désintéressé, comme elle était la seule
femme, parmi celles qui se trouvaient là, à qui
l'amour semblât avoir cessé de causer des tourments.
Elle avait mis la baronne Amalti, dont le mari occupait les fonctions de secrétaire de la légation de
France en Suède, à côté du marquis de Saint-Alvère,
lequel passait pour son amant; Julien Faldouey à
côté de la duchesse de Maugiron, voisinage dont je
n'avais plus, hélas! le droit de me plaindre; lord
Hackvoods à côté de madame Dalverne, et moi-
même à côté de la poétique Arabelle.

Ce milieu, ces intrigues, ces dispositions géné-
rales étaient faits pour achever de mettre en déroute mes louables intentions; et quand je voyais
en face de moi lord Hackvoods s'exciter en parlant
à madame Dalverne, au point de transformer son
visage en une palette magique et de passer, peu à
peu, par toutes les nuances du rouge, depuis le rose
qui colorait ordinairement ses joues, jusqu'au ton
cramoisi et violacé, je me souvenais, non sans un
grand trouble, de la crânerie avec laquelle la jolie
Arabelle avait pris l'engagement de se venger de
son mari, si elle le saisissait en flagrant délit d'infidélité. Il ne fallait pas être bien perspicace pour

deviner qu'il y allait, à l'infidélité, qu'il y allait en poste. Vous n'en auriez pas douté si vous aviez vu de quel œil de satyre il caressait les épaules brunes et nerveuses de madame Dalverne, et la timidité libertine et rouée avec laquelle celle-ci se laissait faire. C'étaient des inclinaisons subites du visage sur son assiette, des regards en dessous, des petits rires, en un mot, la séduction la plus vulgaire et la plus brutale, la mieux faite pour réussir auprès de sa victime et pour l'enlever prestement, dans la perspective d'un plaisir dont les délicates tendresses de lady Hackvoods ne lui avaient jamais donné seulement l'avant-goût.

Dès le commencement du dîner, soit qu'elle eût conçu des soupçons et quelque peur de la dangereuse voisine qu'on avait donnée à son mari, soit qu'elle fût péniblement impressionnée par un pressentiment mystérieux propre à lui faire craindre l'irruption subite d'un gros nuage dans son bonheur domestique, le visage d'Arabelle s'était voilé de mélancolie, ce qui lui donnait un caractère d'immatérialité, plus saisissant et plus accentué. Elle était si diaphane, si poétique, que son sourire seul semblait la rattacher à la terre, et que lorsqu'elle cessait de sourire, on eût dit qu'elle allait s'envoler vers les espaces. Je voulus lui parler ; mais elle m'écoutait à peine, ne répondant que par monosyllabes. Je dus même respecter, pendant quelques instants, ses préoccupations, et je me mis à causer avec la marquise de Chanzay, à la gauche de qui j'étais placé Tout à coup, lady Hackwoods releva la tête, regarda d'un air de menace et de défi son mari qui ne la voyait plus, et, s'adressant à moi, elle dit, de façon à donner du premier coup à ses paroles le caractère d'une confidence et à créer l'intimité entre nous :

— Êtes-vous consolé de vos peines de cœur, monsieur?

Le ton de cette question fit passer un frisson d'émotion dans mon corps, et acheva de détruire à mes yeux l'inaccessibilité prestigieuse d'Arabelle. Elle n'était plus ni un ange ni une déesse; c'était une mortelle, partageant nos passions, subissant nos faiblesses, demeurée fidèle à son mari, non par froideur ou par vertu, mais uniquement parce qu'elle se croyait aimée. Elle fut ainsi dépoétisée pour moi, mais sans rien perdre de ses attraits.

— Je ne suis pas consolé, madame, répondis-je; mais je voudrais l'être. A défaut de celle que j'ai perdue, il n'est qu'une femme qui pourrait guérir ma blessure ; mais celle-là est si loin et si haut dans l'idéal qu'elle ne comprendrait pas que j'aie eu l'audace de l'aimer.

Des couleurs roses montèrent à ses joues. Un sourire dissipa sa mélancolie, et, avec une finesse dont je ne l'aurais pas crue capable, elle dit :

— Ne pensez pas, monsieur, qu'il y ait aucune femme au monde qui ne devine qu'on l'aime, qui soit assez modeste pour ne pas le comprendre, ou assez sotte pour s'en irriter, si les sentiments qu'on lui exprime s'enveloppent de respect.

Était-ce une provocation? Je regardai ma belle voisine pour savoir à quoi m'en tenir. Mais son visage avait repris son expression accoutumée de placidité et d'enjouement, et je n'osai pousser plus loin cette première explication qui nous démontrait, à elle que je ne pouvais être indifférent à sa beauté, à moi que la cuirasse de sa fidélité n'était pas sans défaut. Après le dîner, on aborda la question des tableaux vivants. Il s'agissait de choisir dans la mythologie et dans la Bible divers épisodes prêtant à la mise en scène et à les reproduire d'une manière animée, pittoresque et intelligente. Madame de Chanzay avait fait sa cueillette et nous l'offrit.

— Je propose d'abord : « Esther et Assuérus ». Le tableau représentera le moment précis où Esther, d'abord frappée de terreur par la voie courroucée du maître, reprend ses sens, en disant :

> Quelle voix salutaire ordonne que je vive
> Et rappelle en son sein mon âme fugitive?

— Qui de nous va faire Esther? demanda madame Dalverne.

— La duchesse, répondit Jacques de Chanzay. Elle a les qualités requises pour l'emploi : beauté, douceur du regard, expression suave...

— Assez, assez, monsieur de Chanzay, interrompit Christine ; je me charge du personnage d'Esther.

— Et si l'on veut bien me le permettre, je ferai Assuérus, dit Jacques.

— Vous, Assuérus! m'écriai-je; mais, mon cher, l'illustre monarque était brun, avec des cheveux noirs, une barbe noire...

— Personne parmi nous n'est assez noir ni assez brun pour le rappeler. Il y faut renoncer; et c'est pour cela que je m'offre. Je ferai un superbe souverain roux. Ce sera bien plus original.

La proposition de l'ami Jacques fut acceptée à l'unanimité. Sa belle-sœur allait continuer l'énumération des tableaux, quand il reprit :

— Puisqu'on en est aux sujets bibliques, je dois

en signaler un qui, je crois, n'a jamais été reproduit
et qui obtiendrait un succès fou

— Lequel? demanda-t-on.

— Joseph et madame Putiphar.

Il y eut parmi les femmes un cri de réprobation.

— Vous devenez inconvenant, Jacques, objecta
madame de Chanzay.

— Comment, inconvenant! Mais, je vous jure,
ma chère Madeleine, que rien ne serait plus joli.
Madame Putiphar est assise sur un divan, dans une
attitude voluptueuse, ce qui se rend parfaitement
avec un sourire, et les cheveux épars. Elle a étendu
la main pour retenir Joseph, qui s'enfuit, l'imbé-
cile, sans oser la regarder, et n'a pris que son
manteau...

— Voulez-vous dire aussi quel costume vous
donnerez à madame Putiphar? demanda Julien
Faldouey.

— Oui, le costume, voilà bien ce qui m'embar-
rasse!

— D'ailleurs, lequel parmi vous, messieurs,
voudrait remplir le rôle de Joseph? demanda madame Dalverne.

— Oh! pas moi! s'écria lord Hackvoods.

Le tableau proposé par Jacques fut donc écarté
pour cause de difficultés d'exécution. Madame de

Chanzay offrit de le remplacer par « Judith et Holopherne ».

— C'est un sujet aussi scabreux que l'autre!
s'écria Jacques. On sait parfaitement à l'aide de
quels moyens Judith parvint à manifester sa présence dans la tente du général et à l'endormir. Les
représenterez-vous avant, pendant ou après?

— Après, répondit la marquise; j'ai déjà vu ce
tableau ailleurs; il est très-réussi. Holopherne est
étendu, tout vêtu, sur son lit; il dort; ses armes
gisent à terre. Parmi ces armes, Judith a pris un
sabre; elle le tient levé sur lui.

— Qui jouera Judith? demandai-je.

Les femmes s'interrogèrent d'un regard.

— Clarisse d'Athol nous manque, objecta Christine; elle était désignée pour le personnage.

— Cela dépend, répliqua vivement madame Dalverne, cela dépend. Oui, ce rôle aurait convenu à
madame d'Athol, si l'on veut que Judith ait été
grande, forte, avec tendance à l'embonpoint, vi-
rago enfin.

— Ah! la peste, est-elle méchante! murmura
près de moi lady Hackvoods.

— Mais, si l'on admet qu'une âme énergique peut
habiter dans un corps frêle et mince. .

Jacques l'interrompit sans façons.

— Ceci veut dire que madame Dalverne a le désir de se montrer en Judith. Que son désir soit exaucé, mais qu'elle choisisse elle-même son Holopherne...

— Je choisis lord Hackwoods. Le personnage exige un air de vigueur et de brutalité.

Lord Hackwoods accepta avec enthousiasme. Mais il avait oublié de solliciter l'approbation de sa femme. Elle se tourna vers moi, et, d'un accent irrité, me dit :

— Monsieur, je veux aussi paraître dans les tableaux vivants. Trouvez-en un où je puisse vous choisir.

J'étais debout derrière elle ; à ces mots, jouant mon va-tout, je murmurai à son oreille un aveu en ces termes :

— Ne me demandez pas de me trouver ainsi auprès de vous, en public. Je vous aime, et je suis si troublé que je ne saurais le cacher.

Elle tressaillit, et tourna brusquement la tête de mon côté.

— Vous m'aimez, fit-elle, vous m'aimez ! mais, c'est affreux, monsieur. Jamais personne n'a osé m'avouer semblable chose.

— Je le sais, madame, répliquai-je humblement. Mais je n'ai pu me retenir. Il m'avait semblé que vous ne seriez pas offensée d'entendre l'expression d'un sentiment qui reste enveloppé de respect, comme vous disiez.

Un fin sourire passa sur son visage ; elle dit :

— Ne vous excusez plus. Je vous pardonne. N'y revenez pas cependant...

— Alors, c'est sans espoir !

— Sans espoir !... mais, votre doute même est une injure pour moi. J'aime mon mari, monsieur, ne le savez-vous pas ? Et mes enfants, voudriez-vous que j'aie à rougir devant eux ?

Notre entretien fut interrompu. La marquise de Chanzay continuait :

— Sujets mythologiques : « Vénus rendant les armes à l'Amour ! »

Pour le rôle de Vénus, l'unanimité des opinions désigna lady Hackwoods.

— Oh ! je veux bien, fit celle-ci.

— Et l'Amour ! Qui représentera l'Amour ?

— C'est le rôle que je voudrais vous voir, avec cette Vénus, me dit Jacques à voix basse.

— L'Amour est toujours représenté sous les traits d'un enfant, répondis-je tout haut.

— Oui, c'est cela, un enfant ! s'écria lady Hackwoods, en battant joyeusement des mains. Je dé-

guiserai l'un de mes deux bébés ; il aura un carquois, des ailes ; ce sera délicieux.

On choisit encore deux autres tableaux : l'un,
« la Reine de Saba chez Salomon », pour la baronne
Amalti et pour moi ; l'autre, « Ulysse surprenant
Achille à la cour du roi Lycomède et l'arrachant à
Deïdamie », qui devait grouper le marquis de Saint-
Alvère, Julien Faldouey, et toutes les femmes,
y compris lady Hackwoods, chargée du rôle de la
séduisante mère de Pyrrhus.

Pendant une semaine, il y eut tous les soirs, chez
la marquise de Chanzay, des conférences pour
arrêter la couleur et le dessin des costumes, des
répétitions pour essayer les poses et former les
groupes. Ces préparatifs de la fête étaient bien
plus divertissants que ne devait l'être la fête elle-
même. Il y régnait une franche gaieté ; on y
dépensait l'esprit à foison. Chaque pose, recom-
mencée plusieurs fois, donnait lieu à des observa-
tions et à des critiques pleines de fantaisie, que
chacun de nous faisait librement. C'est pendant ces
quelques soirées que madame Dalverne acheva
de séduire lord Hackwoods. La passion d'Holopherne pour Judith se manifestait par des sou-
rires timides, des mots à double sens, et aussi
par la peine qu'elle avait à le dresser à son rôle.

Il s'étendait sur le divan et feignait de dormir. Judith, d'un air inspiré, se penchait sur lui, soulevant un grand sabre. Alors, il ouvrait les yeux.

— Fermez-les, milord, fermez-les! s'écriait madame Dalverne. N'oubliez pas que vous êtes endormi.

Un soir, il fallut recommencer le tableau trois fois, parce que Holopherne en dérangeait sans cesse l'ordonnance, en s'obstinant à regarder Judith au moment où elle allait lui couper le cou. Quand, la répétition finie, il fut délivré, il me dit naïvement :

— C'est plus fort que moi ; lorsque cette femme se penche sur mon visage, lorsque je sens sur mes cheveux son haleine, lorsque le parfum qu'elle porte se dégage dans la chaleur de son corps rapproché du mien, je ne peux résister à la tentation de la regarder.

La veille de la fête, il parla longuement d'un voyage qu'il allait être obligé d'entreprendre dans le Nord, afin de voir un prie-Dieu qui avait appartenu, disait-on, au roi Louis XI, et dont on lui offrait de faire l'acquisition. Ce projet de voyage ne manqua pas de servir de prétexte à des railleries et à des commentaires divers. Le père de madame Dalverne exerçait les fonctions de receveur général dans la ville où le fameux meuble était à vendre. Tous les ans, vers la fin de l'hiver, elle s'y rendait pour passer quelques semaines dans sa famille, d'où il résultait qu'elle s'y trouverait en même temps que lord Hackwoods, à supposer même qu'elle ne partît pas le jour où il partirait. Arabelle avait recouvré toute sa sérénité et ne se laissait troubler ni par ce qu'elle entendait, ni par ce qu'elle voyait. Elle affectait même un calme inquiétant pour son mari autant qu'il était problématique pour moi. Pensait-elle encore à la vengeance dont elle avait parlé? Quand elle me regardait, lui arrivait-il de se dire que j'étais homme à porter, sans faiblesse, le rôle du vengeur?...

Enfin, le jour de la fête arriva. Les personnages des tableaux vivants étaient convoqués de bonne heure et furent exacts. Au premier étage, les chambres avaient été transformées en loges d'artiste, où nous devions revêtir nos costumes. A dix heures, au moment où le rideau se levait sur une pièce que jouaient les comédiens du Théâtre-Français, je commençai à endosser le costume du roi Salomon, dessiné, comme tous les autres, par le peintre Aimery Gérard, ami de Julien Faldouey. Dans la même chambre que moi, Jacques de Chanzay se déguisait en Assuérus, et Julien Faldouey en

Achille. Dans une chambre voisine, Saint-Alvère se faisait le masque d'Ulysse, tandis que lord Hackwoods s'efforçait de rappeler Holopherne.

Quand ce fut fini, nous ne pûmes nous regarder sans sourire. Écrasé sous les étoffes de brocard, sous les diadèmes et sous les tiares, la barbe frisée, affublés de perruques aux longues boucles, ornées de bandelettes, nous donnions cependant une idée assez exacte des personnages que nous étions tenus de représenter. Nous descendîmes dans un petit salon qui touchait à la scène et servait de foyer. Les femmes devaient nous y rejoindre. Elles arrivèrent peu à peu, Christine, tout simplement merveilleuse en Esther ; la baronne Amalti, en reine de Saba, et madame Dalverne en Judith, outrageusement décolletée. Décidément, lord Hackwoods était perdu. Et cependant, s'il n'avait été aveuglé par sa passion nouvelle, ou blasé par l'habitude, il lui eût été aisé de voir que sa femme dépassait toutes les autres en beauté et en séduction.

On ne peut rien rêver de plus exquis que lady Hackwoods en Vénus. Ses cheveux voilés de poudre étincelante, tout bouclés sur le front et fixés aux tempes par de minces cercles d'argent, tombaient en cascades le long du dos ; sa tunique de couleur vert pâle avec des arabesques d'or, agrafée aux épaules par deux émeraudes, formait autour d'elle un nuage d'étoffes vaporeuses, dans lequel se noyait l'éclatante blancheur de sa chair. Un cordon fixait autour de la taille, sans la serrer, la tunique fendue sur les côtés et retenue par des émeraudes semblables à celles des épaules. Par devant, cette tunique descendait à peine au-dessous du genou, tandis que par derrière elle s'allongeait en une longue traîne. Avant de revêtir ce costume, lady Hackwoods s'était couverte d'un maillot rose, dans les mailles duquel ses jambes fines étalaient leur forme parfaite. Elle portait aux chevilles, aux poignets, aux bras, des cercles d'or, et enfin elle conduisait par la main un joli enfant de trois ans, déshabillé en Amour, qui devait compléter le tableau dans lequel elle figurait.

— Suis-je belle ainsi? demanda la coquette, en se posant devant nous, et en nous regardant de ses grands yeux que fermait à demi son sourire.

Comme nous rendions hommage à la grâce d'Arabelle, elle ajouta :

— C'est aux jambes que je suis gênée. J'ai un peu honte de les montrer autant. Mais on m'a dit que la vérité historique le voulait ainsi. Me trouvez-vous bien? demanda-t-elle à son mari, qui poursuivait dans tous les coins madame Dal-

verne, en s'embarrassant dans les plis de sa tunique.

— Adorable, ma chère ! répondit-il.

Mais on voyait bien que ces paroles étaient sur
ses lèvres et non dans son cœur, que la beauté de
sa femme ne pouvait plus l'attendrir, et qu'il était
livré pieds et poings liés à la brune Judith. Arabelle
ne put pas ne pas le constater comme nous. Mais
elle n'en fut guère étonnée, au moins en apparence.
Elle ne perdit rien de sa sérénité ; loin de devenir
triste, elle parut vouloir redoubler de grâce joyeuse
et de séduction entraînante. Je me souviens que,
m'étant approché d'elle quelques instants avant
qu'elle entrât en scène, je l'entendis chantonner
entre ses dents, tout en jouant avec le carquois de
l'Amour, un refrain de la *Chanson de Fortunio* :

> Mon cher époux ! mon cher époux,
> Prenez garde à vous !

Ai-je besoin d'ajouter que devant cette Vénus
parfaite, la sagesse du comte de Kerfons, vêtu en
Salomon, n'était ni plus solide, ni plus efficace que
ne le fût celle du puissant monarque devant la
reine de Saba, qui était, elle aussi, une Vénus, et
des plus dangereuses ?

Nos tableaux vivants obtinrent un éclatant succès. Quand le rideau se leva sur celui qui représentait « Vénus rendant les armes à l'Amour », il n'y eut par toute la salle qu'un cri d'admiration, provoqué par la beauté d'Arabelle et par la grâce exquise avec laquelle elle tendait à l'Amour, en le suppliant de les reprendre, l'arc et les flèches qu'elle était censée lui avoir dérobés. La durée du tableau étant d'environ cinq ou six minutes, lord Hackwoods et madame Dalverne, qui devaient paraître en second lieu et qui attendaient leur tour dans un coin du salon, eurent le temps d'échanger, se croyant seuls, des propos qui devaient être très-tendres ; car, de la place où je me trouvais, je vis tout à coup Holopherne incliner sa tête vers le dos de Judith et l'embrasser fiévreusement, tandis qu'elle minaudait, sans essayer de se dérober à ce violent accès de passion.

— Voilà l'incendie qui éclate ! pensai-je.

En même temps, mon regard se dirigea vers lady Hackwoods, qui demeurait immobile en scène dans l'attitude charmante que les spectateurs ne cessaient d'applaudir. Il me sembla que ses traits s'étaient subitement rembrunis, qu'un éclair traversait ses yeux. Elle les portait du côté où se trouvaient madame Dalverne et son mari. Ah ! les malheureux ! elle venait de les voir. Lord

Hackwoods était pris en flagrant délit d'infidélité. Quand Arabelle sortit de scène, nous nous pressâmes tous autour d'elle pour la féliciter. Son mari fit comme nous; elle reçut ses compliments avec une entière liberté d'esprit. N'avait-elle donc rien vu et m'étais-je trompé? Elle lui dit en souriant :

— A votre tour, mon cher; allez, allez vous placer.

Il obéit, et passa avec madame Dalverne sur le théâtre, où Julien Faldouey les suivit, afin de les poser ainsi qu'ils devaient être. Pendant ce temps, lady Hackwoods était remontée dans la chambre qui lui servait de loge, afin de changer le costume de Vénus contre celui de Déïdamie, qui n'en différait que par une tunique plus longue, et afin de couvrir ses cheveux d'une perruque brune. J'attendis impatiemment son retour. Elle reparut au moment où je sortais de scène avec madame Amalti, qui venait de se faire admirer en reine de Saba, sans pouvoir me séduire, tant j'avais l'esprit obsédé de la beauté d'Arabelle.

— Que vous êtes jolie! dis-je à celle-ci en passant auprès d'elle.

— Plus jolie que sous les traits de Vénus? demanda-t-elle.

— Pas plus; autrement.

Et, fidèle à mon rôle d'amoureux, je poussai un long soupir.

— Monsieur de Kerfons, fit-elle tout à coup en devenant sérieuse, vous avez dit que vous m'aimiez.

— C'est la vérité, madame; je n'ai pu demeurer insensible à tout ce qu'il y a en vous d'attraits et de grâce.

— Je ne peux vous en vouloir d'avoir conçu un sentiment tel que celui dont vous avez fait l'aveu! reprit-elle, avec un tremblement dans la voix; mais vous devez comprendre qu'il ne m'est pas permis d'y répondre.

— Aussi, n'est-ce pas ce que j'ai osé espérer, madame!

— Qu'avez-vous espéré?

— Que vous vous laisseriez adorer, que vous pousseriez l'indulgence jusqu'à écouter quelquefois mes plaintes...

— Oh! non, non, c'est impossible. Me laisser adorer, passe encore; mais vous écouter, jamais. Je ne vous défends pas de venir me voir, de me prodiguer vos attentions, de me faire votre cour, mais n'espérez rien autre.

— Je me contenterai de ce qu'il vous plaira de me donner, murmurai-je très-troublé par l'émotion

de ses accents. Je serai ce que vous voudrez que je
sois...

Elle me sourit, passa, et ce fut tout. Oui, ce fut
tout, mais c'était assez pour m'autoriser à lui parler
de mon amour; car, elle aurait beau faire, puisqu'elle ne m'interdisait pas de l'aimer, elle ne
m'empêcherait pas de le lui dire.

Cette fête, qui fut une des dernières et, malgré
le peti tnombre des invités, l'une des plus brillantes
de l'hiver, se prolongea jusqu'au jour. Le bal et le
souper me fournirent plusieurs occasions de me
rapprocher d'Arabelle, de la voir de près, de lui
parler, de l'entendre, de me griser de l'exquise
séduction qui se dégageait d'elle. Au matin, en me
séparant d'elle, j'étais, cœur mobile, sous l'empire
de la passion que Jacques de Chanzay avait si
vivement souhaitée pour moi, comme le moyen de
diversion le plus puissant et le plus propre à me
guérir de l'amour de Sylvia.

Est-ce à dire que je n'aimais plus l'ingrate, l'ou-
blieuse, la touchante créature? Si je répondais affir-
mativement, tu ne me croirais pas, lecteur; je l'aimais encore, je devais l'aimer toujours; mais, plus
j'étais envahi par le charme de son souvenir, et plus
je faisais effort pour l'oublier. C'est cette volonté
de ne plus penser à elle qui me poussait vers l'autre.

Le même soir, vers neuf heures, je me présentai chez lady Hackwoods. Elle était seule, parée et vêtue, non comme une femme qui attend de nombreuses visites, mais d'un galant déshabillé qui trahissait des velléités de tête-à-tête. En la voyant ainsi, je ne pus me défendre d'un heureux pressentiment; mais, presque aussitôt, ma raison vint m'en démontrer la fausseté. Arabelle n'était-elle pas la vertu même? Quand elle affirmait qu'elle saurait se venger de son mari, s'il la trompait, ne se vantait-elle pas d'une action qu'elle était incapable d'accomplir? Je me rappelai ce que Jacques de Chanzay m'avait dit d'elle, du respect qu'elle inspirait, de l'orgueil qu'elle mettait à demeurer fidèle à ses devoirs. Un dépit, quelque violent qu'il soit, ne suffit pas pour faire oublier à une femme un semblable passé. Malgré tout, trompée et trahie, elle pleure et ne se venge pas. Il faudrait donc recourir à des moyens puissants pour l'entraîner hors de la voie qu'elle avait toujours suivie, faire le siége de sa vertu, combiner des plans d'attaque. En vérité, la perspective de ces jeux ne me déplaisait pas.

Quand on m'annonça, elle m'adressa d'un geste un salut amical; puis elle me montra un tabouret près d'elle et me fit signe de m'asseoir. J'obéis, et me préparai à prendre de ses nouvelles. Elle m'empêcha de parler, en parlant aussitôt.

— Vous me pardonnez de vous recevoir ainsi? J'étais si lasse des plaisirs de cette nuit que je n'ai pas eu le courage de m'habiller.

Puis, passant brusquement à un autre sujet :

— Vous êtes mon ami, n'est-ce pas, monsieur?

— Votre ami fidèle, madame.

— Je peux alors vous demander un service?

— Vous me faites bien heureux !

— Vous promettez de me le rendre ?

— Je m'y engage sur l'honneur.

— Quel qu'il soit?

— Oui, madame, quel qu'il soit.

— Eh bien, soyez assez bon pour aller sur-le-champ faire une visite à madame Dalverne. Restez un quart d'heure chez elle, et revenez ensuite.

— J'y vais, madame.

Et, prenant mon chapeau, je me levai et me dirigeai vers la porte, sans chercher à comprendre l'étrange mission dont on me chargeait. Cependant, sur le seuil, je m'arrêtai, et, me retournant :

— Que dois-je dire à madame Dalverne?

— Ce qui vous passera par la tête.

— Ce n'est donc pas une commission de vous que j'y vais faire?

— Nullement; il ne faut même pas qu'elle sache que c'est moi qui vous envoie.

Je ne me permis aucune observation. Je partis. Ma voiture me conduisit en dix minutes du faubourg Saint-Honoré dans la Chaussée d'Antin, où habitait madame Dalverne.

— Pourquoi m'envoie-t-elle faire cette visite? me demandai-je en chemin. Est-ce pour se débarrasser de moi pendant quelques instants? Mais elle ne m'aurait pas fixé ce but. Que vais-je dire à madame Dalverne, puisque je ne la visite jamais? Elle sera étonnée; comment lui expliquer ma présence?

La voiture s'arrêta. Je descendis, et, la porte cochère franchie, je demandai au concierge si madame Dalverne recevait.

— Madame n'est pas à Paris, me répondit-on.

— Comment! j'ai passé hier la soirée avec elle, dans le monde, je devrais dire la nuit, car...

— Madame était encore à Paris ce matin; elle est partie à neuf heures pour le Nord, afin d'aller passer quelques jours auprès de son père.

Je revins enchanté d'avoir échappé à la corvée qu'Arabelle m'avait imposée.

— Vous! déjà! fit-elle, en se soulevant.

— Suis-je de retour trop tôt? demandai-je un peu humilié.

— Eh! non, non, ce n'est pas cela! N'avez-vous donc trouvé personne?

— Vous l'avez dit, madame; l'aimable femme chez qui vous m'avez envoyé n'est plus à Paris depuis ce matin.

— Sait-on où elle est?

— Dans le Nord, madame, auprès de sa famille.

— C'était vrai! murmura Arabelle; puis elle ajouta : — Figurez-vous que mon mari est parti avec elle.

— Parti... pour revenir! fis-je, un peu embarrassé par cette confidence inattendue.

— Oui, pour revenir, sans doute, mais pour revenir infidèle et au pouvoir d'une maîtresse qui me le disputera.

Je ne tentai pas de la consoler. Je dois dire même qu'elle n'avait pas l'air d'une femme qui sollicite des consolations. Elle était grave, silencieuse, et vraiment je ne savais quelle mine faire, ni quelle attitude prendre.

Tout à coup, son regard rencontra le mien.

— Venez là, fit-elle, en montrant une place à ses pieds.

Je fus d'un bond à genoux devant elle. Je la vis se pencher vers moi, et si vivement que les boucles de son front effleurèrent mes cheveux.

— Est-il vrai que vous m'aimez autant que vous le dites ?

— Je le jure, chère Arabelle.

— M'aimerez-vous toujours ?

— Toujours !

— Et vous me serez fidèle ?

— Jusqu'à la mort, fis-je avec un bel enthousiasme.

— Non ; cela, c'est trop ! mais le serez-vous seulement six mois ?

Un baiser, — le premier, — fut ma réponse.

— Même si l'autre, Sylvia, revenait ?

— Oh ! pour cela, non, madame, non !

— Je préfère cette franchise ; on sait du moins sur quoi compter. Eh bien ! en attendant qu'elle revienne, aimez-moi tant que vous pourrez, car, après la trahison dont je suis victime, j'ai bien besoin d'être aimée...

Elle était dans mes bras, et je n'y voulais pas croire. Quoi ! cette créature inaccessible, impeccable, dont la conquête semblait devoir nécessiter tant de combinaisons savantes, tant de ruses et d'embûches!... C'est ainsi, cependant, que les choses se passèrent, et qu'elle m'éleva au rôle de vengeur !

FIN DU TOME PREMIER.

PARIS. — TYPOGRAPHIE DE E. PLON ET Cie, RUE GARANCIÈRE, 8.

PARIS. TYPOGRAPHIE DE E. PLON ET Cⁱᵉ, RUE GARANCIÈRE, 8.